很多个阳光灿烂的午后，我只是像一朵黑乎乎的香菇一样端坐在我位于小溪边的三间房子里，慢吞吞地写着我想写的文字，一天，一月，一年，然后好几年。

陈慧。

世间的小儿女

陈慧 —— 著

宁波出版社

自 序

和同龄的女人相比,我的人生经历可能要多出那么几个小疙瘩。二十六岁前,我在江苏如皋生活。小时候被养父养母抱养,少年时又返回亲生父母身边,高中毕业后突然染上顽症,缠绵病榻多年。二十七岁那年远嫁到浙东小镇,一个人在人生地不熟的异乡从头开始。先是开日用小杂货店兼带帮人缝补旧衣服,过了年把,怀孕了,因为身体吃不消,店关张了。孩子九个月大的时候,被拮据的现实所迫摆起了地摊。摆地摊的钱不好赚,没有哪一天不是凌晨三点多起床去菜市场抢地盘。坚持了几个月,自己动手组装了一部简易的手推车做起了沿街兜售小百货的三道贩子。十年前利用摆摊之余的闲暇时间,自娱自乐写起了不着调子的小文章,直到今日。

在小镇人眼里,我能言善道,会折腾,肯吃苦,适合"闯江湖"。我不是天生闯江湖的人,我不能设计自己的人生旅程,只能由着生活的巨掌来摆布我的一切,这其中,就包括十三年的婚姻解体。

读初中的儿子有时会问我:妈妈,到浙江来你后悔了吗?

有什么好后悔的呢?普通人的一生,无论怎么迈步,总会有所得有所失。人到中年,有一个良好的生活信念支撑着,即可。其余的,一律是纠缠。

我有一个很丰沛的童年。在苏中平原的蔡家庄村,那里有我善良淳朴的养父母,有曾经亲密无间的小伙伴,有性格鲜明的村人邻居。我熟悉蔡家庄村的河流、大树、田野以及更迭的四季,尽管我已离开那里三十年了,但此刻的我仍可以清楚地描绘出当时那湛蓝高远的天空。我甚至记得一只经常来我家门前的大河里觅食的翠鸟,它的身子圆滚滚的,羽毛极其斑斓,嘴里叼着一条小鱼,像箭一样快速地掠过碧绿的河面。我的阅读生涯也是由蔡家庄村一位叔叔无意间开启的。他是我养父家磨坊里的帮工,时不时带来几本书,我放晚学了就去他的房间里翻找,捧着书骑在门槛上看到奶奶掌灯。星期天,村子里的其他孩子都在田野里疯玩,只有我静静地待在屋檐下翻书,一坐半天。老屋的前面长着一排高大的水杉树,我眼睛累了就放下书仰望一会儿水杉树翠绿的叶子。金色的阳光从水杉树叶的缝隙间流下来,斑驳地洒落在我的脚面上。

知名作家谢志强老师告诉过我这样一句话:童年和故乡往往能影响人的一生。是呀,我的童年回不去了,故乡也回不去了，但文字可以在时空里挖出一条专用的隧道，送我回到美好的所在。

2018年，宁波出版社出版了我的第一本散文集《渡你的人再久也会来》，各路媒体也做过一些宣传，于是有不少热心人慕名来探望我。也许在他们的预想中，一个三道贩子心里装着一捧捧的文字，似乎就能美得气贯云霄，可当他们在喧闹拥挤的菜市场，近距离地看到皮肤黝黑的我用杀人般通透的眼神清点着手上五块十块的毛票后，他们不得不失望而回。我的内心可能有猛虎，但绝对没有蔷薇。于我而言，最重要的是生存。写作，无非是调节自我的增香剂，用一种较为体面的方式排遣独在异乡的寂寞与孤单，让我这灰头土脸的人生不那么无趣罢了。或者，我这样散漫、毫无章法的文字连"写作"都不能算，我更像是在记录。用五味杂陈的生活输入，用不加修饰的文字输出，记录一丝一缕的柔情，以弥补旧路上的缺憾，记录一点一滴的感动，以供我在前路上取暖。

陈　慧
2020 年 12 月

目录

001　毛永宽先生

012　寿二爷

017　养　母

035　大院里的阳光

047　第一个给我书看的人

059　姨奶奶

072　戒　烟

087　二　胡

100　养　父

114　青春痘

127　万年青

140　七　巧

151　私　奔

160　姚木匠

178　大岚痴神

187　宋家阿公

202　黄芽头

207　棉田里的男孩

212　章　越

220　十六响

227　一个和三个

237　戆　头

253　卖笋的老人

257　父与女

268　昌铜匠

274　陶　姨

毛永宽先生

我老家的乡亲质朴实在,讲不出什么华丽的言语。他们若是评价某个人有气质、有内涵、有本事,是个鹤立鸡群的佼佼者,使用率最高一句话是:"啊呀,真像先生一样。"

在我们那儿,"先生"这两个字含金量极高,包含的范围却极小。真正被普罗大众统一认定的"先生"只有三类人。

第一类是老师。老师不论男女,不论年长年轻,不论是教正科的,还是教副科的,统统称之为先生。我读小学的时候,我们吴庄小学的几位先生的家就在学校附近的村庄里,教课之余一样务农,农忙季节扛着锄头耙子之类的农具,打着赤脚走在田埂上,一腿的烂泥点子。可哪家的家长见到他们,都自带点头哈腰的属性。有些孩子脾气倔,不好好做功课,在家里和父母胡搅蛮缠,父亲(或母亲)吃不住劲儿了,作势把孩子往院门外拉:"走走走!告诉你们先生去!"——先生的名头一出,锋芒四射,震慑力五颗星,是降伏熊孩子的定海神针。

第二类是医生。医生和老师一样,性别年龄不限,都是"先生"。本乡人有个头疼脑热肚子疼的小毛病,不大会赶去十多里外的乡医院或五十多里外的县医院,找一找吴庄路口小诊所里的"赤脚先生"就行了。简单一点的吃药:土霉素、红霉素、黄连素……复杂一点的就打针——赤脚医生的针头又粗又亮。一般情况下,他在诊所里坐诊。病人年事已高或行动不便,有人来请,他马上锁了诊所的门,骑着一辆二八"永久"自行车出诊,贴着红十字的白色药箱就绑在自行车后座上。他还负责给学校里所有的小朋友做防疫工作。打肚子里蛔虫时吃的宝塔糖,一袋有六颗,五颜六色,香脆清甜,值得小孩子无限期待,我们巴不得他每天都来教室发一遍。至于打预防针,那完全是鸡飞狗跳的直播现场,十个孩子能吓哭、吓愣九个,还有一个趁着教室里的混乱劲儿撒腿便逃。可学校的大铁门是关着的。哈!他逃了也是白逃。

比起第一类手提教鞭的先生,第二类先生的威力真正是有过之而无不及。家长简单粗暴的一句"不听话是吧,让赤脚先生来给你打针!"前一秒还牛气冲天的孩子,后一秒就蔫巴巴了。

第三类是看风水的。如果说教书育人的先生让人敬重,打针治病的先生让人敬畏,那么看风水的先生就使人敬佩了。在农村,几乎没有不和风水先生打交道的人家。风水先生通天文、识地理,算命掐八字取名这些小事撇开不谈,择日——结婚佳期、新房开工和上梁的时间、逝者出殡的日子,挑地——打井、砌灶、盖猪圈、建房子乃至逝者的坟地,这些都是不能也不敢擅自决定的大事,非要请风水先生莅临现场仔细安排了,方觉稳妥放心。更为奇异的是,风水先生还能在必要时修正"不好的风水",救人于水火之中。

印象最深的是我十一岁那年的冬天,我们村的秀儿奶奶突然精神失控了——不事劳作,每天披头散发地站在她家屋后呸呸地对着路人吐口水,逮谁骂谁,脖子上青筋毕露,活脱脱一个歇斯底里的咆哮星人。秀儿奶奶活到五十多岁了,光梳头净洗脸的,向来是个不与人红脸的体面人,怎么会在一夜之间变成一个不可理喻的疯婆子呢?她家的人可真是愁坏了!乡医院的先生看过,通灵的"神婆"拜过,土地庙里的菩萨求过,一律不管用。左邻右舍不堪其扰,主张秀儿奶奶的男人把她送到县精神病医院去住院,秀儿奶奶的男人坚决不同意——他始终不认为自己的老婆是精神病人。但不去精神病医院,时间长了,就是家里的人也受不了她呀!后来,村里一位做泥水匠的蔡伯伯给秀儿奶奶的男人指了条路:"你去请毛永宽来看看吧!"

"风水先生呀?"

"是呀。"

隔日中午,毛永宽骑着自行车来了,车龙头上挂着一只黑色的人造革拎包。他绕着秀儿奶奶家的院子慢悠悠地转了一圈,秀儿奶奶正骂人骂得兴兴头头的,毫不客气地喷了毛永宽一脸的口水。毛永宽不羞不恼,顺手从口袋里摸出一块叠得方方正正的蓝手帕擦了擦脸,站在秀儿奶奶家的堂屋前饱饱地抽了两泡水烟后,取出了拎包里的罗盘。

他吩咐秀儿奶奶的男人做两件事。第一件是填平位于秀儿奶奶卧房外正对窗户的地窖。入冬后,气温渐低,村里人家基本上都要在自家院子里挖一口深深的地窖,便于贮藏地里收上来的番薯、胡萝卜、毛芋头和大白菜,以防冻伤。秀儿奶奶家的地窖是一个月前挖的,当时秀儿奶奶还好好的,忙前忙后帮着丈夫搭手运泥巴呢。第二件是请一个当初帮秀儿奶奶家建房子的木匠师傅搭梯子攀上栋梁中央刮七片木屑下来,由秀儿奶奶的媳妇在半夜子时,加一片木屑、七片桃树叶子、一只金戒指,炖一碗茶给秀儿奶奶服下,连服七天。

他安排的这两条都不难办到,但真要往秀儿奶奶的现状上靠,又有种说不清道不明的玄乎。秀儿奶奶的男人皱着一张苦瓜脸,并不敢询问毛永宽如此这般的理由。问了,也是白问,天机不可泄露嘛——毛永宽只是抿嘴笑笑,不置一词。

说来也怪,在平了地窖、喝了七夜的"三合一茶水"后,秀儿奶奶的脑子竟渐渐地清楚起来。尽管尚不能和早前的那个她相比，但的的确确不骂人、不吐口水、不癫狂了，天气晴好时，还能坐到院子里做些缝缝补补的针线活。秀儿奶奶的男人喜出望外，专程买了一刀肋条肉、两条大鲢鱼、四瓶洋河大曲和一包红糖去毛永宽家致谢，逢人就夸毛永宽"来事"。

"来事"是我老家的方言，等同于"有本领"的意思。毛永宽看风水的本领是从哪里来的呢？他又是从什么时候开始看风水的？这个事，乡人们从来没有正儿八经地说起过，似乎，常年游走于四里八乡，大家伙都面熟的这个毛永宽，天生就是个值得信赖的风水先生。

毛永宽个子不高，国字脸，走路、说话都不紧不慢，上身常穿一件藏青色的中山装，中山装左边的小口袋里插着两支钢笔。这两支笔不是用来写字的，只是习惯性地插在那儿的一个装饰品。毛永宽写字喜欢用毛笔。我见过他写的帖子。我奶奶有六个女儿，前面的四个姑姑嫁人时我还小，不懂什么。后面两个姑姑要结婚了，良辰吉日都是奶奶事先把毛永宽请来拟定的。毛永宽的黑挎包里备有现成的毛笔和墨汁瓶，无须主家另外张罗。红纸，黑字，标准的楷体，比我们吴庄小学教语文的马先生写得都工整耐看。

帖子写好了，墨汁干了。奶奶把事先塞在袖口里的一卷钞票拿出来，递到毛永宽的手里。毛永宽数也不数，道一声"客气了"，直接揣进中山装的口袋里。那会儿，这个钱是没有定额的,全凭主家的实力。条件好的人家多几块,日子过得紧巴巴的人家少几块。毛永宽在酬资这方面,一向是不计较的。

毛永宽的收入比一般的在土里刨食的农民高,但他家的日子还是过得紧巴巴的。毛永宽有四个孩子:三个女儿,一个儿子。三个女儿不是毛永宽亲生的,是他去世了的哥哥的女儿。不仅女儿们是哥哥留下来的,就连妻子也是哥哥留给他的。毛永宽的妻子是之前的嫂子,比他年长了整整十岁,姿色平平。

小叔子娶嫂子,那叫"叔嫂合堂",既是无奈之举,也是仗义之举。毛永宽的父亲英年早逝,寡母手脚并用将两个儿子拉扯成人。毛永宽哥儿俩打小相互扶持,感情很深。哥哥是个拖拉机手,拉货的路上连人带车翻进了深深的河塘里,没能救回来。哥哥走的那年嫂子才三十五岁,三个侄女,一个八岁,一个六岁,一个三岁。嫂子年轻,实在没有理由叫她守节终身。可万一她改嫁了,一脚跨出了这个家门,三个幼小的侄女又该何去何从?

毛永宽的婚事在很长一段时间里都是乡人们茶余饭后的热门话题。他和嫂子这种不寻常的结合,本质上已超越了普通人对男女之情的认知和了解。男人们暗自在心底做选择题:要是把我换到毛永宽的位置,我是否也能做到和他一样?能……不能!不能……能!女人心软,优先考虑的是孩子的利益。她们不约而同地为毛永宽的三个侄女感到庆幸：无论哪个男人来当她们的继父，总不如嫡亲的叔叔毛永宽合适。

有人猜测，毛永宽娶嫂子为妻，是迫于老母亲的压力。也有人说，毛永宽其实在磨头镇读高中时就有个两情相悦的女同学。某年某月的某一天，他们在乡里的集市上还肩并肩地买过东西呢！这些小道消息，虚虚实实，也就是说说罢了。众人一笔带过，也没有谁去顶真辩个真假。

毛永宽当然知道大家在背后谈论自己。众口悠悠，也不是他能堵得了的。他还是个斯斯文文的"先生"，一如既往地蹬着自行车，往返在乡间的小路上。他和嫂子成亲的第三年，儿子出生了。一贯精于取名的毛永宽给儿子取了个平常得不能再平常的名字"四儿"。

养大小的，送走老的。一晃十五年过去了，毛永宽胯下的二八型"永久"自行车还老当益壮，他本人的两鬓已然露出点点白发。将近二十年的风水先生做下来，他的名气已经很大了，不光是附近的村民，就是几十里外的县城，也有人慕名而来。但他的"辛苦费"还和从前一样不设定额，多少随意。他口袋里没有放钱的习惯，外出所得的收入，在进了自家的大门后通通交到嫂子——也就是他的妻子手上。妻子具体怎样安排，他一概不过问。他没什么特别的嗜好，就是爱抽两管水烟，也时常把中山装口袋里插着的那支钢笔抽出来，坐在天井的矮凳上教四儿写钢笔字:蒹葭苍苍,白露为霜。所谓伊人,在水一方。

他读一句,四儿写一句。四句诗,翻来覆去地写,一直写到四儿上初三。四儿的字写得好,成绩在初三的五个平行班里也是名列前茅,很受班主任的器重。只要照常发挥,考县上的重点高中绝对十拿九稳。

没想到的是,初三上半学期,才读了一个多月的书,毛永宽招呼也不打一声,就来帮四儿办退学手续了。班主任苦苦挽留,大大小小的道理说了几箩筐,两片嘴皮子几乎磨薄了一层。毛永宽风轻云淡,一声不吭。待班主任说乏了,他一手拎起四儿的书包,一手拉着四儿,认认真真地给班主任鞠了三个躬,飘然而去。

毛永宽出门不再是一个人,而是带上了辍学的四儿。卜卦看相、红白喜事选日子、挑地看风水,要么口授,要么演示,摆明了是培养接班人的姿态。不要说外面的人了,就是毛永宽的妻子都不能理解丈夫为什么斩钉截铁地不让四儿上学了。看风水虽然是真才实学的本领,进账不断,可怎么能和学业有成跳出农门相比呢?

四儿也不想接父亲的班,尤其是和父亲一道外出,无巧不巧地遇到在一个教室里上课的初中同学,人家那种惋惜与好奇的目光投向他手中的罗盘,仿佛在无言地追问:"啊呀!毛四儿同学,你学的就是这个吗?难道它比课本还有意思吗?"

四儿不敢和父亲吐露这些。尽管毛永宽脾气温暾,从小到大都没打骂过他,他还是没那个胆量和父亲叫板。

毛永宽可没工夫来抚慰四儿七上八下的小心灵,他恨不得把肚子里的所有本事一股脑地转移到四儿身上。有些时刻,他的情绪像极了数学里的抛物线,忽高忽低,不可捉摸,动辄朝四儿吹胡子瞪眼睛:"四儿,你的脑子进水了?我前天怎么教你的!"难得不发脾气了,他细细地端详着儿子,轻叹几声:"四儿呀——四儿——"

四儿心里一软,憋在胸口的一团委屈莫名地散去了。他小心翼翼地踩着脚踏车,尽量避开坑坑洼洼的地面,免得颠簸了坐在后座的父亲。他跟在父亲后面学了半年风水,有两个发现:风水学其实是一门广博有趣的学问;父亲好像越来越憔悴,越来越瘦弱了,一个大人坐在自行车后座上,分量居然轻得如同小孩子。

毛永宽好久不陪四儿写那四行诗句了。中秋节的前一天,他的兴致难得地好,搬了桌子凳子招呼四儿到院子里写钢笔字。

"蒹葭苍苍,白露为霜。所谓伊人,在水一方。"他念一句,四儿写一句。末尾一个"方"字颤悠悠地收了声,他哇地吐出一口殷红的鲜血。

四儿猛地站起来,想去叫妈妈。毛永宽抬起右手拭去嘴角的血沫子,镇定地拦住儿子:"你坐下。"

毛永宽从中山装口袋里摸出一张县人民医院的诊断书摊在四儿面前:肺癌晚期。最下方的日期显示,确诊的时间正是他帮四儿办退学手续的前一天。

患癌这个事,毛永宽认为根本没有让妻子和女儿知晓的必要。妻子一向大门不出二门不迈,斗大的字不识一个,知道了又能怎么样?三个女儿,一个读大学,两个读高中,要是知道了他的危险境况,还能安心求学吗?

毛永宽的病情已经完全恶化了,但他依然坚持坐在四儿的自行车后面外出。四儿悟性高,再悉心指点一段时间,差不多可以独当一面了。他的口袋里藏着一瓶止痛药,胸部疼得实在受不了了,他就偷偷地吞两颗压一压。四儿一路骑车,一路流泪劝父亲:"爸爸,我有个初中同学的亲戚在省城医院做医生,我明天去求他帮忙,好不好?"

"不费那个劲儿了。"

"爸爸——"

"听我的话,抓紧时间,认真学艺。"

"爸爸……"四儿泣不成声。

"我教你的,你好好记着。我来不及教你的,家里书桌抽屉里有我这些年来看风水录下的笔记。你慢慢揣摩,一定会有所领悟的。"

毛永宽躺下来之前做了一件最重要的事:亲自监督四儿给他选了一块坟地,远在村外的自留地上。从开始到结束,他只是默不作声地看着,不做任何点评。直到四儿胸有成竹地把罗盘交还到他手上,他的嘴角才绽开几缕笑意,满意地搭住了儿子的肩膀——四儿的个头超出爸爸了。

毛永宽弥留之际,三个女儿都从学校里赶了回来,齐刷刷地跪在他的床前喊着:"爸爸——"

她们的母亲倚在门框上,肩膀一耸一耸地,哭得不能自持。

毛永宽的脸早肿得变了形,上下眼皮子只剩下了窄窄的一道缝。他抖抖索索地摸到守在一旁的四儿,用尽最后的一丝力气握了握四儿的手,说:"儿子,不要怪我狠心,以后这个家里,你是唯一的男人。妈妈和姐姐就拜托你了,你一定要好好地照顾她们。"

寿二爷

寿二爷一辈子独身。

他不爱说话,也不喜欢去左邻右舍串门。他走路时习惯性地低着头,脚步轻轻地,唯恐踩死浮土下的小蚂蚁似的。这个村子里老老小小一百多号人,多他一个不多,少他一个也不少。

他住在村子最东头的三间老屋里。屋檐低低矮矮,有些年头了,黄泥巴墙壁草房顶。他养了一只黄不黄、灰不灰的瘦狗,自己吃什么,狗就吃什么,自己去哪儿,狗一准儿兴兴头头地跟到哪儿。看起来,狗比人要过得称心。

其实,寿二爷能去的地方不多,要么地里,要么河边。地里去小规模地收收种种,他毕竟七十多岁了,没有了年轻时的牛劲儿,地里的一点庄稼够填嘴巴就妥了。河边是一定要去的,寿二爷的绝活儿是钓王八。王八是鳖的俗称,虽然营养价值很高,但乍一看,样子太猥琐吓人:皮糙、肉少,还背着个黑乎乎的大硬壳儿。本地乡人一般都提不起食用它们的欲望。

早年,苏中地区的大小河道里水质纯良、鱼虾丰富,捕捉王八的人又寥寥无几,着实让这些相貌丑陋的家伙无忧无虑了好多年。直到寿二爷的眼珠子瞄上了它们,夜幕下的钓钩就成了王八们逃不脱的噩梦。

寿二爷钓王八的技术不知道打哪儿揣摩出来的,百发百中。他舍得下本钱。物资匮乏的年代,人的肚皮里都难得沾点油星子,他为了钓王八能特地跑到乡里的集市上买猪肝。王八嗜血腥,嗅到鲜嫩诱人的猪肝,哪有不上钩的道理。

天傍黑,寿二爷拎着一只布口袋去早就选好了的河道里甩钩。天麻麻亮,他的自行车龙头上就晃荡着一只或两只大王八。王八的一只后脚被麻绳系着,圆滚滚的身体像只古旧的钟摆一路晃荡着去往县城的菜市场。

在乡下,王八无人问津,到了五十里开外的小县城,王八立马变成抢手货——城里人注重养生,寿二爷的野生王八个头大、肉质鲜嫩,不愁没有回头客。一只王八卖掉,寿二爷十天半个月的开销自然不成问题了。寿二爷就靠这独一门的绝活,安安稳稳地过活了很多年。

村上的老人背后都说寿二爷是憨货。在农村,憨货是要遭人耻笑的。然而,别人谈起寿二爷的憨不仅不耻笑,反而要为他叹上几口气。

寿二爷二十多岁时在县里的肉联厂当统计员,就是统计进厂的毛猪数量啊屠宰车间流水线的猪肉猪下水的总量啊这类杂七杂八的工作。寿二爷文化程度不高,只读到小学二年级,但写写记记没啥大问题。当年的肉联厂是县里的龙头企业,业务红火得不得了,寿二爷在厂里干了三四年,心里挺满意的。二十世纪七十年代的工人老大哥,那可是捧着稳稳当当的铁饭碗的人,一个乡里也难得有几个。可寿二爷的这份工作最后还是没干长久。没有别的原因,而是因为寿二爷的弟弟福满。福满当时十八岁,初中刚毕业,瘦瘦弱弱的,眼睛又有些斜视。他眼高手低,一不提篮,二不挑担,学木匠拿不动斧子,学砖匠嫌泥浆脏,学篾匠怕竹刺扎手。寿二爷的爹娘去世得早,兄弟三个家徒四壁,哪个姑娘愿意上门?没办法!寿二爷的大哥只得倒插门去了别村。

大哥一走,寿二爷变成了这个家的主心骨,他眼见福满这般高低不就,真是愁得吃饭都不香了,生怕弟弟浪荡惯了以后变成二流子,他不好对地底下的爹娘交代。于是,寿二爷主动找到厂里的领导说明情况,要求把自己的那一份工作转让给弟弟做。福满是初中生,统计员的工作自然能胜任,厂里的领导也就同意了他们兄弟之间的互换。

就这样,福满变成了工人,寿二爷从县城打道回府重新变成了泥腿子。寿二爷做这件事,完全是为弟弟着想的,福满当时也信誓旦旦地许诺:"哥哥,你不用担心,以后我进厂上班了,有我吃的一份就绝对饿不了你,哪怕你老了干不动活了,我也不会看着你不管的。"

寿二爷让出工作后,生活慢慢变成了另一副样子。原先他有体面的工作,做媒的大婶们还乐意来给他说道说道。等他褪去了工人的光环,娶媳妇的事情似乎不那么容易了。大好的时光架不住姑娘们的挑挑拣拣,转眼之间,寿二爷被挑成了大龄青年,不善言辞的寿二爷不出意外地成了老光棍。反倒是福满得了好处,在县城里上班、结婚、生子、安家,件件事情圆圆满满的。他过他的惬意小日子,寿二爷不声不响地守着乡下的三间草房子。福满的城里人身份坐实了,农村渐渐也懒得回来了,过去的诺言如老屋顶上的炊烟那般轻薄,风一吹,散了。

这俗世上的人,把自己的生活过周全了是头等大事,话讲出来不费力,上下牙一磕立马成了,可要言出必行就没那么容易了。

村子里的某些人嘴贫,迎面遇到了寿二爷,便和他打趣:"福寿,你的名字不如你弟弟的取得好哇,福满——福气满满的,该是你福寿的好福气全让福满绕过去了。"

寿二爷不生气,淡淡地笑笑:"都是自家兄弟,谁有福都一样!"说完,背着手往家里慢慢踱去,脚步还是轻轻地。

村里的人听了这话只得翻翻白眼,尴尬地立在原地。

寿二爷的确沾了名字的光,他过世的那一年八十五岁,也算高寿了。他的身后事是福满的儿子一手操办的,十个和尚做了三场法事,另外还请了两个专业哭丧的女人用扩音器哭了半天。被特意渲染的哭丧调子飘在村子上空,生生地把人心搅得酸溜溜的。

在我们那地方,大侄子给独身的大伯送终是约定俗成的规矩。福满的儿子顶替了他爹的工作,年轻人活络,没干几年就做了车间主任,福寿大爷的身后事他办得很隆重。

寿二爷临终前,福满是陪着的。寿二爷的意识一直是清楚的,据说他快咽气时只说了一句话:"唉,福满呀——我好后悔呀!"

福满拉着兄长瘦骨嶙峋的手,问:"哥,你后悔什么?"

寿二爷摇摇头,眼睛一闭,去了。

养　母

她说:"你不知道哦,我和你爸结婚好几年总是怀不上,你奶奶眼睛盯着我,你外婆心里忧着我,村里村外的大娘二婶子在我背后长长短短地议论着。我心里也着急,可急也没有用啊。去过的庙堂,拜过的菩萨,几双手都数不过来;中医的汤药、西医的药片和郎中的偏方,听到什么有效就吃什么。河对面的四爷爷,你还记得吗?他家的儿子叫升儿,虽然他比你大不了几岁,可按照辈分来,你得喊他一声叔呢。有一年,我喝你升儿叔的尿。每天早上眼睛一睁开就去你四爷爷家敲门,接上一碗你升儿叔起床后的第一泡尿。那叫童子尿,又黄又骚。我眼睛闭着,不去闻,不去想,憋着气咕咚咕咚地喝。喝完了,擦擦嘴,一天之中最大的坎儿就算是跨过去了。"

我听得背上的鸡皮疙瘩都冒出来了,觉得太不可思议了:"那么恶心的尿你也喝得下去呀?多愚昧!"

"那怎么办?喝不下去也得喝呀。"她扯了扯嘴角,估摸着是想笑一个给我看看。可是,浅浅的笑意仅仅在两颊上艰难地挣扎了一下就没了影儿。她轻轻地摇了摇头,说:"前后喝了两三个月,喝得我饭也咽不下去了,脖子上瘦得只剩下三根筋,走起路来两条腿软绵绵的。"

我坐着,不出声。一向能言善道的我,此时此刻,竟然没办法吐出片言只语。我看着她,她的眼神穿过堂屋的门,定在院子中某个虚空的点上。金色的阳光从半空中倾倒下来,兜头兜脑地浇在院子中央的银杏树树梢上。于是,银杏树的每一片叶子都像是镀了一圈薄薄的金边。好一会儿,她才冲着我笑笑:"真的不知道那时候自己是怎么挨下来的。后来,还是你爷爷奶奶松了口,说生不出就生不出吧,去哪里领个孩子回来养着呗。"

我来劲儿了,笑嘻嘻地问她:"所以,你一下子就和我接上头啦?"

"哪有那么便当?"她摇摇头,"前后看了好几户人家呢,男孩女孩都有,都不太中意。稍微大点的孩子记得自己的妈妈爸爸,怕养不熟;刚刚生出来的,软塌塌的,我瞧着心里没底,不敢要。你刘家庄的姨外婆给我介绍的一个男娃儿,才几个月大。大六月的天,热得冒油哇,我和你爸爸赶了几十里路过去一看,是一对双胞胎中的老大,长相倒是蛮好,眉清目秀的。我刚往手里一抱,他就哇啦哇啦地哭得山响,哭着哭着,他的小肚脐眼慢慢地像个鸡蛋一样凸出来了。我心里那个慌啊,压根儿不想往回带。"

我有点儿幸灾乐祸,逗她:"在农村,男孩可比女孩金贵。你咋不乐意要呢?"

她也笑:"哦哟,什么金贵不金贵的,男孩女孩不都一样?过了没多久,又有人上门来给我说了个女孩子。路倒是不远,河东村的。那孩子命苦,还不会走路,她妈妈就生病没了。那个女孩皮肤白白的,嫩得跟一方水豆腐似的。"

"真有那么漂亮?"我的语气酸溜溜的,"那你为什么没把她领回来当女儿?"

"没敢要。"她老老实实地交代着事情的来龙去脉,"她的外婆是咱们村的,从我们家往东数第四户,有两个五大三粗的舅舅。我在人家几口子的眼皮子底下养着那个小姑娘,得多紧张多小心翼翼?再说了,我胆子小,她妈妈不是过世了吗?万一她不放心自己的女儿,隔三岔五地托个梦啊显个灵啊什么的,不吓人?"

我咯咯地笑,搂着她的脖子晃来晃去:"你这个不中意,那个不喜欢的。最后,我就成了你的女儿啦!"

"是呀。"她由着我搂着,一动不动地沉浸在往事里:公社的妇女主任和你妈妈是朋友,她说你爸爸在部队里当兵,一年到头就只有几天的探亲假。你妈妈一个人在家拖着四个孩子,大的一个十三岁,下面三个小的都还在拖鼻涕水,没一个帮手,起早贪黑种着好几亩地,实在是苦不过来。我一听,心眼就活了,挑了个日子叫那妇女主任陪着去了你家。你瘦瘦的,小脑袋上揪着一根冲天辫,脸蛋擦了煤灰似的乌黑发亮。午饭桌上,你坐在我旁边,我低下头逗你,拉拉你的小黑手悄悄地问,叫我一声妈妈好不好?你也不认生,小嘴一张,软糯糯的一声"妈妈"冲口就出来了。妇女主任在桌子底下扯扯我的袖子,偷偷地取笑我:朱玉林,你羞不羞?我把你抱到我的膝盖上,心里美得不行。嘻!有什么好羞的?我终于有个女儿啦!

我想了想,又问她:"我被你带回家的时候就没哭?"

"没哭。"她肯定地说,"你一点儿没哭,乖巧地靠在我的怀里,好像你生来就是我的孩子一样。"

她说这些,我一片茫然,因为我叫她妈妈的时候只不过两周岁多一点,讲话都不太利索。而我脑海里储存着的与她相关的最初的影像是黑白两色的:一大批家用缝纫机整齐地排列在一间宽敞的大房子里,而那些静止不动的缝纫机中的某一台,是她的。

很奇怪,即便在我成年之后,这个概念一般的场景仍常常出其不意地穿插在我的梦里。有时候,我甚至不敢确定这一幕究竟是自然而然地根植在我的记忆里,还是我有心提炼自她后来的讲述。但我很肯定,与童年相关的某些碎片之所以能如此清晰地回放,一定是彼时那个小小的我,深刻地快乐过。

在磨头镇绣花厂所有女工都坐在缝纫机前埋头苦干之际,我和另外几个年纪相仿的孩子在厂房的过道里自由玩耍。缝纫机面板的四角硬邦邦的,我玩着玩着,脑门儿就磕到了其中的一个角。于是,一边哭,一边晕头转向地找到她,伏在她的膝盖上求安慰。她说,你乖着呢,不爱痴哭,给你揉一揉撞疼的脑门,你马上不掉眼泪了。绣花厂离家有三十多里路,来去不便,她带着我在厂里住过几宿。宿舍很简陋,睡觉的床是用两张高脚凳和两块木板依着墙壁拼起来的。她说,半夜里迷迷糊糊地伸手一摸:身旁是空的——小小的我已经滑到了"床"与墙壁之间的缺口里去了,就那样站着呼呼大睡。

她说给我听的这两桩小事,我像是身在其中,又好像不得要领。她的"说"像一支橘黄色的蜡烛,飘忽、温和地照亮着我人生之初的一段记忆。但当她停下了,不说了,那些久远的、细碎的童年旧事又像退潮的水一样,退到我目光难以触及的地方。我真真切切记得的只有一碗馄饨——她为我讨来的一碗馄饨。

磨头镇的老街上,离绣花厂不远的国营小吃店里,冒着热气的大铁锅前,一位身材高大、系着白围裙的中年男人正忙碌着煮面条、煮馄饨。他右手边的桌面上摆着一溜儿蓝花碗,碗里是浓如奶水的骨头汤,汤面上漂着翠绿的葱花。我的眼睛紧紧地盯着中年男人手里的竹笊篱,笊篱在铁锅与蓝花碗间不停穿梭。锅里的面条和馄饨捞到碗里,碗里的面条和馄饨又被跑堂的胖大婶搬到吃客面前。吃客的筷子在碗里一搅拌,丝线一样的面条和白玉一样的馄饨馋得我直咽口水。

那一天,绣花厂放工了,她带着我去小吃店吃了一碗馄饨后准备回家。馄饨里有一块指甲大的嫩肉,实在是太鲜美了!尽管一碗中的大半进了我的胃袋,我却说什么也不肯离座,闹着吵着要她再买一碗。她的钱袋里只剩下 9 分钱,馄饨要 2 角钱一碗,国营的店又概不赊账。可我不管,我非吃不可!没办法。最后,她不得不壮起胆子去找煮面条的师傅讨来了半碗馄饨。

不管是谁,但凡沦落到低声下气去讨东西的地步,免不了要受些委屈的。年轻时的她,脸皮薄薄的,与人讲话从无高声。可为了我的无理要求,宁愿赔着笑听那大师傅冷嘲热讽一顿。三十多年后,已为人母的我对其时的她颇有微词,洋洋得意地向她展示我的教子方:"我的小孩要是敢不讲道理,打他一通屁股就老实了。你倒好,明明是我不听话,你反倒去滋长我的坏脾气。"

她呵呵地笑,慢悠悠地来了一句:"我就是舍不得打你呀。"

我一愣。"舍不得"这三个字钻进耳朵里,瞬间衍生出万千滋味。是的,我做了她十年的女儿,她没有动过我一根指头,即便是言语上的责怪,也少之又少。奶奶和我咬耳朵:你妈妈呀,就是个韧面筋。

在老家那块,"韧面筋"这一称呼多少带着点贬义:性子慢,做事拖拉,不带劲。奶奶对她的点评很到位。她确实不是撸起袖子就能风风火火下地干活的好角色,她只会坐在家中缝纫、绣花、做鞋子。她的这三样手艺在我的身上展现到极致。我的帽子、手套、鞋子、衣服、书包通通出自她的手,无一例外被她绣得红红绿绿。花花草草、小猫小狗、星星月亮之类的,她绣什么像什么。村庄里的大姑娘小媳妇聚起来,人也不少,要数她的十指顶灵巧。滑雪衫刚刚流行起来的那年,她就兴冲冲地去县城的百货大楼扯回了料子,为我加工了一件双色的滑雪衫。正面是大红的,反面是湖蓝的,银色的拷纽亮闪闪,正反两面能换着穿。八十年代的乡下,这种样式的衣服还是极少见的。可以这么说:穿上那件滑雪衫,我就是乡里最潮的妞儿。然而,她的灵巧似乎仅仅局限于指尖上的精细活。作为娘家的长女(外婆生了五个女儿,她排行老大),婆家唯一的媳妇(奶奶生了七个孩子,一男六女),她居然不会下厨。锅里的油烧热了,她还在紧张地东张西望;好不容易把菜推下了锅,她又发愁该先放哪种调味料;手忙脚乱地炒了几下,盖上锅盖焖着后,终极大问号又来了——怎样才叫烧熟?

家庭主妇煮饭做菜,除了天赋,其余全凭感觉和习惯,你叫别人怎么回答她。这个女人这样讲,那个女人那样讲,讲来又讲去,她依旧一头雾水。她脾气"韧",毫不介意别人的揶揄,大方地承认自己厨艺上的失败。奶奶在时,大树底下好乘凉,她心安理得地不进厨房,奶奶离世后,每逢过年过节姑姑们来做客,她讪笑着声明她只负责提供食材不负责做饭。她心眼实诚,不管多好、多贵的东西,只要家里有,她都舍得拿出来招待大家。她的慷慨抵消了厨艺的缺憾,所以尽管她连一桌像模像样的饭菜都捣鼓不出,姑姑们对她的评价还是挺高的,一致认为"朱玉林人不错"。

我成了她的女儿后,她彻底地放松下来,不再东奔西走地求神拜佛、去看医生,整个人的气色也好了很多。她本来就是个美人坯子,鹅蛋脸,大大的双眼皮,笑起来,一口白牙整整齐齐。她还有一头乌黑的长发,有时她的两根别致的麻花辫子垂在腰间,有时她又把辫子随意地盘在头顶。反正,不管她怎么打理她的辫子,在我的眼里都是美的。她打心眼里喜欢我,却又不太懂得侍弄小孩。夏天的晚上,她怕我尿床,睡觉时用了很厚的土棉布兜住我的屁股,扎得严严实实。只过了两三天,我的肚子和腰部就被捂出了密密麻麻的痱子。奶奶看了很心疼,主动把我抱走,我就在爷爷奶奶的床上,一直睡到十三岁。

小孩子,和谁睡在一张床上,谁就是最亲的人。我常常疑惑:是不是因为这个原因,我幼时记忆里理应属于她的一部分拨给了和我合用一只荞麦壳枕头的奶奶。

她房间衣橱的抽屉里曾经收藏着一本巴掌大的红色皮面小本子,那是长庄公社颁发的独生子女证。领了这本证的她高高兴兴地把我放在自行车的横杠上去参加乡里举办的一年一度的独生子女表彰大会。她多年不育,这在乡里是个公开的秘密。去乡里的路上,不停地有人问她:"朱玉林,这小孩儿是谁家的?"她跳下自行车,把两根乌油油的长辫子往身后一甩,欢天喜地地说:"这是我家姑娘呀!"会议结束,她能领到奖品:一条毛巾,一只白色的搪瓷杯,搪瓷杯外面印着"独生子女光荣"。

领了四套奖品后,她没有预兆地怀孕了。弟弟是1985年的冬天出生的,那一年,我七岁。七岁的孩子虽然糊里糊涂的,但还是被她那场惨烈的分娩场景吓到了。她是在我们公社医院待产的,公社医院的规模很小,前面两排平房,后面一个浅浅的院子,产房就在院子东首的第二间。她一大早进了产房,折腾了半天,生不出来,医生说要剖宫产。那时不比现在,剖宫产尚未被大众接受,但形势逼人,养父只好战战兢兢地点了头。等她的肚皮被打开了,才知道问题大了:她的子宫里除了孩子,还有大大小小几个瘤子。更为严峻的是,她的麻药已经过了临界点,医生在她身体上的每一次触碰她都一清二楚。因为疼痛难忍,她撕心裂肺的喊叫一声接一声。她不停地喊,不停地问:"娘啊!娘啊!好了没有?好了没有?!"

天空飘着大大的雪片,她的号叫声响彻整个医院。我起初并没有意识到她正在遭受着巨大的劫难,还乐滋滋地吃着油馓子和芝麻糖饼。等候在产房走廊里时,我的养父和奶奶,一个面色苍白,一个掏出手绢不停擦眼泪,我也莫名其妙地害怕起来。突然,产房的门开了一小半,有个胖护士大声地叫着养父的名字,养父的脸刹那间白成了一张纸。他惊惶地跑了过去,我趁乱跟在他的身后闪进了门里,但我不敢近前,只是悄悄地靠在门边上。三个医生弓着腰在养母的哀号中忙碌着,其中一个戴着大口罩的女医生扭过头匆匆地和养父说了两句话。我还没来得及竖起耳朵,就看到养父"扑通"一声跪在了医生面前,脸上亮晶晶的一片,不知道是泪水,还是汗水。我吓得大气也不敢出,赶紧踮起脚尖跑出门外。

几个小时后,弟弟险泠泠地降临到这个世上。2斤3两,瘦小得像只奄奄一息的猫仔,护士打针时都不敢往下扎,只能拎着皮戳进一点点针头。第二天,医生来查房时坦诚地说,朱玉林肚子里的瘤子实在太复杂了,完全超出了她的见识和水平,手术进行了一半几乎无法再进行下去。本来她已安排奄奄一息的养母转到县医院去,但养父跪在了她面前不肯起来,恳求她保住大小两条命,她没有办法,才冒险一搏。医生又叮嘱我养父:你要好好对待朱玉林,我接生的所有产妇里,她真的是九死一生,遭了天大的罪了!

可不是!刀口十多厘米,在麻药失效、完全清醒的情况下,看着医生在自己的肚子上忙碌了好几个小时。那种剧痛,常人难以想象。事隔多年,我询问她躺在手术台上那几个小时的感受,她认真地想了想,说:我忘记了。

"忘记了"是聪明,还是无奈?可是,她又怎么好不忘记呢?从二十多岁到六十岁,三十多年的时间,她总共动了五次手术,伴随她的是剖宫产的刀疤,胆结石的刀疤,阑尾炎的刀疤,附件的刀疤以及最后一次膝盖粉碎性骨折的刀疤。2016年的夏天,我带着儿子回江苏,她挽起裤腿给我看因为粉碎性骨折而变了形的膝盖,告诉我:里面衬着一块不锈钢,等田里的一熟稻子拾掇进粮仓,还要去市里的人民医院再动一次手术把放了十来个月的不锈钢取出来。

她这缀满病痛的大半生——如果把所吃的苦、挨的疼、受过的累都记在心里,那她该活得多艰难!所以,她难得糊涂地选择了"忘记"。她没有也不肯忘记的是养父的那一跪,那是她和养父拉拉扯扯了半生的婚姻里最初的也是最难得的恩情。纵然现在的她已头发花白,和我谈起养父当年的那一跪,眉眼间便不自觉地溢满了柔情。

养父是村里的电工。早前的电工有很大的权力,不仅掌握着几个村子的电闸,家家户户的电路也全仰仗电工维护,所以电工是红人,人人愿意和他结交。在那种被刻意奉迎的氛围下,养父不知不觉地染上了酒瘾。三天一大醉,两天一小醉,东家喝到西家,中午喝到晚上。逢酒必醉,醉了又不肯消停,追鸡赶狗、就地打滚或上房揭瓦,闹得家中鸡飞狗跳,个个不得安生。但他再怎么不安生,养母都寸步不离地陪护在养父身边,生怕他在烂醉中伤害到自身。

侍候酒鬼需要极大的耐心和爱心。然而,若是一个男人一年三百六十五天,犯浑的时间远远超过清醒的时间,日复一日地上演着同样的闹剧不思悔改,那么女人再多的耐心和爱心也会渐渐地被消耗殆尽。我小学五年级时写过一篇作文,其中一段描写了养父的醉酒:烂醉如泥的爸爸躺在床沿上,妈妈伸出手用力一推,爸爸就像死猪一样骨碌碌地滚到地上。语文老师把我的作文当成范文在班级上读了读,"死猪"的比喻就成了一个收不回来的笑话。

对这件事,养父养母的反应不太一样。养父丝毫不动气,反而以我为荣,觉得我观察入微,倘是酒桌上有人拿"死猪"揶揄他,他笑得比别人还要带劲,好像平白捡了几百块钱似的。养母虽然也被"死猪"这个词逗笑了,但她嘴角的笑却怪怪的。

养父这个人,怎么说他呢?嗜酒固然讨厌,但从宿醉中清醒过来的养父却是温和亲切的,不厌其烦地满足我的每一个小小要求。我过生日,他再怎么忙都会抽出时间去乡里买上几道我爱吃的菜。县城出差归来,斜挎着的电工包里似乎总有一两样令小孩子为之展颜的好东西。他最深得我心的一点是会很慷慨地给我零花钱。货郎摊上各色各样的玩意儿,老公公敲着小铜锣叫卖的麦芽糖,装在木头箱子里的棒冰,学校门口的木香花……这些东西都需要源源不断的零花钱去换取。

养母也常常给我钱,只不过她给的钱不多,而且还不是白给的,算是跑工费。天黑之后,她要我陪她出门寻找醉得不知归途的丈夫。乡村的夜晚乌漆墨黑一片,有月亮的话,尚好一些,至少看得清脚下坑坑洼洼的路,如若阴天落雨,不但道路泥泞难行,连守门狗的叫声都要比平日里凶狠几分。我似乎总是不能忘记那些坐在她自行车大杠上的夜晚,冷风无情地刮过我的脸,我紧紧地闭着眼睛,唯恐自己一松懈就会被庞大无边的黑暗吞没。

其时,年轻的养母渴望的,不过是幼小的我与她并肩前行时带给她的一点微光吧,哪怕这点微光还没有火柴头那么大。在那样的前提和氛围下,养母的内心大抵也是惶恐不安的吧。一边深一脚浅一脚地推着自行车往前走,一边有一搭没一搭地引我开口说话。我的眼皮有千斤重,她的声音像沉没在水里,越来越远。她是如何一次次顺藤摸瓜地找到烂醉的养父并成功地把步履踉跄的他带回家的?我已无从述说。随着岁月的流逝,往事留给记忆的只是一些零零落落的点和面,所以我记住的只有黑夜、冷风、犬吠、怪兽般站立在阴影下的草垛子和养母高一声低一声的呼唤。除了这些,养母的面目反而模糊一片。那一段经历让我耿耿于怀:好像我当初成为她的女儿的最大用途,就是为了日后给她壮胆。

拥有众多不情不愿的夜晚的孩童,等同于拥有了众多不快乐。成年之后,我本能地抵触天黑之后的活动,没什么非做不可的事情,绝不外出,哪怕村路上密集的路灯亮如白昼,我也绝不会独自出门散步。极少的几次,因为迫不得已而在月亮下行走,我的脚步都是匆匆的。我不敢停顿,不敢回头。失落在故乡暗黑村道上的我和养母重叠在一起的身影,是我此生都在想办法逃避的伤疤。它看似隐秘,内核却越来越明亮耀目,以致我童年里那些坐在养母自行车上的夜晚几乎被它的光芒击中、洞穿,直至灼成灰烬。

我幼时,因为贪恋零花钱的好处,情感的天秤一直倾向养父一边,并不懂得女人的一生中出现这么一个"不走寻常路"的男人,究竟是多大的灾难。二十七岁的春天,我远嫁他乡,过得艰难而窘迫,一场辛苦维持了十三年的婚姻最终还是瓦解了。摊开紫红色的离婚证,看看面容沧桑的自己,再回过头看看头发花白的养母,才彻底地明白,她和养父的婚姻更多的时候是她一个人的独自修炼。

婚后十年的不孕不育,她要修炼;丈夫一而再再而三地沉溺于酒桌,她要修炼;最诛心的是,我养父此起彼伏的花心事,还是要她修炼。

养父是什么时候开始不安分的?我无法下结论。至少,我在他们身边生活的那十年里他让养母深受其苦的只是酗酒一桩而已。我记得养母开始和我倾诉养父的不忠是在我高中毕业之后。那时的我任性尖刻,潜意识里还在维护着养父,通常不等养母把话讲完就粗暴地下了定论,责怪她多管。不单单是年少轻狂的我,奶奶和姑姑们的言语间也暗藏着对她的不满,说她疑神疑鬼,乱给养父扣帽子,再说说,就是她自己没办法,抓不住丈夫的心。

她也很委屈:丈夫的人都很难抓得到,又如何能够抓到他的心?为了追上我养父的脚步,她骑坏了三部电瓶车。她苦笑着伸出三根手指对着我比画了一下,我第一反应就是不去看她的眼睛,低着头,看地面。她还给我看了几张作为"证据"的照片,照片中的她面无表情,半张脸是肿的,一只眼睛周围有明显的淤青。是养父打了她。

我能说什么?在我心间,养父素来是妥帖的、慈爱的、温和的,我不去说道他,是我不愿面对他"果真成了我养母口中那般不堪的人"的事实。一颗心几乎完全飘荡在外的养父已经容不得长成大人的我去揭他的底了。奶奶的周年忌日,我归家。在楼上的房间里,我试探性地和养父谈起了他和养母之间的冲突,但养父很快沉下脸夺门而去,把我晾在当场。就是那一次,我明白养母已经在婚姻中败得一塌糊涂,也领教到夫妻决裂后男人的绝情。原来最可怕的绝情不是两个人吵吵闹闹不得安宁,而是,我扫向你的眼神宛如冰刀。

很难想象,是什么支撑着养母在养父宛如冰刀的眼神下苦苦扑腾了半辈子。靠唠唠叨叨的倾吐吗?无限循环的倾吐的确给她清理了一部分的心理垃圾,但于她和我养父的关系修复,却是毫无用途。我在浙江安家后,她给我打了无数通电话。每一通来电的本意都是关心我这个远嫁的女儿过得顺不顺心,然而,说着说着便岔了题,最后无一例外地变成了她对我养父的控诉。

同为女人,要是换成我,对一个不再把心放在我身上的男人,我早早就撂下了。即使不撂下,至少我也会时刻克制自己不去管他。"别去管他!"是我在电话里对养母说得最多的一句话。就像一个悖论:因为知道她做不到这一点,我就要一直强调。因为我一直在强调,所以,她也从未听进去过。

某一个午后,在我厌倦了她毫无头绪的长篇絮语后,脱口而出一句"妈妈,你离婚吧!"电话的另一头突然安静了。她咿咿哦哦地打了几个哈哈,支支吾吾地说了一声"你爸爸人也没那么坏"后,匆忙地结束了通话。那是她仅有的一次主动撤退。在那之前,不管我如何明示暗示我不想听她的长篇纪实,她都牢牢地拖着电话这头的我的耳朵不放,像是扯着这个世上稀有的一根救命稻草。然而,"离婚"这两个字甫一出场,她就慌不择路地逃开了。

我终于明白她为什么会败在养父的手中。因为她拒不承认眼前这个漠视她的男人是我真实的养父,因为她有选择性地固执地保留了我养父年轻时身上的良善,因为她不相信身边最亲密的人居然会变得面目全非。或许,她的倾诉除了情绪的自我救援,还是一种求证,企图在我这里获得我对她所倾诉的那些话的否定。换而言之,她需要的其实是我认可"你爸爸人也没那么坏"这句话。她想死死守住的或许并不是千疮百孔的婚姻,她想守住的只是过去那个爱着她、毫不犹豫地跪在医生脚下的男人的形象。如此,她羸弱的身躯里才能源源不断地滋生出飞蛾扑火的勇气。

我远嫁的这些年,几乎每年都会带着孩子回娘家一趟。养父养母的家,我自然是要去小住一段时间的。他们两人缠斗、怨恨了多年,我完全能猜想出平日里他们两人的相处模式,但有我和儿子在场,他们还是最大限度地还原了最初留在我脑海中的样子。养父忙前忙后地杀鸡杀鸭,去小河里抓鱼,恨不得把家里的好东西都搬出来给我。养母爱怜地把我的孩子搂在怀里的画面使我想到若干年前窝在她臂弯中的那个小小的我。

　　一切就像回到了从前。要是我不曾长大,他们也不曾变老的话,真的,一切就像回到了从前。

大院里的阳光

父亲说:没想到现在驾驶员不能算个正经职业了。

父亲这般说的时候,嘴角向下撇着,眼窝子里若隐若现地闪着几丝惋惜。

父亲二十岁那年去了遥远的内蒙古当兵——驾驶连的汽车兵,这是一个在当时令人羡慕嫉妒恨的兵种。父亲不止一次在饭桌上向我们讲述驾驶连的艰苦严谨的生活。真正的方向盘就在看得到的地方闪着诱人的光亮,但谁也不能去碰。新兵蛋子们的方向盘都一样,是用稻草和木片扎成的方向盘模型。等到"方向盘"在手心里磨得滑溜溜了、像模像样了,大家才在指导员的带领下第一次坐进"大解放"的驾驶室里感受一下什么是真正的汽车。

"如今的驾驶员,"父亲很不屑,"和我们老一批怎么能比?"

"老一批"这三个字突然让我想到了我居住过的位于如城镇西北城脚跟54号的大院。大院隶属于县供销社运输车队。

大院里住着老一批的驾驶员和他们的家属。老一批的人十来个,老家多半是本市的乡下或与我们如皋县毗邻的海安县,大院的宿舍楼就是他们的家。

大院里有一棵很大的榆树,榆树的旁边并排趴着两辆报废了的蓝色"老解放",每天早上我捧着语文书坐在破解放车与围墙的夹缝中装模作样地早读。我把喉咙压得低低的,生怕自己在不经意间惊醒了离我家不远的两间平房里的一户人家。其实,大院里的三层宿舍楼很宽敞,二楼三楼合计有十户人家,一楼的传达室、办公室、机修房边上还有一间空房子,可这户人家偏偏被车队领导安排在低矮潮湿的平房里。

平房楼房一律是单位的公房,然而大院里的居民们还是心知肚明:平房和楼房是两个档次。这不是明摆着欺负人嘛!

父亲摇摇头:人千万不能过得窝囊,一窝囊,遭人瞧不起。

父亲口中的窝囊人叫范德轩,名字响当当的好听,人活得却是一塌糊涂。他是父亲单位里唯一一个不用出车的驾驶员,他也很少跨出平房的门槛。我住在大院的前两年里,他间或在清晨跑到公共水龙头边洗脸,我一边读书一边偷偷地打量他:浮肿着一张黑脸,嘴唇乌青,头发刺猬般地竖着,一件白不白灰不灰的衬衣潦草地套在身上,领子卷成了一张隔夜的饺子皮。

他无精打采地刷着牙,刷几下,冷不丁地干呕两声,脖子伸得老长,那动作、那神态像极了乡下水塘里吞咽蚯蚓的鸭子。他也许知道大院的僻静角落里有人在打量着他,也许不知道,反正他不在乎这些。不要说我这样的毛孩子了,就连这个大院里上班的叔叔阿姨他也是不屑理会的。

在这个热热闹闹的大集体里,他活得就像个飘在半空中的仙人。事实上,他离仙人确实不远了,他还自诩为酒仙。

背地里,大家一致叫他"酒虫"。

他喝醉了酒会像没有骨头的虫子一样在平房前的地上扭来扭去,一边扭,一边呜里哇啦地号叫。没有人去拉他,他的一对儿女也只是默默地站在门外边。戴着一副黑框近视眼镜的男孩锦宁低着头看自己的脚尖,女孩锦玲两只手局促地插在上衣兜里。他们是一对很懂事的双胞胎,大人般勤劳能干。

星期天,锦玲忙里忙外地做家务,锦宁写完了作业就劈柴。他们家有一只烧木材的小型开水炉子,管炉子的是锦宁的奶奶,看起来年龄不大,头发全白了,人倒是胖胖的,声音洪亮,坐在一张矮矮的凳子上,一会儿喊:"锦宁,锦宁,来灌开水。"一会儿又听她在指挥锦玲:"锦玲,锦玲,把饭碗搬去给你爸。"

两个孩子不说话,他们似乎早已习惯了奶奶的差使,大院里的毛孩子七八个,他们姐弟俩是公认的榜样。

我父亲从二楼的阳台上一探头，瞧见胖乎乎的锦宁蹲在平房前整修那只破炉子，会不由自主地唏嘘一句："唉！多好的孩子，摊上了这么个爹。"

锦宁的两只手糊满了泥巴，要补好那只破旧的炉子不是件容易的事。本来，他昨天放学后还和我约好要去人民公园的柳树林子里找蝉衣的，炉子修不好，约定好的事儿要取消了。

我找蝉衣是用来瞎玩的，锦宁找蝉衣是为了卖钱。他知道小城里哪些树上会爬满蝉衣，也知道收购蝉衣的贩子住在哪条小巷子里，好的蝉衣三个一分钱，有破损的则五个一分钱。一个夏天下来，锦宁已经积攒了十四元六角钱了。

他究竟费了多少工夫从多少棵树上找来这么多的蝉衣？简直太让我吃惊了。

我和锦宁钻在"大解放"的破车厢下，他把几张毛票和一大把叮叮当当作响的钢镚装在一只方形的小铁盒子里，他摇摇小铁盒子，两只眼睛晶晶亮："三三，你知不知道？新华书店的《十万个为什么》只要十八元五角一本，我都去翻过好几回了，我再捡一点蝉衣凑凑，马上就能买得起了。"

我敬佩地望着锦宁，觉得他整个人都在闪闪发光。

可是，锦宁心心念念的《十万个为什么》到最后还是泡了汤。他的钱，辛辛苦苦攒下的、藏着的钱，被他的酒虫父亲翻找了出来。那天晚上,伤心的锦宁坐在平房前的空地上哭了很久。不是那种声嘶力竭的哭,而是断断续续、压抑的抽泣。

十四元六角从范德轩的手里甩出去,变成了在酒瓶里晃荡的辛辣液体。然后,那些无色的液体使范德轩成了聋子和傻子,聋得听不到自己孩子悲伤的哭声,傻得像一个活在这个世上的蛀虫。

我见过这只蛀虫喝酒时的可怜样子,他无需杯子,酒瓶就是他最合手的杯子。他仰起脖子不顾一切地吹着瓶子喝,喝了一半,他摇摇酒瓶子,嘴巴里嘟嘟囔囔。他舍不得瓶子里的酒浅下去,那会割了他的肉剜了他的心。被酒精麻醉了脑子的他却极有创意,他蹒跚着向水池边走去,左手捏着瓶颈靠近水龙头,右手颤抖着拧开开关,然后,酒瓶迅速被注满了。

酒鬼的心得到了极大的满足,他搂紧了酒瓶跌跌撞撞地往家门蹿。蹿一步,蹿两步,第三步蹿得太野了,他"扑通"一声扑倒在了坑坑洼洼的水泥地面上。酒瓶哐当一声响,酒和水混合着在干燥的地面上画出一个不规则的图形。酒鬼不可置信地望着自己空空的双手,翕动着双唇,然后他伸出他那紫红色的舌头,狗一样地趴在尚未完全渗进地面的酒上面舔了起来。

如果不是亲眼所见,年幼的我永远不会相信一个男人会堕落成这个样子。

锦宁应该是熟知了他父亲的秉性,所以一点儿也不吃惊,他平静地看着痴痴狂狂舔地的父亲,仿佛在看一个与他毫无关系的陌生人。

范德轩在热烘烘的水泥地上躺了好久,后来还是大院里的两位叔叔看不过眼了,把他架回小平房里去的。

锦宁的奶奶带着锦玲去了城北的罐头厂打零工。范德轩在岗不干活好几年了,单位每个月只发给他一百五十元的基本工资。一家四口,两个上学的孩子,一百五十元远远不够。六十多岁的奶奶和十来岁的孙女搭把手,好歹能挣点钱补贴家用。

锦玲的眼睛大大的,不怎么爱说话,迎头碰上人了,眯着眼睛笑一笑,睫毛忽闪忽闪的。她穿的衣服多半是三楼的王阿姨送的。王阿姨在绢纺厂上班,有个上初中的女儿,她女儿穿不下了的衣服统统归了锦玲。

锦玲不嫌,她不好嫌。王阿姨每次送衣服去小平房,锦玲的奶奶都要拉着王阿姨的手讲上许多感谢话,讲完了,再唠唠叨叨地让锦玲给王阿姨鞠躬。

锦玲真的鞠,大大方方地鞠,一点儿不带勉强的。锦玲在奶奶跟前温顺得像只小羊羔,在锦宁面前呢?凶得了不得。锦宁作业写得不好,要吃锦玲的打;锦宁在学校闯了祸,锦玲总会听到消息,少不了打;锦宁和奶奶犟了嘴,还是要被锦玲打。打了还不许锦宁哭。

锦宁撸起袖子给我看手臂上的红巴掌印,锦玲的手劲儿真不小。

别看锦玲瘦瘦的,也就比锦宁早到这个世上几分钟,锦宁偏偏对这个姐姐又敬又怕。锦宁说:锦玲不是姐姐,是妈妈!

我不识趣地问锦宁:你的真妈妈呢?

锦宁摇摇头,什么也没说。

锦宁的妈妈先前在大院里待过,人长得还不错,是范德轩在甘肃当兵时找的对象。她跟着范德轩转业到地方上也过了几年的舒心日子,等范德轩一头栽进酒缸,日子慢慢地就过不下去了。

有哪个女人愿意陪着一个整日里神志不清的酒鬼过日子呢?她走的那一年锦玲姐弟不过五岁。

妻子一走,范德轩愈加往水里火里折腾自己了。

一个家,男人再怎么烂泥扶不上墙,有个说得过去的女人撑着,日子还能叫日子,家还能叫家。

于是范德轩的家,在锦玲懂事后才勉强算得上是个家了。

锦玲会持家。奶奶不识字,可怜巴巴的一百五十元在奶奶手里打算不过来,锦玲能管。月头上,米和油先买好,父亲的酒也要买好。不是锦玲纵容父亲,酒已经成了范德轩的毒品。不给他喝,他就发狂,暴躁得拿头撞墙,撞得鼻青眼肿。

或者跪在老太太面前磕头,一下,一下,咚咚地磕。

天底下有哪个母亲吃得消儿子这般作践自己?老太太盯着磕头如捣蒜的儿子,泪水滚滚而下:"锦玲,你去买酒吧,他喝死了是他的命,早死早投胎!锦玲,给他喝!"

米、油、酒三样买好,可供买菜的钱寥寥无几了。锦玲星期天去菜市场捡漏,专挑人家不要的便宜货买。买回来了,能腌的腌起来,能晒的晒起来。"老解放"的车头上搁着几只竹筛子,筛子里晒着萝卜条、大头菜、咸菜干,还有几十条小手指宽的带鱼。带鱼腥味大,招来一队一队的绿头大苍蝇嘤嘤嗡嗡地盘旋着。锦玲手里擎着一根小棍,棍子头上荡着一根长长的红布条,她隔一会儿就从房子里跑出来轰苍蝇。

锦玲的菜做得好。学校开运动会,锦玲给锦宁准备的饭盒闻起来喷喷香,我用妈妈做的红烧鸡翅跟锦宁换了几段酥酥香香带着点辣味儿的带鱼干。还有萝卜干,尤其好吃,又甜又脆又鲜,和酱菜厂里卖的差不离。我回家和母亲夸起锦玲的手艺,母亲挺诧异的,说一个十来岁的孩子能做出什么登样的萝卜干。诧异了一会儿,她又想通了,说锦玲给范德轩那样的人做女儿,会做什么好菜都不奇怪的。

就那样巴巴结结的伙食,锦宁还是被锦玲养得壮壮的。他参加运动会的项目是掷铁饼,本来是没有胜算的,六年级里比他高大、比他有实力的同学好几个,不过,那天他的状态特别好,轻轻松松地拿到了全校第一名。

颁奖的时候,他端端正正地捧着奖状,校长发给他的奖品是一只蓝色的米奇书包。我在台下用力地为他鼓掌,两只手掌拍得通红。我以为他会高高兴兴地接过书包,然而他没有。他仰起通红的小脸,凑到校长手上的话筒上认真地问了一句:"校长,我可以不要这个书包吗?我能不能要一本《十万个为什么》?"

校长呆了呆,一时间不知道怎么回答锦宁,他完全没想到颁奖的过程中会遇上这个不按常理出牌的胖男孩。幸好,班主任董老师及时地帮他解了围,她一只手拎起蓝色的米奇,一只手拽过脸上还充满希望的范锦宁匆匆忙忙地走下了主席台。

我和锦宁慢吞吞地走在放学的路上,那只崭新的米奇斜挂在锦宁的肩膀上微笑。锦宁不笑,他漫不经心地踢着马路上的碎石头,不甘心地问我:"三三,为什么运动会第一名的奖品不可以是一本《十万个为什么》?"

我翻翻白眼:"笨蛋范锦宁,米奇的书包比《十万个为什么》要贵二十多块钱呢,你赚到了懂不懂?"

锦宁懂,我懂,是班主任不懂,是校长不懂。锦玲也懂,所以,她用在罐头厂摘了两天草莓蒂头的工资给锦宁买了一本《十万个为什么》。书抱在怀里,锦宁很没出息地哭了,哇哇地大哭,好像受了什么天大的委屈。

那本书,锦宁一直很宝贝,用两层的报纸包着封面,平平整整地放在他床头的壁橱上。

锦玲拿到初中毕业证书后辍学了,她的考分超出普高分数线三十多分,不继续上学实在是可惜了。但他们家的情况放在那里,能供锦宁一个人读书已经是很吃力了。

锦宁的奶奶腰腿疼,不能再外出打零工,范德轩彻底地瘫痪在床,他时而清楚,时而糊涂。清楚了,愣愣地看着照顾自己的女儿,满脸慈祥;糊涂了,下急雨似的擂着床沿呼天喊地讨酒喝。都活到生不如死的地步了,他放不下的还是酒。

我们家就是在那会儿搬离了大院。我和锦宁没在一个学校读书,我上职业学校,成天吊儿郎当地混日子。我父亲恨铁不成钢:"你该到西北城脚跟的大院里去看看锦宁,看看锦玲,人家的孩子没有爸爸妈妈管着,还要养着奶奶,上学都那么好,你不难为情吗?"

有什么难为情的?我在心里为自己辩解:我应该高兴,高兴自己不是锦玲或锦宁。锦宁唯一值得我羡慕的地方是他的学习,他的数理化成绩自始至终霸占着我们年级段的第一名。到了高中他还是学霸,我在电视里看到他代表学校去省里参加物理竞赛拿了五百元大奖的新闻。王阿姨来我们家串门和我母亲谈起锦宁,说他用奖金给锦玲买了一套红裙子,八十年代的五百元在十几岁的孩子手里真是一大笔财富。

锦玲十九岁那年结婚了。她必须结婚。旧城改造的通知下来了，西北城脚跟54号在拆迁的范围之内，大院里有能力的人家先后着手置办了房子。范德轩家……范德轩的家怎么置办呢？

范德轩的老家在七十多里外的乡下，因为空了很多年，房子早塌得没形了。他们家的亲戚，十之八九是不愿意伸手拉他们一把的。不怪世情人心淡漠，范德轩这号人，四仰八叉地赖在泥里不动弹，人家该怎么拉？

范德轩的老母亲白发苍苍，锦宁要上学，他们的家能指望得上的只有锦玲。锦玲在绢纺厂里做临时工，连个宿舍也没有，拖着一个老的、一个傻的，弟弟还在上学，她能走的路只有一条：嫁人。

锦玲嫁的人家在郊区，新郎是个养鸡专业户，在鸡棚边上搭了两间小房子，给了范德轩一个容身之处。曾经住在一个大院的叔叔阿姨们还是为锦玲庆幸的。一来锦玲的婚姻让他们家的生活有了转机；二来锦玲的男人三十岁了，勤劳清秀，虽然个子不高，比锦玲大了十岁，和锦玲站在一起也还算说得过去。

我母亲摇着头说：锦玲，毕竟她比你才大了一岁呀！

锦玲嫁人的那一天，大院里的住户凑了份子钱给范德轩买了一部轮椅。鞭炮声中，锦玲七十多岁的奶奶不停地擦着眼睛,锦宁推着稀里糊涂的父亲,脸上挂着僵硬的笑容。锦玲穿着那套红裙子,和大院里的邻居一一握手告别,庄重得体得不似一个二十岁的大女孩。

很多人都在心里翻腾:那样的锦玲如果不是范德轩的女儿,她脚下铺展开来的会不会是另一条光明通达的路?

谁知道呢?

因为锦玲的的确确就是范德轩的女儿,她有许多的理由要为自己过好这一生。就像眼下,她有许多的理由要先为她身后的这三个人考虑。

几年后,西北城脚跟54号换成了一个好听的小区名字,那有着咖啡色外墙的三层筒子楼没了,老榆树没了,停放过破旧和不破旧大解放车的院子没了。一切旧痕迹消失得干干净净,好像原来热热闹闹的大院是个虚无缥缈的故事,所有的细枝末节通通被光阴的巨手连根拔起,从此了无生机。

在二十多年后的今天,虽然我并不愿再提起范德轩,但我知道,只要我稍稍一回头,就能穿过时光的帷幕,轻而易举地找到胖胖的锦宁和瘦瘦的锦玲。那两个天真的人还保留着倔强的姿势待在宽敞的大院里:锦宁的手上捧着《十万个为什么》,锦玲在晒鱼干的竹筛子边上挥着红布条。

大院里的阳光亮得晃眼。

第一个给我书看的人

平原地多而广,农民们更不舍得他们的土地闲置着,一年到头,心甘情愿地忙碌在其间。玉米、黄豆、番薯、高粱、水稻、花生、小麦、油菜、荞麦……到了丰收的季节,田头、村路,随处可见躬身劳作的农人。

我们那地方家家户户的堂屋里都摆放着一组(两格或三格)储存粮食的长方形柜子,总长七八米,宽一米左右,高度相当于一个八九岁孩子的身高。小时候,村里几个年纪相仿的孩子玩躲猫猫,空出来的粮柜常常是个隐蔽又安全的好地方。启开粮柜的盖子爬进去,轻手轻脚地蹲在粮柜的一角,趁人不注意,还能悄悄地立起身来把盖头顶开小小的一道缝察看外面的动静。早前的粮柜是木头的,质地坚硬。木匠完工了,还要请来漆匠把粮柜漆成明黄色,再在柜身上描出诸如"喜鹊闹春""牡丹花开"之类的吉祥图案。粮柜里分门别类地放着玉米糁、面粉、大米、杂七杂八的豆子及应季的零食,当家主妇每天就从这柜子里取出些当日所需的材料。

老家的人早晚喝玉米糁粥,中午多数吃面,只有来了客人或过年过节,才煮一锅大米饭。玉米糁是黄玉米粒或白玉米粒在石磨中加工而成的。石磨是平面的两层,两层的接合处都有纹理,粮食从上方的圆孔进入两层中间,沿着纹理向外运移,在滚过两层磨石时被磨碎,形成粉末。我外婆家的厨房里就放着一架巨大的石磨,外婆推着一根木制的横杠不停地转圈,很吃力的样子。磨盘发出呼呼的声响,淡黄色的玉米糁便从两层石磨的缝隙间簌簌地落到下方的磨槽里。而带壳的稻谷要变成莹白的米粒,则要借助村里公用的石碾子。我依稀记得奶奶家的柴房里还有另一种古朴的舂米工具——一只半圆形的石臼,石臼后方搭着木架子,中间架有一根长长的类似于跷跷板的横杠,横杠的前端连接着臼杵,杵上的石块沉甸甸的。舂米的人一只脚踩在横杠上,使其前端上翘。当脚松开时,臼杵自然落到石臼中。扑通、扑通、扑通……如此的动作重复多次,米才能渐渐地由糙变白。

外婆家的石磨、村里的石碾子以及我家舂米的石臼,差不多在我读小学时被淘汰了。不能说它们不好,毕竟,早前农村吃的粮食全仰仗着它们,只是更方便、更快捷、更理想的东西出现了——我爸爸在院子里盖了两间小平房,买回了三台崭新的铁家伙,开了方圆几十里之内唯一的一家磨坊。只需按下机器的开关,玉米、小麦、稻谷、荞麦或高粱,要去皮就去皮,要脱粒就脱粒,要磨粉就磨粉。磨得粗一点,还是磨得细一点,完全能够轻松调控。

磨坊开张的第一天,万人空巷,远远近近的人都赶来加工粮食。少的,肩挑手提;多的,独轮车双轮车推着。即使三台机器不停歇地开动,等待着磨粮的人还是排着长长的队伍。爸爸忙得脚下生风,连饭也顾不上吃一口。爸爸本来是乡里的电工,还时不时有人上门来叫他去检修电路。既要做磨坊的生意,又要及时处理好电工的分内事,爸爸一个人真是分身乏术。思前想后了一番,爸爸终于请来了一个接替他在磨坊工作的人。

请来的这个人家住得不远,就在我们蔡家庄村紧邻的陈家庄一队。陈家庄的人几乎都是姓陈的,但这个人却有个生僻的姓氏——泰。爸爸和他是朋友,常常直呼其名"泰成和"。他和爸爸的年龄相仿,我爷爷奶奶就像招呼自己的儿子一样,亲亲热热地叫他一声"和儿"。我呢,则自动自觉地喊他"和儿叔叔"。

磨坊的生意特别火爆,只要不停电,他就一步也不能离开。开夜工,更是常有的事情。所以,我们家的饭桌上自然而然地添了他的一副碗筷。爷爷和奶奶又把专门摆放农具的西厢房腾了出来,给他搭了一张床,铺上干净的被褥。这样的话,他忙得晚了,或者是遇上风雨大作的坏天气,就不用摸黑返回自己家了。

和儿叔叔个子不高,偏瘦,背微微地弓着,是个"上弓腰"。他有个习惯性的动作:和人面对面站着时,喜欢双臂紧贴着身体的两侧,手插在裤兜里。这般一来,就显得他更瘦小,上弓腰更明显了。他偏好翻领夹克衫,灰色或褐色,夹克衫的左上部都有个斜开的一字口袋。他喜欢把电笔别在口袋上,一旦磨坊里的机器出了毛病,总要先拔出电笔测一测电路。

起初的日子,他貌似有些顾虑,并不在我家留宿。慢慢地,他和我们一家人相处熟了,便不那么拘谨了。他在西厢房朝南的墙壁上钉了两枚钉子,拉起一根废弃的皮线,把从自己家带过来的一套换洗衣服整整齐齐地晾在上面。西厢房的木门背后也一左一右钉着两根钉子,左边挂着一件劳动布的蓝大褂,右边挂着一顶黑色的"风帽"。磨坊里粉尘漫漫,我爸大大咧咧的,一点儿不讲究,什么防护措施都不做,直接钻进去干活。在里面待的时间长了,一头一脸一身的粉末子,活像动画片里的白胡子老神仙。和儿叔叔和我爸不一样,他进磨坊之前总要仔细地戴好风帽,系紧下巴下的两根扎带,罩上那件长及膝盖的蓝大褂。出了磨坊,他先跑到院子一角的空地上用力地跺几下脚,然后除下帽子,脱去蓝大褂,上上下下前前后后地甩打一番,才将它们送回西厢房门后的钉子上。

西厢房的门随时随地是敞开的,我时常走进去看看。他的床头放着一张与床沿齐平的方凳,凳子上有一盏高脚玻璃罩的油灯。乡下供电没个定数,即使有电,跳闸也很频繁,所以每个房间里都预备着一盏灌满火油的油灯。和儿叔叔的那盏油灯旁边往往摊着一本书,如果油灯旁没有,我会踮起脚尖去翻他床上的枕头。书不在油灯旁,必然在枕头底下。我曾经陆陆续续地从他的房间里找出好几十本诸如《七侠五义》《天龙八部》《雪山飞狐》《射雕英雄传》《山海经》之类的图书。书的封面一律半新不旧,有的页面甚至缺了角,不像是刚买的。可要说是借的,八十年代的农村,他又是通过什么途径从哪里借来的那些书呢?

和儿叔叔没住到我家之前,我也看点课外书,不过,仅限于班上的小朋友之间传阅的巴掌大的小人书。在我们那一片的庄子里,我们家的经济条件算是好的了,也难得有买大部头新书的机会。乡供销社没有专门卖书的柜台,我翻来覆去看了无数遍的《三百六十五夜童话》和《安徒生童话》还是爸爸带我去五十多里外的县城看病时帮我从新华书店买回来的。一本书的花费近三十元,按照当时的消费水平,这是一笔大开支了。和儿叔叔房间里的那些书比我自己的童话书精彩多了,可就是书中至少有一小半我不认识的生字。不过也没关系,字读半边不为错。生吞活剥地读下来,也能大致领会一本书的精髓。

和儿叔叔知道我私自去他的房间取书,并不介意,只是嘱咐我不要弄乱他做了记号的页面,他在看的那一页里夹了一根白色的鹅毛。

我看书的进度比和儿叔叔快多了。我放学后写完了作业一直看到天黑,星期天更是成天捧着书坐在门槛上不挪窝。他白天挨不上书。有电,他要照管磨坊的生意;一旦停电,他还得抓紧时间回一趟自己的家。晚上,只有停电或跳闸,他才能凑到油灯下安静地翻一会儿书。有些时候,他在西厢房里看书,我爸爸还会去干扰他,叫他一起去捞鱼。

说捞鱼是自欺欺人,其实就是偷鱼。我们那里每个村子的名下都有一两条大河,投放了各类鱼苗的大河属集体所有,个人没有权利私自去捞鱼。万一被逮住了,轻则罚款,重则扭送到派出所。然而,那会儿的农村,生活条件实在不好,物质匮乏,大家伙儿的日子都过得清汤寡水的,一年到头难得见到荤腥。像我爸爸这样头脑活络的人,肯定要想办法让家里的饭桌上有滋有味一点。他有好几张十来米长的丝网,丝网捞鱼得有个帮手。以前是我妈,他们俩后半夜悄悄地出门,个把小时后,厨房的地上就出现了满满一大盆鱼,两三斤的白鲢居多,偶尔也有大块头的乌鱼、鲤鱼。奶奶把它们清洗干净,用粗盐腌好、压实,红烧、煨汤,和泡发的黄豆同煮都行,够我们一家人乐呵好些天的了。某个秋天的夜晚,爸爸妈妈去偷鱼时被守夜的人发觉了,三四个人呼喊着追过来,手电筒的光柱横七竖八地把夜空捅了无数个窟窿。尽管他俩及时地扔掉了"劳动成果"轻装撤退,我妈的胶鞋还是跑飞了一只。光着一只脚逃回家的她惊魂未定,差点喘不上气来,从此再也不肯陪我爸去"开夜工"了。

和儿叔叔的到来,让我爸那颗偷鱼的心又蠢蠢欲动了。我爸在吃饭头上鼓动了他好几次,和儿叔叔只笑笑,推说自己不爱吃鱼。我爸的筷子叮叮地敲几下盛红烧鱼的盘子,说:"你不爱吃,你家姑娘也不爱吃?姑娘长个子需要加营养,弄点鱼回家给孩子改善改善伙食不好吗?你看我家领弟(我的乳名),一顿能吃两大碗鱼汤泡饭。"

和儿叔叔的姑娘比我小两岁,和我读同一所小学。她在学校有点小名气,以和别的同学吵架时的高分贝见长。吴庄小学有位语文老师曾打过一个恰切的比方,说她的喉咙里装着一挺压满子弹的机关枪。

我家在蔡家庄最西头,紧挨着屋旁、屋后的两条呈直角的路都是和儿叔叔的姑娘放学后回陈家庄的必经之路。老话有云:姑娘是爸爸的贴身小棉袄。可是,和儿叔叔的姑娘很少来我家找她爸。有一个傍晚,挑货郎担子的老伯伯坐在磨坊门口歇脚,正巧她背着书包走过来了。那一次,和儿叔叔给她买了好几样东西:豌豆糖、江米糕、带橡皮擦的铅笔、嘟嘟响的塑料小喇叭、一块印着小花猫吃鱼图案的手绢。最后,她还想要一只上了发条会在地上连续蹦跳的铁皮青蛙。那只青蛙值2元钱,当时磨坊里加工一百斤玉米的工钱才七八角。和儿叔叔犹豫了一下,没给她买。结果她大发脾气,也不管地上有没有鸡屎,就势躺倒在地上滚了一身的尘土。和儿叔叔去抱她,她号啕之时还不管不顾地伸出手乱抓一气,和儿叔叔站也站不稳了,脸上还给她挠出了几道长长的血痕。我爸赶紧出来打圆场,掏出2元钱买下了那只小青蛙塞到她的手里。她还不肯罢休,气咻咻地冲着和儿叔叔嚷嚷:"你对我不好!我要回家告诉爷爷,让他骂你!"

她口中的"爷爷"是和儿叔叔的老丈人。和儿叔叔是个上门女婿。做上门女婿的男人无非是家贫、兄弟多,父母没能力逐一安排好儿子的终身大事,只能委屈一个男人像大姑娘一样"嫁"出门去。姑娘出嫁尚且有嫁妆,男人做上门女婿一般是光人一个。乡间有一句戏言:没有打得赢丈人一家的拳手,就做不得上门女婿。本来应该娶妻的男人变成了"嫁人",这一"嫁"注定是意味深长的。

和儿叔叔的丈人来我家的次数不少,都是来磨坊加工粮食。他中等个儿,国字脸,双目炯炯,讲话的音量大得能把受了潮的墙皮震下来几块。他一进我家的院子,和儿叔叔马上迎上前把他手上的独轮车接下。他不像其他人一样在磨坊里给和儿叔叔搭手，而是心安理得地坐在我家的堂屋里吧嗒吧嗒地抽着我奶奶让给他的水烟袋，哗啦哗啦地和我奶奶拉家常：说地里的收收种种，说他在砖瓦厂做小工的辛苦，说老伴久治不愈的肺气肿，说小孙女的淘气，说他的遗憾与不甘——他自己生了个女儿，女儿又生了个女儿，害他和邻居吵架时腰杆子都直不起来，人家只要轻飘飘地奉上一句"绝户头"，他再怎么斗志昂扬，也是落荒而逃。国家的计划生育抓得严实，想生也生不了呀！提到这茬儿，他唉声叹气，话里话外掩饰不住对女婿的失望，好像他们家没能添个传宗接代的男丁，责任全是女婿一个人的。他一只手擎着烟袋，一只手配合着话音虚虚地指来点去："和儿啊，不是我要说他，三十好几的人了，三棒子敲不出一个闷屁，别的出息没有，看起书来最是得劲。走到哪儿，口袋里都不忘揣本书。看书顶啥用？能变成鱼和肉，还是能帮我们家变出个金山银山来？嗐，白瞎！"

约莫半个小时后，和儿叔叔恭恭敬敬地来叫丈人："爸，粮食磨好了，已经搬上独轮车了。"

"嗯。"和儿叔叔的丈人鼻子里哼了一声。

我奶奶连忙起身送客："陈大伯，有空常来呀！"

和儿叔叔姓秦，他女儿的名字叫陈晓玲。

我猜想一向文绉绉的和儿叔叔之所以愿意摸黑跟着我爸

去捞鱼,很可能是因为他默认了我爸拉他入伙时的一句话,想给陈晓玲加加营养。还有一个,可能是他本人在丈人家也没什么地位,隔三岔五地弄点鱼回去给全家人打打牙祭,也算是为自己争取一点存在感。他悟性高,做事极有耐心,我爸教的一些撒网拉网技巧他一学就会。两个男人力量相当又配合默契,捞回来的鱼比原先重了一倍都不止。

和儿叔叔和我爸前前后后做了年把的搭档,几乎把方圆十多里之内的大河都偷偷地捞了个遍。他们俩外出捞鱼的时间没个定数,多半是我爸临时起意,背起渔网说走就走。捞回来的鱼五五分成:一半归我家,一半交由和儿叔叔趁着黑骑着自行车送回陈家庄一队。白天送鱼回家太冒险,人多嘴杂,群众的眼睛是雪亮的,指不定会惹出什么口舌是非来呢。

鲜美肥大的鱼香了一家人的嘴,也在无形中给和儿叔叔增添了一点荣光。至少,他的丈人拿起我奶奶的烟袋后对女婿的抱怨似乎少了几句。只可惜,成也萧何败也萧何,最终坏了大事的,也是鱼——和儿叔叔在送鱼回家的夜里无巧不巧撞破了妻子与别人的私情。

但凡有些血性的男人,在那样龌龊的场景下都是无法置之度外的。拉拉扯扯之中,和儿叔叔抽出了随身带着的电笔,捅伤了对方的腹部,血滴滴答答地洒在了院中。男人喊,女人哭,狗汪汪地叫,几乎把陈家庄所有的人都吵醒了。那个受了伤的情敌被火速送到公社医院简单地包扎了一下,又立刻转到了五十多里外的县人民医院。偷情的代价还是有点大的——他的脾脏裂开了。

好事不出门,坏事传千里。乡人们对于男女之间香艳刺激的情事最为敏感,最能驰骋出丰富的想象力。来过我们家磨坊的人,没有一个不认识和儿叔叔的,惊讶之余,不免惋惜:和儿平时笑眯眯的,看着挺和气的一个人,怎么闯下了这么大的一桩祸事?

祸事明明是因别人而起的,和儿叔叔反而成了话题的中心。他的丈人在村路上拦住我爸,巴拉巴拉了一大通:家丑不可外扬。泰成和真没脑子,他要是能睁只眼闭只眼,不就什么事也没有嘛!捅伤了人,我们家还得替他赔钱。我就这么一个女儿,从小当宝贝养着,给他这么一闹腾,我女儿的脸该往哪里搁?还有晓玲,学校里的老师怎么看待她?……

我爸强撑着一张笑脸,不置一词。等和儿叔叔丈人气咻咻的背影消失在村口,我爸才悠悠地憋出一句话:"泰成和要是他亲生的儿子,他恐怕就不这样不讲理了。"

那场被谈论得人尽皆知的闹剧究竟怎样收场的,那是大人世界里的事情,十一二岁的我不得而知。只是在那之后,和儿叔叔就再没来我家的磨坊干活了。

和儿叔叔不来,我看书的源头自然断掉了。奶奶说和儿叔叔跟着建筑队去苏南打工去了,但奶奶没说和儿叔叔什么时候回来。西厢房的门还是开着,他睡过的床上,被子折成长筒状,枕头下压着一本厚厚的《聊斋志异》,那一根被他当作书签的白色鹅毛,平平整整地夹在书页之间。他穿过的蓝大褂子、戴过的风帽挂在门后的钉子上好长好长的时间,毛茸茸的灰尘落了一层又一层。

姨奶奶

我奶奶有个妹妹,我叫她姨奶奶。姨奶奶幼时出天花落下了后遗症,脸上有麻子。

麻子也分轻重的。有的人就脸颊上一点儿麻子,麻子窝还浅浅的,是白麻子。倘若眉眼长得好,白麻子反而更添神韵;有的人麻子稀稀疏疏,一张脸平均下来麻了小半张脸,倒也不算太过分。姨奶奶的麻,是密密麻麻。从下巴尖到发际线,麻子坑一个挨一个,根本找不到一点平整的地方。

我小时候不懂事,倚在姨奶奶的怀里还要用小手指去捅她的脸颊。捅几下,嬉皮笑脸地问她:"姨奶奶,你的脸疼不疼?"

"不疼。"姨奶奶笑眯眯地说。

其实姨奶奶笑或者不笑,她的麻脸都没有多大区别,但我知道姨奶奶真的是在笑——她的眼睛亮晶晶的。

姨奶奶有一双细长的丹凤眼,眼梢微微往上吊着,眼睫毛很密、很长。所以,不管她的脸是如何沟沟壑壑,别人都会不由自主地被她那含笑的眼睛吸引。

奶奶说：谢天谢地，好歹老天爷给了明华一双漂亮的眼睛。

姨奶奶的名字叫明华。

奶奶还说：要不是明华是个大麻子，怎么会嫁给元俊那个败家子。

"败家子"三个字也是背后用用的，真要是聚了头，还得看在姨奶奶的面子上客客气气地喊他一声"元俊"。

我爷爷奶奶有六个善良朴实的女儿，年龄间距不大，蹬梯子似的，今年这个订婚，来年那个就有人来登门提亲了。过个年把，又要着手筹备嫁妆了。结婚是一辈子的大喜事，父母都要竭尽所能为女儿操办一场。还有搬新居（俗称上椽），噼里啪啦地放爆竹和百子鞭，站在屋脊上抛印了红点子的大馒头，宾主尽欢吃上梁酒。最后是做寿，乡下人很看重整岁生日。四十岁、五十岁或六十岁，年龄越大越要办。饭菜很讲规矩，头一天中面（午餐八个冷盘、四个热炒、两高脚碗馒头，吃汤圆，吃阳春面），晚酒（晚餐十个凉菜、四个热炒、十只大碗硬菜——鸡鸭鱼肉以及各类扣菜，吃大米饭），第二天中午还有一顿马马虎虎的"散席饭"。

乡村里诸如此类婚丧嫁娶的事情，隔三岔五有之，接受了邀请的亲戚朋友们一律是要到场的。进了主家的门，一边寒暄，一边把用红纸包着的礼金塞到主家手心里。我老家那边称之为"出人情"。

姨奶奶到我家来出人情,上上下下拾掇得格格正正的。两根油光水滑的长辫子在脑后交叉后盘在头顶,一丝不落。一身蓝——蓝卡其布外套,里面的白的确良衬衣领子平平整整地翻出来;蓝裤子,中缝笔挺,裤腿上没有一丝皱褶;蓝方口布鞋,厚厚的鞋底,鞋口上沿着窄窄的一溜儿黑布条。她不像其他亲戚,进门口就找个地方坐下来,抽烟、喝茶、摆着龙门阵等开席。她眼睛里有活儿。

家里办酒席,已提前请了几位负责打杂的大娘婶子。姨奶奶本是无须动手的,可她偏偏手脚不停:择好菜拎到井台上去洗,一桶一桶地打水。在厨房间帮掌勺的大师傅整理好盘子海碗,立在灶边随时递递接接。烧火的人一时走开了,她就上前往灶膛里添上几把柴火。

早前的人重礼数讲情义,但凡办酒席,村里家家户户都不用知会,自动自觉地来出人情,再加上主家夫妇林林总总如蜘蛛网般的亲戚关系,那真是人头攒动,热闹非凡。到了饭点,坐席是分批的,一批四桌或六桌。八仙桌,一桌八位,先坐到位子上的人就先吃。吃好一批,帮忙的大娘婶子们便迅速地撤去桌面上的残汤剩羹,换上干净的餐具,启动第二轮。

姨奶奶从不坐席,我奶奶叫她去她也不去,只说让客人们先吃。

她来我家做客,却不把自己当成客人。

客人们全招待周全了,主人家、掌勺师傅、一批帮手才凑在一起吃饭。姨奶奶会喝酒,不过她喝得不多,二两的小瓷杯,只满一回。饭桌上,我爷爷照例要客气一句:"今天元俊怎么不来?"

姨奶奶低头抿一口酒,轻声轻气地回一句:"他有事。"

我奶奶往姨奶奶的碟子里夹一筷子菜或一块肉,说:"明华,你多吃点,都累半天了。"

与元俊有关的话题,不着痕迹地跳过了。

我是见过一次元俊的,奶奶让我叫他"姨爹爹"(江苏南通地区的爹爹是爷爷的意思)。姨爹爹四十岁出头,个子高高的,背微微地驼着,五官清秀,皮肤白皙,言行举止并没有出格的地方。唯一扎眼的,是他的光头——他刚刚从拘留所里放出来。

他因为聚众赌博与人起了纠纷被拘留。他的好赌,在几个乡镇里是出了名的。

不管搁在哪个年代、哪块地方,嗜赌的人都是为人所不齿的。而且,赌、吃、嫖、摇(招摇撞骗)这四个字一向是成串的。一个人一旦迷上了赌博,后面的三项差不多就是连锁反应了。

姨爹爹的"吃"和"嫖",好像还不在大人们议论的范围之内,大人们讲得最多的是他的"摇"。赌钱一要牌技,二要运气。

姨爹爹在牌桌上昏天暗地实战多年,牌技大概是不差的,可运气这茬,不由他说了算呐——他的运气是真差,常年输钱。

赌徒输了钱,当然是不肯罢休的。越输,越要赌;越赌,越输得红眼。起初,钱输完了,赢钱的一方还同意他打欠条。渐渐地,欠条越积越多,一帮子赌徒就集体抵制他,逼他还钱,要是还不出陈账,连牌桌都别想靠近。

长年累月流连于牌桌的姨爹爹,赌博就是他的精神鸦片。没了这个鸦片,他简直生不如死。为了搞到钱,他逮着谁骗谁,管他认识的还是不认识的,管他是亲戚还是朋友,巧舌如簧,鬼话连篇,只为把别人的钱搞到自己的口袋里。

他这般上蹿下跳、锲而不舍地去"摇",想不出名都难。四里八乡的人,对"明华"这个大众化的名字并不敏感,但一说到元俊的女将(在南通地区,女将是妻子的别称),大家都是一副恍然大悟的模样。

姨爹爹当时的名声,由此可见一斑。

名声一大,招摇撞骗这条路慢慢行不通了。毕竟,大家伙儿都不傻,上当一回就拉倒了,谁也不会在同一个地方再二再三地跌倒。

通向外围的财路是断了,可赌博的瘾头是断不了的。姨爹爹一向手不提篮肩不挑担,家里大大小小、收收种种的事全归姨奶奶管,一个老的(姨爹爹的老娘)两个小的都归姨奶奶管,甚至上门催债的人也想着法子推给姨奶奶管了。能有什么来钱的好法子?还不就是变着法子往内部发掘。

最先让他得手的是姨奶奶的陪嫁:两只绞丝的银镯子和一根镂空的银簪子。姨奶奶平日里不舍得戴,就锁在抽屉里,他趁家里没人,拧开锁头偷走了这两样东西,又把锁复了原样。等姨奶奶察觉到不对劲,那两样东西早不知所踪了。接着遭殃的是柜里的粮食——小麦、稻子、玉米、菜籽,这些东西有的囤在粮仓里,有的盛在蛇皮口袋中,委实没办法上锁。姨爹爹见缝插针地偷,今天偷这样,明天换成那样,量不大的话,也不大容易露馅。猪圈羊圈空荡荡的,等不及猪羊养大、养壮,上门的债主们就麻溜地牵走了。不大的院落里跑来颠去的,只剩下姨奶奶养着的一群鸡。

一只公鸡,十来只母鸡,公鸡打鸣,母鸡生蛋。少数的鸡蛋偶尔给两个孩子加加营养,大半都得卖给上门收鸡蛋的小贩。鸡屁股里的这点进账,姨奶奶精打细算,巴巴结结地应付着一年到头炒菜的盐、点灯盏的洋油以及孩子上学堂的开支。白日里,公鸡领着一众母鸡在屋前屋后逍遥自在地刨土吃虫子。天擦黑了,鸡的眼睛看不清东西,就自觉地回窝歇下了。

鸡窝搭在姨奶奶屋外的窗户下,一直没挪过地方,长方形,占的地儿不大,但很牢固。一面依着屋子的外墙,另外三面用拇指粗细的竹棍密密地扎成篱笆状的围子,围子的下端削得尖尖的,深深地扎到地下。与外墙对应一面的右侧开了个活动的小门,以便人能进进出出取蛋。母鸡一旦产下了蛋,一准儿要在窝里"咯咯哒""咯咯哒"地炫耀一气。刚下的鸡蛋温温的,握在手心很叫人欢喜。围子的四个角上分别立着一根粗壮的木桩,稳稳地托住了几块轻薄的石棉瓦,石棉瓦上再压了一层蓬蓬松松的干稻草,就是一个像模像样的窝顶了。为了防止老鼠和黄鼠狼觊觎鸡蛋和鸡群,姨奶奶还在篱笆外细致地套了两层尼龙网。

老鼠和黄鼠狼好防,家贼不好防。有一年,输得兜底朝天的姨爹爹偷过一只生蛋的黑母鸡。为了那只鸡,素来寡言的姨奶奶狠狠地骂了他一场。恼羞成怒的姨爹爹当时就准备动手了。姨奶奶瘦小,身高不足一米六,真要打起来,怕是姨爹爹单只手对付她都绰绰有余。

结果,姨爹爹愣是没敢动。他的两个儿子——上初二的大进子和上小学五年级的二进子,呼啦啦从屋里冲出来,捏着小拳头紧紧地把母亲护在身后。

那个瞬间,姨爹爹的震惊多于尴尬:他还没怎么在意,自己的两个儿子怎么就长这么大了呢?

姨奶奶很欣慰。日子虽然七零八落,好歹孩子明辨是非,懂得了体谅母亲。至于丈夫,做了这么多年夫妻,他的脾气、秉性、德行,她明明白白。她心里透透亮:他是改不了的。反正是管不了他，不如随他去折腾。

每天晚上，姨奶奶一边听着窗外鸡窝里窸窸窣窣的轻响，一边在油灯下不疾不徐地打着草席。打草席的手艺是姨奶奶出嫁前从本家的大伯那儿偷师来的，当时图的不过是有趣、好玩儿。草是沟渠里河滩边上割来的马兰草或蒲草。平原地广，野生的东西无主，只要有气力，想割多少割多少。割倒的鲜草用双轮推车拉回来，晾在院子里晒上几个太阳。晒干了的草还是软软的，淡黄中隐着浅浅的绿，闻起来有一股扑鼻的清香。

姨奶奶心细，拾掇出来的马兰草清清爽爽。她的手灵巧，能在马兰草的席面上织出新颖的花样来。我们那地方的姑娘嫁到婆家后的第一个夏天，娘家人作兴端午那天去姑爷家"送夏"。送夏的内容除了一担子吃的穿的，少不得一张新的草席。这东西不贵，几块钱一张，娘家人不为难，提前来姨奶奶门上说一声，过些日子就能拿到手。

打草席的额外收入，姨奶奶得想着法子藏好，若是姨爹爹落了眼，他是要起贼心的。塞在墙壁夹缝里，压在水缸底下，捆在房梁上……这些法子，姨奶奶都用过，也都不管用。在道德的课堂上稳得大鸭蛋的姨爹爹别的本事没有，偷起钱来的聪明劲儿一点不输《水浒传》里的神偷时迁。

家里拢共才三间房子，要把这点辛苦钱藏得巧妙、藏得万无一失,确实是个难题。夜深人静之际,姨奶奶手指间的蒲草绕来绕去,脑子也在转来转去……

十月中下旬是苏中农村最紧张最忙碌的时候,地里的稻子丰收了,沉甸甸的稻穗齐刷刷地弯下了腰。站在田埂上放眼望去,成片成片的农田首尾相连,仿佛为大地铺上了一层别致的厚毡子。阳光灿烂,和缓的秋风所到之处,稻子婀娜摇摆,宛如金色的海洋涌起一道道波浪。

别人家的大忙季节,丈夫是主心骨,哪怕在外地打工的男人,这要紧关头上也早早背着行李赶回来大干一场。可姨奶奶家收稻子,照例是她一马当先。婆婆腰疼,下不了地,早几年就扛不起重一点的力气活了。学校放了一个礼拜的忙假,大进子挥舞着镰刀与母亲齐头并进,二进子把捆好的稻把子有次序地往双轮推车上装,横的一批,竖的一批,再横的一批,再竖的一批……一直要装得人那么高。

这两个孩子不是第一次做这些事了,他们的活儿干得不比一般的大人逊色。

刚刚割去稻子的地里还潮乎乎的,姨奶奶尽力压下两只车把子,把双轮推车横档上的一根辅助借力的尼龙皮带挂上肩头,她暗暗吸一口气,闷着头拉起一整车的稻子。车尾,两个孩子弓着身子齐心协力地帮母亲推着车。

一片狼藉的稻田里,推车轮子碾压过的地方,留下两道深深的车辙。

秋收的苦和累倒是其次,怕就怕这一段会变天、会下雨。忙季的雨下得虽不大,但是最容易连阴,小雨不断。晴天没有,田里割倒了的水稻如果不及时拉回来,被雨淋湿了或者淋上两三天再拉回来,保不齐就起热了。起了热,很快会发霉。水稻发了霉,一年都吃不上好饭了。

两三亩地的水稻,姨奶奶娘儿三个连轴转了好几天,总算抢在变天之前把稻把子堆进了自家的院子。望着院子里码得方方正正的稻垛子,姨奶奶长长地舒了一口气。

好些天不见人影的姨爹爹这会儿现身了。他不是一个人回来的,他还带着一个女人。姨爹爹说她是在牌场上结识的,挺投缘的。女人是个寡妇,丈夫死了好几年了,现在一心想要和他长相厮守。

长相厮守,多温馨的一个词语,就这么从赌棍的嘴里冒了出来。

姨奶奶没有搭理姨爹爹的话,她偏头看了看站在自家堂屋前的女人。这个女人身材高挑,有一张细腻平滑、白里透红的大圆脸,瞧人的眼神是飘着的,飞过来,飞过去,似乎一刻也不安生。

姨奶奶问姨爹爹:"两个孩子你要不?"

"你不是把他们养得好好的嘛。"

"你母亲咋办？"

"我在不在家，她无所谓的。"

姨爹爹的白头发老娘从里屋冲出来，愤愤地推了儿子一把："你个坏良心的，怎么能这么糟践明华？你究竟看上这个女人哪里了？"

"她的脸不麻。"

姨奶奶黯然一笑。这个和她同床共枕了多年的男人曾是她的全部啊，这一次，姨奶奶认命了。

隔天中午，姨奶奶杀了公鸡，做了几道菜招待她请上门的五个人——本村的队长、支部书记、本家的两位叔叔辈的老先生和姨爹爹的舅舅。加上姨爹爹、姨爹爹的老娘、她自己，刚好坐满了一桌。

队长和支部书记是村里最大的话事人，代表着官方。本家的两位叔叔明事理，在族里有些威望，由他们执笔写一份相当于离婚的声明。至于姨爹爹的娘舅，依照江苏民间的习俗，他在外甥这边的权威比姨爹爹的父母还要高出三分。

如此，尘埃落定。

一心要离开的那一个，若无其事地走了。被姨奶奶客客气气送出院门的那几个，也陆续走了。

姨奶奶坐在门槛上半天没动，她的目光自东往西，一点一点地移过来。院子最东首有一棵粗壮的枇杷树，毛茸茸的花苞在枝头探头探脑。枇杷树旁用篱笆圈着的一块菜地,新种的青菜嫩芽刚刚拱出地面,米葱勃勃地绿着,仿佛攒着一肚子的劲儿在谋划着什么。几株缠绕在篱笆上的扁豆,实诚地亮出月牙般柔和的、紫色的豆荚。

鸡群尚未察觉到公鸡的失踪,兀自无忧无虑地觅食。有的鸡胆子大,昂首挺胸地迈出院门;有的鸡流连在稻垛子边,两只瘦瘦的爪子轮流扒拉着细碎的稻谷或虫子;还有一只鸡缩着一只爪子,长时间保持着一种姿势站在离鸡窝不远的地方,专注地盯着姨奶奶看。

姨奶奶从门槛上立起来,转向里屋。待她再次出了屋门,手上已多了一把铁齿钉耙。

她不紧不慢地走到窗户下的鸡窝边,钻进去,弯下腰,挥动钉耙使劲地挖起来。钉耙齿与地面碰撞着,发出连贯的响声:哒,哒,哒哒,哒哒哒……

姨奶奶在臭熏熏的鸡窝里挖了好一会儿,终于挖出了几只脏兮兮的海鸥洗衣粉的塑料袋。塑料袋鼓鼓囊囊的,袋口用细绳子扎得严严实实。打开那几只塑料袋,都是钞票,大小面额都有:角票(一角、两角、五角的),块票(一元、两元、五元、十元的),大面额的(五十元、一百元的)。

因为埋在暗黑、潮湿、腥臭的泥土里久久未见天日,钞票的表面竟然模糊了,起毛了。

姨奶奶粗糙的指头缓缓地、缓缓地拨弄着那一堆钞票,凹凸不平的脸颊上,全是泪水。

戒　烟

英诚诚是东风县检察院的老职工,这份工作他已经做了很多年了。他老家在离县城五十多里外的乡下,他年轻时应征入伍去黑龙江当了五六年的兵。二十世纪七十年代初期,他从部队退伍回来,和他一起分配到原籍的几个老乡都被安排进了食品站。只有他,做了检察院的门卫。

在粮、布、肉等生活用品需要凭票供应的年代,食品站可是个肥得冒油的好单位。英诚诚郁闷了好多年,也羡慕了好多年。终于有一天,他不羡慕他们了——在食品站上班的几个战友陆陆续续地中了风!近水楼台先得月嘛,他们一年到头有吃不完的猪板油、猪下水。那些个东西香美归香美,胆固醇贼高,日积月累地留在血管里,一个不留神就堵塞得人半身不遂了。

英诚诚在路上碰到他们,看着他们大着舌头讲话,呜哩又呜啦,晶亮的口水时不时从歪掉的嘴角流下来几丝,神似老

戒　烟

龙戏水。又看他们拄着拐杖,拖着半边没了知觉的腿脚以一种非常别扭的姿势艰难地沿着马路牙子前进,英诚诚打心眼里庆幸自己当年没攀上食品站这根高枝。都是凡人啊,谁进了那样的单位能控制得了绵绵不断的口舌欲望?吃是吃舒畅了,后半生的吃喝拉撒全要靠别人的帮扶,真是糟心可怜。

相比之下,似乎还是坐在检察院的门卫室里风险小一些。至少,五十多岁的英诚诚口齿清楚、四肢灵活、动作麻利。他的身体很好,这一点,他的头发就是首要力证。中医认为,"发乃血之余",头发与肝、肾有密切的关系,头发可以反映一个人的气血。英诚诚有一头浓密均匀的黑发,不是理发店染出来的"冒牌货",百分百的自然浓黑。他这个人也没什么特别的嗜好,就爱喝点绿茶抽些香烟。茶叶好差不论,必须泡得酽酽的,一杯水里有半杯泡发的茶叶。他的烟瘾有点大,吞云吐雾一天下来,短不了两包烟。

"抽烟危害健康,容易增加肺癌的罹患率。"这句话,英诚诚的妻子在他耳边重复不下数百次。英诚诚不以为意,他给妻子举例说明:"那个谁谁谁,你认识的,比我小好几岁呢,他不抽烟,前两年得了胃癌;还有那个天天在公园打太极的谁谁谁,咱姑娘小学同学的爸爸,胰腺癌,人家锻炼那叫一个上心,风雨无阻,也不抽烟。"

妻子气得直跺脚:"不是一码事儿!"

"咋不是一码事?"英诚诚振振有词,"科学家都证明了,人得癌症要么是身体免疫力下降导致了内分泌紊乱,要么是心情长期抑郁的恶果,和香烟没多大关联。你看啊,我不嫖,不赌,不乱喝酒,一下班就老老实实地归家,坚决不结交酒肉朋友,工资每个月按时上交给你。你叫我向东,我断断不会往西。要说做人的些许享受,也就是抽了几根花钱不多的香烟。你若是连这个都不批准,我这后半辈子还有什么乐趣?没有了乐趣,我还能发自内心的精神愉悦吗?精神不愉悦了,我的身体还能好到哪儿去?"

英诚诚扯着科学的大旗,辩论得有板有眼的,道理环环相扣,例子切合主题。妻子撇撇嘴,没作声。女人的心软,之后,便不大限制他的"乐趣"了。

检察院的门卫有两个,日班夜班两班制,英诚诚和同事老曹一星期换一次班。老曹是八十年代后期的退伍兵,岁数比英诚诚正好小了一轮,也是个忠厚人,两个人挺谈得来的。日班的事情有点多:来客登记,接电话,给各个办公室发放报刊,进进出出的车辆放行,保证会客厅里的茶水供应,按季打理大厅内外的一些绿植……从早上上班到傍晚下班,都是忙忙碌碌的。夜班就轻松多了,只要没有特别重要的事情,关紧大门,捧着茶杯在卧室里看会儿电视,然后抽支烟,睡觉。有一年,居然还有个胆大的小偷半夜里光顾了检察院的办公大楼,估摸着是从厕所那边翻围墙进来的。有几个办公室的门被撬开了,拢共少了三四百块钱办案经费。虽说那天是英诚诚当值,可谁也没有来说道他什么。单位上上下下的工作人员还是很通情理的:检察院毕竟不是百货大楼,不是金银首饰店,上夜班也不可能做到通宵达旦地巡场。再一个,办公楼里多的是书籍和案卷,小偷忙乎了一场才得手了这么点儿钱,损失也不算大。

尽管只是那么一次,英诚诚的心里还是暗自失落了一场。他在这个单位平平稳稳地工作了几十年没出什么纰漏,临到退休了,出了这样的事情,总有点晚节不保的意思。

关于退休后的生活,英诚诚有两个小小的愿望。愿望之一是能暂时地撂下一切家务俗事,和妻子一起自由自在地去旅游几个月。上了年纪,国产的舌头不会拐弯,英语只听得懂一句"哈罗"一句"拜拜",出了国门肯定是两眼一抹黑。泰国新加坡马来西亚之类的也算了吧,横渡大西洋豪华欧洲八国游啥的,指不定就是旅行社搞出来的噱头,不入圈套为佳。光是国内数得出的那些风景区和名胜古迹让他们老夫妻尽兴地瞧瞧,也够心满意足了。

愿望之二属于英诚诚的私心——提升一下抽烟的档次,把三块五一包的"水绘园"换成十元一包的"红塔山"。

吃饭桌上,倘若英诚诚多贪了一杯小酒,他就忍不住和妻子掰扯掰扯这两个小愿望。妻子顺手夺下他的酒杯,又扔个大白眼给他:"还带我去旅游?你发洋财啦!给我画大饼吃?咱能有这么好的福气?我们外面去乐逍遥了,谁来照顾你娘?"

英诚诚的娘八十多岁了,身子骨倒还硬朗,吃吃喝喝的没问题,就是老年痴呆症日渐严重,一天到晚在家里翻箱倒柜地找东西,没头没脑地唠叨、发脾气。老太太一辈子生了四个孩子,三男一女。英诚诚是老大,除了他跳出农门成了"公家人",其余的三个全是面朝黄土背朝天的正宗泥腿子,且家里的条件都不太好。英诚诚的老父亲去世后,英诚诚主动解决了兄妹们的后顾之忧,把独居的娘接到了县上来赡养。对这个事儿,英诚诚的妻子表示了理解。这些年,她也的的确确尽到了一个媳妇的本分,一心一意地照料着婆婆的起居,很少有出门的机会。这也是英诚诚心里感念她,想和她携手去游览祖国大好河山的原因。

英诚诚在岗的基本工资是每月两千多元,杂七杂八的补助、奖金算上去,一年将近四万元。退休后,奖金这一块肯定没戏了,拿到手的估计也就一个月三千元左右。英诚诚的妻子年轻时是县绢纺厂的缫丝工。绢纺厂原来是东风县红得发紫的龙头企业,巅峰时期厂里的员工超过两千人,福利好得令其他厂的工人眼红。绢纺厂的职工们心满意足地上班下班,以为这样的日子能顺顺当当地一直延续到天荒地老。可忽然有一天,厂子开始走下坡路了,上班先是变成了三天打鱼两天晒网。慢慢地又变成了每日晒网,最后,"一刀切"买断工龄的政策迅速出台了。

下岗的那一年,英诚诚的妻子不过四十三岁。工作黄掉了,生活还得绿意盎然下去。单凭英诚诚的收入撑起整个家庭,一个钢镚掰开当两个用,长年累月下来,那叫一个吃紧。他们夫妻俩吃穿方面不讲究,主要的精力都花在上初中的女儿身上。就这么一个女儿,打小当块宝玉似的护着,说什么也不舍得委屈了她。英诚诚的妻子在小饭馆里打过零工,和旧同事合伙做过小本生意,在他们这一片的住宅区里租房子开过烟酒日杂店,两口子胼手胝足地把一家四口的日子编排下来了。眼下,女儿研究生毕业,工作落实在南京某个国有企业,尽管还在基层锻炼,但只要业务出色,就不愁没有出头的日子。

女儿懂事,有孝心。第一个月的工资领到手,她特地从南京坐车回来,拉着妈妈去县百货大楼的首饰专柜挑了一对吊坠是叶片形状的金耳环。英诚诚的妻子把耳环戴在耳朵上,对着镜子照了又照,笑得合不拢嘴。女儿给英诚诚买了两样东西:茶叶和香烟。茶叶是女儿托老家在杭州的同事买来的当年的西湖龙井。西湖龙井是中国名茶之首,国宴上专门用来招待外宾的。香烟呢,是990元一条的南京"黄金龙"。这么昂贵的烟,英诚诚自己没舍得抽几支。他上班时揣在上衣口袋里,很慷慨地分发给了单位里的一众"烟友"。人家拈起香烟头子一看:"呦!老英,你抽的烟可是局级的呀!"英诚诚乐呵呵地掏出打火机,"嚓"的一声磕出火苗:"哪里哪里,我这不是刚刚享了我们家姑娘的福嘛。"

下班回家后,英诚诚又揣着"黄金龙"在自家附近溜达了几圈,给熟悉的街坊邻居们派了一圈烟。不是存心炫耀,就是自己家姑娘有出息了,他这个老父亲为之喜悦、为之自豪。另外,在这个地方住久了,大家伙儿抬头不见低头见的,彼此间还是挺有交情的。

这个地方是绢纺厂的主宿舍区,户主绝大部分是建厂初期的一批老职工。宿舍区的占地面积不小,一条平坦的水泥路(原先坑坑洼洼的,后来大家集资整修了一番),路两边是一排排等距的、向南的小平房,经历了多年的风吹日晒,房子的外观已经老态毕露了。英诚诚的家就在其中的一排矮平房里头,两个卧室,一个是英诚诚夫妻的睡房,一个是老太太的睡房(女儿在家上学时,奶奶的床边加了一张小床),还有一个连转身都要悠着点的小卫生间和一个烧饭吃饭的小厨房。屋外,有个长方形的小院子。西边的院墙下搭了个停放自行车、周转纸箱杂物的小棚子,下雨天,没干的衣服也晾在那棚子里。东边的院墙下放着一溜儿的白色泡沫箱,种了一些米葱,平时焖肉煎鱼能掐上几根调调味儿；栽了几株尖叶薄荷，夏天泡点凉茶解暑；插了一枝月季花，粉红色的，天气不冷时，隔三岔五地开上几朵；还有几株生机勃勃的紫苏。据邻居高大力说，紫苏叶子炒螺蛳风味独特。紫苏苗就是从高大力家院子里移过来的，好几年了。这东西皮实，有股冲脑门的怪味儿，不用费心侍弄它，一样长势喜人。

高大力夫妻是绢纺厂的双职工。高大力干机修工，他老婆做后勤。两人双双下岗后，高大力利用自己的手艺在小区外的马路牙子上支起了一个修理自行车的摊子，早出晚归。他老婆则四处打零工，只要能挣到钱，多苦的活儿都肯接。有一阵子，她还踩过拉客的三轮车，风吹日晒的，脸黑得像包龙图。他们不是土生土长的东风县人，老家在东风县相邻的海安县某处。他们在东风县待了二十三年，已经把自己当成了东风县人，没有要紧的事情，一年也不回一趟海安县。他们有个儿子，和英诚诚家的女儿同年，小时候一起在绢纺厂子弟小学读书，天天结伴上学放学，凑在一张桌子上写作业，在院子里跳绳、踢毽子、玩弹弹球，情同兄妹。

小孩子合得来，共用了一道院墙的两户人家的关系自然也是好的。你家有办不妥的事，我家想办法帮忙；我家做了点好菜，不忘送一份给你家尝尝。家里的大人临时出门，一时半会儿回不来，钥匙和孩子都能够相互托付。就是后来小孩子上了初中,不在一个学校了,他们两家的感情还是一样亲近。夏天的夜晚,宿舍区的一群人聚在路边纳凉,手上挥着蒲扇呼呼地拍蚊子,嘴里开着玩笑,说他们两家知根知底的,以后指不定能结个儿女亲家。

当时的情景还历历在目,转过身,已是数年之后了。高大力的儿子书读得不多,职业学校毕业后去了县农机站做售后服务。社会最能历练人,也就是一两年的工夫,他的工作做熟了手,和单位里的小会计谈起了恋爱。他比英诚诚的女儿要早成家两年,他的儿子呱呱落地了,英诚诚的女儿才结婚。她嫁了个驻地在南京的甘肃籍军官,小两口在南京落了户,隔年也生了个九斤重的大胖小子。孩子的眼睛大大的,乳名就叫九斤。

英诚诚既高兴,又有点怅然。高兴的是,自己晋级为外公了;怅然的是,妻子得去南京常驻,帮女儿女婿带孩子。英诚诚没到退休的年龄,况且他的老母亲还健在,家里也少不了人照顾她。

老伴在女儿家一直待到孩子断奶,其间只是匆匆忙忙地回来住一两个晚上,又马不停蹄地返往南京。少来夫妻老来伴,老伴不在身边,英诚诚的日子过得简单潦草。好在一墙之隔的高大力夫妻热心肠,时不时地跑来串串门,聊聊天,送点自家现做的点心小菜,英诚诚才不觉得有多冷清。高大力的修理摊儿也没去摆了,儿子儿媳妇的单位效益不好,小两口索性辞了职在菜市场旁边租了个店面开了一家卤菜店,想趁着年轻努力赚点钱,争取早点买上一套学区房。

卤菜店的生意渐渐有了起色,小两口忙得脱不开身,高大力夫妻俩退居大后方,专职带孙子。大多数中国父母都是这样,辛辛苦苦养大自己的孩子,到了本该"夕阳无限好"的晚年,又得打起十二万分的精神来侍弄孩子的孩子。往好处理解,是含饴弄孙;说得直白点,他们是被迫二次零报酬就业。

幸而女儿女婿通情理,不忍心总把英诚诚独自晾在一边儿,思来想去一番,让英诚诚的老伴带着蹒跚学步的九斤回到了东风县。

有老伴和外孙作陪,英诚诚迈出去的步子不知不觉地轻盈了起来。他带小孩有一套,女儿小时候就亲近他,九斤来家里住了两三天,马上跟外公黏糊到一块儿了。绢纺厂宿舍区的房子是老旧了些,可地方开阔,人多,日常的氛围和谐,孩子又有现成的小伙伴,天天过得开开心心的。

高大力的孙子和九斤仅相差两岁,两个孩子能玩得拢。有那么几回,英诚诚站在暖融融的阳光下看着两个小屁孩在门前的空地上大呼小叫地玩游戏,恍惚间有种穿越到从前的错觉。小孩子真是一把尺子,一刻不停在长大,以此度量着大人们的年华飞逝。他见证了女儿的成长,又有幸见证着小外孙的成长,他觉得,这种感觉很幸福。如果不是春暖花开的开始有了个冰天雪地的结局,那么英诚诚会一直幸福下去的。

九斤五岁时,右边的眼睛受了伤——是被高大力的孙子戳伤的。两个活泼好动的孩子爱看《西游记》,还对着电视机模仿孙悟空和黑熊精手持笤帚柄对打。一打,打出了九斤半张脸的鲜血。

送到医院后,医生一看,连连摇头:眼球破裂了。

英诚诚一屁股跌坐在地上,暴汗如雨。

高大力当时陪着一道去的,他耷拉着脑袋拉起英诚诚,好半天才表了个态:我家孙子闯下的祸,我们会负责到底的。

英诚诚的脑子里轰隆隆地开着列车:怎么负责?眼珠子都坏掉了!才五岁的孩子,脚下的路还长着呢!这只眼睛就算最大限度地修补成功,也绝对达不到正常的视力了,孩子往后该怎么办?女儿女婿那边我该怎么向他们交代?

厄运当头,大人诛的是心,小孩遭的是肉罪。九斤受伤的右眼一次次地发炎,大人带着他一趟趟地求医。哪怕是去了省城最顶尖的眼科医院,委托了最优秀的医生,用了最好的药,连续住院做了好几次的修补手术,可萎缩了的眼球还是被迫摘除了,塌陷的眼眶中只能暂时安装一只义眼。前前后后总计花了二十来万的医疗费,这些钱,是高大力一家攒着准备付房子首付款的钱。

高大力家的积蓄用完了,九斤的问题还没完。医生说,现阶段安装的这只义眼是个过渡,随着年龄的增长,孩子脸颊的结构会不断发生变化,义眼需定期养护和及时更换,不然难保不出现其他隐患。总而言之,这就是一桩要没完没了花钱的"善后工程"。

医生阐述的未来任重而道远,英诚诚一家的胸口顿时又被压上了数块沉甸甸的大石。尤其是英诚诚,五内俱焚,只恨不能把九斤遭受的巨大劫难转移到自己身上。

高大力一家人心里也不好过。不谙世事的小孙子一个无心之过,把一个勤扒苦挣省吃俭用的家庭折腾得家底朝天。而且,照目前的情况看,九斤修复眼睛这个事什么时候能到头还是个未知数。高大力的媳妇怨恼之下和公公婆婆大吵一架,抛下儿子哭着跑回了娘家,赖以为业的卤菜店也不管了,坚持说要离婚。

高大力抱着破釜沉舟的决心主动去找英诚诚摊牌:一个巴掌拍不响,两个孩子一起玩出了事,原因不是单方面的,支付了九斤前期的医疗费用我们家算仁至义尽了。你们不是没看到,我儿子媳妇的婚姻为这事儿都快完蛋了,我们老夫妻俩拢共多少退休金,你们也不是不知道。我们自己的日子也要过,总不可能为你们家的外孙负担到两脚伸直的一天吧!

高大力的一番话,英诚诚一家如何消化得了?!九斤瞎掉了的一只眼睛会不会出现并发症,目前还没有定论。失去一只眼睛,九斤就不能算是一个正常孩子了,他往后的每一步都是艰难的,人生势必会脱离正常轨道,这难道不是因你家的孩子而起吗?你们作为监护人,不该承担这个责任吗?

事态发展到这一步,高、英两家持续了几十年的友好睦邻关系宣告结束。一边,两家的大人闹得怒目相向、不依不饶;另一边,最揪心、最棘手、最糟糕的新问题出现了——九斤报废了的右眼神经四周炎症扩散,直接影响了原本完好的左眼。

英诚诚心力交瘁,他无暇去和高大力一家理论了,全心全意地陪着九斤四处求医。日历一张张地翻过,内容却永远只有一个。在辗转难眠的夜里,他望着睡在身畔的九斤,泪水无声地滴落在枕头上,竭尽所能的付出还是换来了一家人最不愿意却又不得不面对的现实——九斤的双眼,永久性地失明了。

高大力两口子趁着英诚诚夫妻带着九斤去省城求医时,悄悄搬离了绢纺厂宿舍区,去了海安老家。对外,他们声称是父母年迈多病,要他们回去尽孝。要说这是他们的本意,谁会相信呢?

当英诚诚出现在检察院门口时,昔日的同事老曹第一眼都没认出他来。这才过了几年,英诚诚曾引以为豪的一头黑发全白了,白得仿佛一团雪。他来托单位的老领导帮忙,看能否推荐一位有经验的律师。高大力一家离开了东风县并不代表他们就可以和此事撇尽关系,既然凭个人的力量解决不了难题,那就只好走法律程序,尽最大的可能为九斤争取一个公道。

十岁的九斤身高差不多有一米六了,圆寸头,胖乎乎的脸蛋,鼻梁上架着一副茶色眼镜。他不爱说话,嘴角微微地抿着,显得安静而老成。如果不是他手上拿着的那支标志性的盲杖,恐怕没有几个人能猜得到,这个英俊可爱的小男孩今生将一直生活在黑暗之中。他没有去南京的父母身边生活,反而一直留在外公的身边。他信赖外公。这也是英诚诚一再和女儿争取的结果。九斤读盲校,由别人照顾行动不便的九斤,他不放心。

英诚诚从办公大楼走了出来,老曹立在门卫室前向他招手:"老英,来坐会儿嘛。"

搁在一起共事的那些年,英诚诚和老曹并肩站着,一点都不显老相;这会儿,老英脑袋上的白发却稀稀疏疏了。嘻!老曹暗暗地在心底叹一声,摸出烟盒子,抽出一支烟递给老英。

英诚诚摇摇头:"不抽了。"

"戒了?"

"前两年就不抽了。我们九斤说过了,吸烟对健康不利。"

"孩子的话倒是入你的耳了!"

老英咧咧嘴:"女儿女婿把一个完好的孩子交到我手上,是我不称职,九斤的眼睛才毁了,这事怨我,我不能置身事外。女儿女婿现在又生了个女儿,我让老伴在他们那儿专心照顾外孙女。我六十多岁了,前年送走了九十岁的老娘,个人也别无所求了,戒了烟,力争身体不出问题,活得长久一些,有生之年的唯一任务就是尽心陪护九斤,当他的眼睛。我在世一天,就做一天他的引路人,我绝不能再委屈了他。"

老曹默默地把香烟收回口袋里,一阵心酸。他伸出右手,轻轻地拍了拍英诚诚的肩膀,轻轻地说了一句:"老英,你……好好保重!"

二　胡

　　我打小就看得出鲍爷爷和村里的其他老头儿不一样。

　　姓氏不一样。我们蔡家庄村依河而居,河两岸整齐规范的居住线上拢共有四十多户人家。在这四十多户人家中,姓蔡的占据了大半,剩下的,是一簇姓"丛"的。"鲍"姓是穿插在"蔡"和"丛"之间的一个冷门姓氏,在我们那一片,仅此一家,颇有点一枝独秀的意味儿。

　　鲍爷爷的衣着不一样。别人夏天都光着膀子,毫无顾忌地袒露出被猛太阳炙烤得油黑发亮的上半身,阔口短裤在腰部上随意扭几扭,系一根长蛇一样的布带了事。鲍爷爷从来不打赤膊,不管天气多闷热,他总是中规中矩地穿着白的确良衬衣和褪了色的军裤,衬衣的下摆塞在裤腰里,裤腰上系着一条在当时算是"时髦货"的褐色牛皮皮带,金属的皮带头锃锃亮。冬天,农村老汉一水的黑色对襟老棉袄、大裤裆老棉裤,而他藏青色中山装外面套一件毛领子的绿色军大衣,军大衣的纽扣是双排的,又大又圆。

鲍爷爷家和我家紧邻,他是我的玩伴加死党鲍青春的爷爷。我和鲍青春同在蔡家庄西头的吴庄小学读书,每天早上相约去学校,傍晚放学又结伴归家。我特别喜欢去鲍青春家串门儿,他们家干净敞亮,井井有条。

鲍家老小八口人:鲍爷爷老两口,鲍青春一家三口,鲍青春的叔叔、婶婶及其女儿鲍青青。在苏中乡下,"树大分叉,儿大分家"是必然规律,尤其是儿子们都结了婚成了家有了自己的孩子。三代同堂,人多嘴杂易生是非,分开居住迫在眉睫。勤扒苦做了一辈子的父母会定下一个日子,找来队长、支部书记以及家族里几个有威望的长辈来主持分家仪式。居住条件有限的,分家就是把之前住着的老屋重新划分一下区域,新的区域里另外盘出一口灶,其实大家过日子,还得挤在同一个院子里。经济上比较宽裕的人家,父辈早给儿子们预备了一两个富余的住基,分家又是另当别论了。

鲍爷爷的孙子孙女都十来岁了,可一大家子的人还聚在一口大锅里吃饭,而且,看那热热闹闹的架势,好像会吃到天荒地老。鲍爷爷家的房子不少,前排四间半——东面两间,西面两间,中间的半间是一条贯通前后院子的"弄子"。穿过弄子进后院,后院有一排共四间房子。与那四间房子形成直角的另一排三间房子中,一间是鲍爷爷家的厨房,一间住着鲍青春的爸爸妈妈,与弄子毗邻的一个小房间里安置了两张小单人床,一张睡着鲍青春,一张睡着鲍青青。

弄子很实用,变天了,院子里晒着的衣服、粮食等一应杂物立刻能搬到弄子里去避雨。下雨天,待在弄子里看雨点从屋檐上丝线一样地泻下来,看缩着脖子躲在草垛子下发愣的老母鸡,看篱笆边上开得楚楚动人的美人蕉,都觉得比在别的地方看到的更养眼、更有趣。玉米丰收的季节,气温已经很高了,在弄子里放一只长木盆、几张小板凳,家里的老人孩子坐在木盆边上剥玉米粒,既晒不到太阳,还能享受惬意的"穿堂风"。午饭过后,贴着弄子的一侧支起一张小竹床,荫凉透气,又是睡午觉的好地方。

弄子西边的两间房里,一间是鲍青春叔叔婶婶的睡房,一间堆满了装满粮食的蛇皮口袋。弄子东边的两间房,一间住着鲍爷爷老夫妻,一间是堂屋。堂屋里的陈设很简单:上方摆着一口长两米五左右、高一米的黄色柜子,柜盖子是可以打开的,掀开活动的半页就能看到柜肚子里分门别类地存放着的大米、面粉、黄豆或花生。抵着墙的柜面上,一大半是我老家那边家家户户都会供奉的观世音、弥勒佛、土地公公的石膏像,以及一只灰扑扑的香炉。余下的一小半安排了一只绛紫色的座钟(鲍爷爷每天给它上发条),故去之人的牌位和画像。柜子出来一点,东手边是一张八仙桌,桌面收拾得清清爽爽,三张长条凳塞在桌底下,到了饭点才拖出来。西手边空空的,但墙上贴着两张《女驸马》的彩色电影画报,画报的旁边悬挂着一只长方形的小相框,相框里夹着的是一个年轻男人的半身画像:头发向后梳着,露出开阔的前额,眼睛大而有神,鼻梁高挺,薄薄的嘴唇微微抿着,像是在无声地坚守着什么了不得的秘密。

鲍青春说,这个人是他的爷爷。我仔仔细细地比对了几次,实在不能将画像上的男人和现实中的鲍爷爷画上等号。画像上的男人帅气得像《庐山恋》里的耿桦,我熟悉的鲍爷爷脑袋的中心地带早秃成一只倒扣着的水瓢了;双眼皮倒是宽宽的,可耷拉下来的眼袋比眼睛小不了多少;鼻梁跳过不提,反差尤其大的是鲍爷爷的嘴。鲍爷爷的嘴是闲不住的!有事没事爱自言自语几句,"啊呀"和"娘希匹"这两个词是他的口头禅。"啊呀"我在课堂上学过,语文老师说它是叹词。"娘希匹"书本上没有,村里的其他人也没有用过,它又作何种解释呢?

有一阶段,我对鲍爷爷这个奇奇怪怪的用语极为纳闷,以为有什么深厚高远的含义。直到后来凑巧在鲍爷爷家的电视里听到饰演蒋介石的演员说了一句"娘希匹",我才知道鲍爷爷专用了很多年的这句话来自离蔡家庄很远很远的地方。

鲍爷爷家的电视机是整个蔡家庄村的第一台。三元牌,方头方脑,背后还支棱着两根长长的天线。别看它又丑又沉,只有黑白两色,逢上雨天信号不好,屏幕上还充斥着不计其数的雪花点,但在我小时候,这玩意儿的登场简直令全村人都集体注射了一吨的鸡血。大家拖儿带女,扛着小板凳赶露天电影场子似的,一度挤爆了鲍青春家的前院。在我印象中,三十多年前的烧饼八分钱一只,猪肉七八毛钱一斤,农村的一个壮劳力卷着铺盖去几百里外的苏南做工,一年才能挣回千把块钱,可买一台电视机却需要花六百元左右,这个价格约等于眼下的一万元吧。鲍爷爷家能毫不费劲地从五十多里外的县百货大楼捧回这样昂贵的东西,可见鲍爷爷的家底子不是一般的厚。

鲍爷爷赚钱的思路自然也和别人家不一样。别人家种几亩地的粮食,养猪、养羊、养鸡、养鸭。鲍爷爷家灵活操作,上半年,一部分地保障一家老小的口粮,一部分地腾出来种青椒、番茄、长豇豆、茄子、黄瓜这样的蔬菜。蔬菜苗栽种下去之后,鲍爷爷成天住在地头的简易茅草棚里,一心一意地侍弄地里的这些植物:浇水、拔草、施肥、除虫。几个月忙碌下来,青椒结得像小灯笼,番茄红彤彤,长豇豆摘了一茬又一茬,茄子圆滚滚,黄瓜翠绿多汁,又嫩又脆。鲍爷爷每天早上天不亮就蹬着二八大自行车出门了,车后座两侧各挂一只广口的大竹箩筐,里面装满了头一天傍晚摘下来的新鲜蔬菜。别看鲍爷爷六十多岁了,两只竹筐照样装得冒尖,他也不嫌沉。平日里,他多是去五十多里外的县城农贸市场批发掉,逢年过节省事点,就近在二十多里外的磨头镇卖卖。鲍爷爷种的蔬菜卖相好,满筐拉出去,空筐拉回来。一个蔬菜旺季,他们家挣的钱比别人家一整年挣的还要多。

农家养猪,一年养一两只(顶破天四只),粮草管饱,进了腊月,图省事卖毛猪也好,屠夫上门宰掉猪拉走也好,可拢共才能卖多少钱?鲍爷爷家从不养猪,他觉得划不来。他养的是能剪毛卖的长毛兔,好几十只,就养在后院的那四间房子里。过一段时间就把兔子逮出来剪毛。鲍爷爷一只手薅住兔子的长耳朵,一只手抓住兔子的两条后腿把它揿在桌面上。鲍青春的妈妈或婶婶就操起一把大剪刀沿着兔脖子咔嚓咔嚓往下剪。没剪过毛的大兔子洁白、蓬松,美丽可爱,剪过毛的兔子只有脑袋上和四只爪尖上还保留了一点毛,滑稽又可笑。鲍爷爷手一松,它们如获大赦般跳下桌子,一阵风似的逃向了自己的地界。

通常情况下,兔子们都被关在笼子里。若是天气晴好温度适中,鲍爷爷会先拿一块门板拦住弄子的下半截,再把兔笼打开,让兔子们在后院集体放放风。我和鲍青春则趴在门板上,津津有味地点评满院乱蹦的大白兔:哪一只最肥,哪一只最好看,哪一只眼珠子最红,哪一只屁股最脏……

但凡有不同的意见，谁也说服不了谁，我们就把鲍爷爷拉过来当裁判，当场分出个高下对错。鲍爷爷有一点好——他不嫌小孩子事儿多，他乐意在干活的空隙间陪孩子玩一会儿。我们跳绳，他认认真真地给我们计数；我们跳猴皮筋，他也乐呵呵地和着我们的"马兰花开，一五六，一五七，一八一九二十一"；我们玩老鹰捉小鸡，鲍爷爷做老鹰，我扮领头的母鸡，鲍青春、我弟弟、鲍青青是吊在我身后的小鸡。我们在前院呼啦啦地逃来，呼啦啦地蹦开，疯得满头大汗。鲍青青力气小，一不留神就掉了队，被鲍爷爷追得上气不接下气地叫喊着她的奶奶来救场。

鲍青春的奶奶个子不高，皮肤白白的，长脸，上下两排牙齿都是假的，既白且亮。满头银发一丝不苟地在脑后梳成一个端正的髻。立领、盘扣的偏襟上衣，古朴又端庄，浆洗得叫人挑不出一丝毛病。入了夏，鲍爷爷家院墙下的一株栀子花开了，她喜欢在衣襟上别一枚小小的栀子花骨朵，如此，她的身上总带着一缕淡淡的香气。她说话轻言细语，待人接物不紧不慢，貌似他们家她最柔弱，实质上，一大家子的安排全在她手上，她等于是个大总管。

鲍青春的爸爸做木匠，鲍青春的叔叔是篾匠。农闲时，他们出门做工，农忙时，他们是收割耕种的主力军。鲍青春的妈妈和婶婶轮流做家务，一起下地协助男人干些轻便的农活。

鲍爷爷一大家子和和睦睦地在一张桌上吃了多年的饭而没有泛起任何水花。村里人私下都说,是鲍青春的奶奶威望高,领导有方,一碗水端得平。

鲍青春的奶奶基本是不干活的。她唯一愿意亲自上手做的事情是每年的腊月二十八、二十九这两天帮鲍爷爷裁纸、选诗句。鲍爷爷写得一手龙飞凤舞的好毛笔字,村里人家过年贴的春联和福字大多是请鲍爷爷写的。写字不但没有报酬,还要倒贴墨汁,可鲍爷爷老两口还是挺乐意做这件事的。

裁好的红纸摊在桌面上,鲍爷爷左手按住桌面,右手悬腕执笔,略一沉吟,唰唰几笔,一气呵成。写完第一副,他便微微地侧过身子,笑眯眯地对立在一旁的老伴说:"你来读,我来写,怎么样?"

鲍青春的奶奶也不推辞,大大方方地念出诸如"红梅含苞傲冬雪,绿柳吐絮迎新春""大地流金万事通,冬去春来万象新"之类的长对子。

红的纸,黑的字,在不谙世事的我眼里,不过是平平常常的几副对联。时过境迁,回首细品,彼时他们夫妻俩默契的一读一写,又何尝不是旁观者无法意会的一种雅致情趣。

鲍爷爷有一把紫黑色的二胡,就平放在他们老两口房间书桌上的一只大木盒子里。夏天的晚上,停电了,赶来看电视的村人慢慢地散去,院子里空荡荡的,星光点点,温润的月亮高高地悬挂在夜空中,鲍爷爷就坐在那水一样宁静、柔和的月光下全情地拉着二胡,身体随着乐曲的起承转合自然地晃动。我和鲍青春起初还在没心没肺地打闹嬉戏,不知不觉中,竟也被婉转悠扬的曲调迷住了,老老实实地找了张凳子坐下来。我不知道鲍爷爷拉的是什么曲目,我只知道流淌在夜色中的音符情意绵绵,动听无比,不由分说地沉醉了我幼小的心灵。

一曲终了,余音袅袅,鲍爷爷和老伴相视一笑,起身进屋,萤火虫举着小灯笼为他们引路。露水下来了,月亮好大,好美。

我和鲍青春偷偷玩过鲍爷爷那把二胡,也就是装模作样地乱拉了一气,比鲍青春的爸爸锯木头的声音还要折磨耳朵。我们小心翼翼地把二胡放回原处,可鲍爷爷还是发现了。他的二胡是用松香的,我们拉过的痕迹瞒不了他。他很生气,扬起手掌,咬着牙根子一连说了好几个"娘希匹"。后来还是鲍青春的奶奶出来打了圆场,我和鲍青春才得以全身而退。

我们发现,鲍爷爷从不在老伴面前说"娘希匹"。一次都没说过。

鲍青春的奶奶忽然摔了一跤——好好迈步子的人凭空摔倒在地,右胳膊当场骨折。她断了的胳膊上了夹板,用一条围巾兜着挂在胸前。也喝了几十帖中药,总没有起色,慢慢地,她就不大起床了。我有时跑过去看望她,她瘦了好多,脸有点黄,可还是清清爽爽的。哪怕是她每天躺着不出房门,鲍青春的妈妈和婶婶都会恭恭敬敬地帮她洗脸梳头、端茶送水,她就那样安安静静地躺了几个月。某一天傍晚,她莫名其妙地挣扎着起了身,拒绝了家里人的搀扶,一个人沿着家门口的村路左左右右地走了几趟,还精精神神地和我奶奶拉了一茶歇的家常。她走后,我听到我爷爷奶奶在低声地嘀咕:"静云(鲍青春奶奶的名字)这样子怕是回光返照吧。"

果然一语成谶。第二天中午,隔壁院子里传来了鲍爷爷哇哇的大哭声。

鲍青春的奶奶去世是他们家的一个大转折点,办完了丧事,鲍家兄弟共用一口锅的时代宣告结束。他们没惊动外人,一家人按照鲍青春的奶奶生前拟定好的一纸遗书,顺利地分了家。鲍青春爸爸妈妈分到弄子东边的两间和后院的三间,后院三间里的一间拨给了鲍爷爷做睡房;弄子西边的两间和后院的四间归鲍青春的叔叔婶婶所有。鲍青春的婶婶请了两个泥水匠,以最快的速度改造了之前放粮食的那一间,垒了柴火大灶,砌了灶台。鲍青春的爸爸接替了鲍爷爷蔬菜地的工作,长毛兔养殖转到鲍青春叔叔的名下。一切都安排得井井有条,包括鲍爷爷的养老问题:七十多岁的鲍爷爷由两个儿子共同赡养。

说是赡养,不过是个吃饭问题。既然大家还住在一个院子里，这个问题也就不是问题。一年十二个月，单数的月份鲍爷爷吃在大儿子家，双数的月份，换到小儿子家。饭吃了，活儿当然也要干的。农村的老人只要一天不躺倒，就一天没有吃闲饭的权利。

鲍青春的奶奶在世时，鲍爷爷是养兔种菜的"技术员"，别的事一概不懂，也一概不问。分家后，鲍爷爷有了儿子媳妇指派的新岗位，被迫成为一个洗洗涮涮、烧烧煮煮的"后勤"。

鲍爷爷烧火曾经是村里人茶余饭后的笑谈。烧火没有技术含量，就是三个简单小步骤：小把的软草点着后，再添一点硬的毛豆秆子或玉米秆子助燃，最后放大块头的硬柴。这件小事我和鲍青春都能做得像模像样，鲍爷爷却一直搞错顺序。他尽是把软草铺在硬柴上引火，软草着光了，硬柴还没有任何起色。他举着吹火筒呼哧呼哧地吹上几口，念几声"娘希匹"，眉毛上、鼻尖上，灰一道黑一道的烟灰。

我们地方早晚两餐是吃玉米糁粥。煮粥要"扬糁"，锅里的水烧得将滚未滚时，人立在灶前，左手抓一把干的玉米糁，让细沙一般的糁沿着指缝一点一点地漏下，右手拿起勺子有节奏地搅动，以保证漏出指缝的玉米糁均匀地与水融合。这个动作看似简单，实则相当考验双手的协调性。玉米糁漏得多了或少了，勺子搅动的速度快了或慢了，将直接影响粥的定型。以鲍爷爷浅薄的修行，煮出来的粥可想而知的糟糕。鲍青春的婶婶托着粥碗站在家门口的村路上,喝几口,往地面上吐几块玉米糁疙瘩。几只老母鸡守在她的脚边抢得不亦乐乎。有村人走过,她就把粥碗歪给人家看:"喏,老头煮个粥都不上相。"

鲍青春的婶婶一家在老院子里没住多久,他们找村长托关系在几百米外的村外批了个新的地基,盖了新房子搬走了。他们一走,鲍爷爷归在他们名下的六个月自然要跟着换地方了。

村里村外的那一条不太平整的泥巴路,鲍爷爷拎着一只装着日常用品的布口袋,不知道来来去去了多少趟。他的身体很硬朗,八十多岁了还要被媳妇差遣着在寒冷的冬风中出门捡芦柴。我回蔡家庄,如果是双月,就见不到他;如果他正好轮到鲍青春家,我还能和他碰个面,讲几句话。

他的眼睛红红的,不晓得是角膜炎的症状,还是其他什么东西导致的。他坐在井边的小矮凳上洗衣服,我和他说话,他盯着我看了好一会儿,看看我手里抱着的儿子,犹犹豫豫地问我:"你可是领弟?"

我点点头。他愣愣地放下手中的衣服,咬牙切齿地说了一长串:娘希匹!做人是怎么回事?娘希匹!你们都这么大了,都结婚有孩子了,我怎么还不死?娘希匹!

鲍青春偷偷拿一只手指头戳戳自己的脑门子,找个机会把我拉到一边,说:"我爷爷老年痴呆了。"

"他也九十多岁了吧,你们可要看紧了,别让他走丢了。"

鲍青春摇摇头:"他还好,也就是在月亮特别亮的夜里逃出去过几趟,别的纰漏倒还没出。"

我很奇怪:"他逃出去能做什么?"

"做什么?"鲍青春耸耸肩,"他就那样端端正正地坐在我奶奶的坟前拉二胡呗。"

"拉二胡?他那么老了还能拉二胡?他拉的什么曲子?"

鲍青春想了想,说:"不知道,但听起来特耳熟,应该是我们俩小时候他在院子里拉的那个调子吧。"

每个人的心灵深处都有一座花冢,埋藏着比寂寞更凄美却又不为外人道的情感。鲍爷爷心上那座花冢上的锁,也许只有用他的二胡才能打开吧。

养　父

爷爷奶奶一生育有七个孩子，我的养父前面有两个姐姐，后面有四个妹妹，他排行老三。

养父名叫"玉侯"。在苏中乡下，男人的乳名往往取得较为随意，无非是在"兵儿""国儿""华儿""筛儿""锋儿""建儿""罩儿"乃至于"猫儿""狗儿"之类简单上口的字眼里打转，所以撞名的人并不少见。"玉侯"这个名字不仅不俗，还裹挟着些许英武之气，在我们那一片的几个村庄里，叫这个名字的只有我养父一个。

养父是电工。二十世纪七八十年代，电工这个职业颇为吃香。一个大队包含了十来个小队，几百户人家所有与电相关的事务通通归我养父管理。养父闲着的时候不多，今天这家来请，明天那家来催：上门修电路、拉电线、装电灯、收电费。每逢乡人操办红白喜事，养父还要帮主人家去管电站"要电"（乡下不天天供电，农民确实有需要，管电站可满足其要求）。

主人家为了防止当天用电量过大而跳闸,往往提前几天就来给我养父打招呼,让他去保驾护航。

电工是养父的主业,他的副业是做车床。过去装电灯,灯泡线的上方要用一只巴掌大的"圆木"固定,父亲的车床副业就以生产"圆木"为主。那些"圆木"由养父在半寸厚薄的木板上取好料,然后上车床一只只地成型,最后放在大锅里加一点红色的颜料煮透、晾干后制成。那样繁复的三道工序做下来,每只能卖到一角钱。他还曾和木匠合作做了一张样式繁复的四柱床,床柱子、床腿、床两头及一侧的二十根连成格栅状的小圆柱子都由养父别出心裁地车出了好看的纹路。

养父的车工是自学的,没有专门拜过师父。他对什么东西有兴趣了,跑到人家干活的地方细细观察半天,自己置办好工具,一个人关上门琢磨琢磨,也就能做得八九不离十了。除了不定时地开动车床,他还在村东的锯木厂帮人"划锯"。乡下人盖新房子用的椽板、儿子姑娘婚嫁要做家具或老人百年之后用的"寿材"之类的,都得把大段的树桩拉到锯木厂去分解成木匠需要的尺寸。

我有时要跟去锯木厂看热闹,养父总是不允。一来,有电、有锯条的地方危险性很高,他怕伤及年幼好动的我;二来,锯木厂的粉尘和噪声极大,他不舍得我去受那份罪。他笑眯眯地允诺我:"你乖乖待在家,以后爸爸给你买好吃的鸡蛋卷,好不?"

　　锯木厂用的锯条是父亲专门去无锡的厂家购买的,他每次去无锡,定会给我带几盒无锡产的鸡蛋卷回来。鸡蛋卷是淡黄色的,酥酥脆脆,有一股子甜甜的奶香味,入口即化。彼时,农村孩子和这种大城市的"洋货"挨上边儿的概率极低。说起来,那些年我吃过的无锡鸡蛋卷真是我人生之初的顶级享受呢。

　　和鸡蛋卷一样使我难忘的是小米锅巴。我十二三岁时生大病,隔上十天八天,养父就要带我去县城看病。我家到县城的人民医院有五六十里路,一半是坑坑洼洼的土路,一半是较为平坦的柏油马路。养父骑着二八永久牌自行车,我跨坐在后座。为了让我坐得舒服些,他前一天晚上已在后座上绑好了一块软软的棉花垫子。

　　我们出发时天还没有完全亮透,路上看不到一个人影。月亮淡漠冷清,几颗小小的星子忽明忽暗地悬在浅灰色的天际,沿途不停有凶狠高亢的犬吠声传来。养父咔啦咔啦地蹬上一段路便扭过头逗我说几句话——他担心我因打瞌睡而摔到地上。

　　蔡家庄到长庄公社十里路,长庄公社到磨头镇差不多二十里路。到了磨头镇,天就大亮了。街边上一溜儿店铺,卖吃的、穿的、用的,马路上做小生意的贩子、买东西的人、双轮大车、拖拉机以及我平时难得一见的蓝色大卡车、黑色小汽车，来来往往，令我目不暇接。等到了集市的中心地带，我拍拍养父的后背："爸爸，你下车歇会儿吧，买两只包子吃吃，才更有力气骑车呀。"

养父把车踩得飞快，嘿嘿地笑："我现在不吃哦，我吃了，某个人肯定要流口水的。"

"某个人"指的是我。医生吩咐过，我去医院一定要空腹，方便随时做血液检查。我不能吃早饭，养父也陪着我一起饿着。抽血的窗口前，我紧张得双手发凉，养父把我抱坐在他的膝盖上，不让我看护士手上长长的针头。他悄悄凑在我耳边说："不疼的，就像蚂蚁钳了一下——嗳！等会儿我们到医院外面吃什么早饭？馄饨？小笼包？芝麻烧饼配豆腐脑？还是豆浆加油条？"

他这么说着，我肚子里的馋虫顿时蠢蠢欲动。大馄饨好吃，小馄饨好吃，小笼包好吃，还有芝麻烧饼也不错……我的小脑袋正七盘八算着，护士已经在嘱咐我养父了：帮孩子多按一会儿针眼儿。

如愿吃过香喷喷的早饭，我挺高兴的。因祸得福，若不是我生病，一年到头也难得来县城一趟，更不要提能吃到乡下没有的这些早点心了。病看了，药抓了，肚子也填饱了，我可以继续提要求：去县政府旁边的新华书店转转。

养父前后给我买过好几本书。墨绿色硬面的《365夜童话》，彩色封面的《安徒生童话》《故事大王》《故事会》《山海经》，等等。《365夜童话》厚厚的，定价二十五元六角，在芝麻烧饼一毛五一只、鲜肉大包子两毛一个的年代，这完全是一笔不菲的开支，可养父在付书款时却没有丁点儿犹豫。出了新华书店，他又买好一串黄澄澄的香蕉、两袋小米锅巴，分别挂在车龙头两边，供我回程的路上消闲。自行车铃铛"铛铛"地响，我吃一根香蕉，也剥一根塞到养父嘴里，我吃着小米锅巴，也给养父吃几片。我生病的一两年里，养父带着我一趟趟地往返于蔡家庄和县人民医院之间，毫无怨言。年少生病本来是不太轻松的经历，可因为养父的尽责，因为养父的陪伴，因为养父的宠溺，留在我记忆中关于疾病的片段里最清晰的不是苦涩的中药和锃亮的针头，而是医院旁边各种冒着热气的吃食，是新华书店内散发着浓浓油墨香的图书，是我趴在自行车龙头上打盹时养父温和的呼唤声："丫头哇，醒醒，我们快到家了哦！"

养父对我素来温和，老家的说法，叫"爱子"。他不打骂孩子，甚至连板着脸的时刻都极少。他只拧过我一次耳朵，那是因为暑假里，我趁着大人们睡午觉，偷偷地下河游泳，而那年夏天，吴庄小学刚好淹死了一个五年级的女学生。我不顾大人的警告正独自在河埠头边玩得不亦乐乎。养父闻讯赶来，

养　父

脚上的鞋子都来不及脱,火车头似的冲下岸拧住我的耳朵。我从未见他如此严肃、如此光火,吓得大气也不敢吭一声。他拉我到岸上,指了指十来米宽的大河,作势扬起手,大声呵斥我:"水里有河落鬼专门抓小孩呢,你懂不懂? 下次你再敢瞒着大人来玩水,打扁你的屁股!"

乡管电站另给我们十三大队配备了两名电工后,养父的工作量少了一半,他转而倒腾起别的行当。蔡家庄西头是吴家庄,吴家庄的大路是方圆几十里之内多个村庄的交通要道。农人们不管是去乡里赶集,还是去更远的地方,都绕不开这条不怎么宽阔的土路。养父租下了吴家庄大路边的三间青砖瓦房,先是卖包子和糕条(如皋地区一种发酵过的面食)。当时农村里吃肉尚且达不到随心所欲的程度,包子馅当然不可能是纯肉的。养父用青菜拌上切碎的猪油渣包成菜包子,味道也非常好。我每天早上一起床就去掀开叠在门旁边桌上的几屉正方形蒸笼,摸一两个温热的包子吃吃。

包子卖了几个月,养父突然改炸油馓子了。这东西比包子更得我心,喷香酥脆,嚼起来嘎嘣有声。我见过养父做油馓子,揉好、搓细的面条长蛇一样盘在一只油津津的大木盆里,等锅里的油烧热,养父的左手上缠绕着六七圈面条,右手的四指插进面条与左掌之间轻轻抻拉。灶沿上预备了一对长长的竹筷,养父依次腾出左右手,各执一根长筷子绷住已拉长了两倍的面条放入油锅中,炸制片刻后对中轻轻一折,取下竹筷,炸至金黄色,一页扇形的油馓子就大功告成了。我老家的产妇坐月子期间天天吃油馓子,用红糖开水泡着吃,考究一点的,里面加两只滚烫的荷包蛋,据说有下奶的功效。

馓子店开了一段时间,养父又改变了方向——开粮行,主营玉米粒、小麦、麸皮、糠皮。他的这一次革新搞得我情绪低落,因为这些都是喂家畜家禽的原料,我没办法随心所欲地吃吃吃了。好在几天之后养父又额外地增添了挂面和肉渣这两样。挂面不能生吃,肉渣能。干的肉渣泡发,熬冬天的大白菜,在我们那儿是可以上席待客的。县肉联厂出品的肉渣是圆盘状的,一只"肉渣盘"将近十斤重。炼过的肥肉、瘦肉、肉皮、淋巴等杂七杂八的碎料被严严实实地挤压在一起,其中淋巴最香,一颗一颗的,和豌豆差不多大小。我经常拿着养父的电工起子在肉渣盘上东戳戳西挖挖地"寻宝",力争多吃几颗酥脆的淋巴。

粮行里出售的粮食不是我们当地的,而是启东、海门那边的大船运过来的,这些船是养父骑着自行车出去找来的。找船的过程长短不一,有时是一两天,有时是个把礼拜。养父外出的几天,我傍晚放学归家的第一件事就是问养母:爸爸回来了吗?

养父无论为了什么事情外出,都不忘给我带点小乐惠。

养　父

当他的自行车叮当叮当地冲进院子（他快到家门时习惯性地按车铃），我便迫不及待地去翻他斜挎在腰上的一只帆布电工包。那只他用了多年的、灰扑扑的电工包在我眼里，无异于一只丰富的百宝箱，里面要么有饼干糕点，要么有包子烧饼，要么有苹果橘子，要么是从人家饭桌上（他帮村民拉电线，人家留他吃饭）拿回来的一只煮鸡蛋、一把炒花生或一块糯米糕。所以，我的童年是很惬意的。

粮行之后，养父在蔡家庄的家里盖了两间小平房，买了三台机器开了我们十三大队唯一的磨坊。磨坊的鼎盛时期，来加工粮食的村民排成了长队，磨玉米糁、磨面粉、磨大米、磨荞麦高粱，三台机器开足马力，日夜不停。

生意实在太忙了，养父马上手把手培训我爷爷奶奶"上岗"，还另请了他的一位朋友和儿叔叔来帮忙。他的朋友皮肤白皙、中等身材，书生气十足，空闲时爱捧着《三国演义》《聊斋志异》《七剑下天山》之类的书。渐渐地，竟也被我养父撺掇得半夜里和他一起用丝网去集体的大河里捞鱼去了。

鱼一直是我养父的心头好，他不是好吃鱼，是好捉鱼。我家旁边有一条不太陡的四级沟，下雨天的早晨，养父把自己织的尼龙网套在四级沟的"通子口"上，一天下来也能拦住不少小鱼小虾。运气好，还有一两条粗如小孩子胳膊的黄鳝。他不屑于中规中矩的钓鱼，那样太没意思了。他捉鱼的方法旁人也模仿不来：用自制的三齿飞叉戳鱼，用不装浮子的暗钩钩鱼。他看一眼河面上的气泡就能分辨出水下游动的鱼是什么品种：鲤鱼、鲢鱼、乌鱼、青鱼、金鱼、鳊鱼还是翘嘴子。栽在他手里的鱼不计其数，且全是大块头，最大的一条青鱼重十八斤多，他一个人拖着鱼线在河边默默地和它周旋了一个多小时，鞋子裤子湿透，终得胜利。十八斤的鱼，眼珠宛如弹珠，鱼鳞有铜钱那么大，躺在椭圆形的洗澡盆里，尾巴伸出长长的一截。要不是被我养父逮住，说不定它都能成精了。

他承包了几年村外的一条大河，放了不少鱼苗在里面，平时也下了本钱买些饲料去投喂。近处有几个厚脸皮的闲汉或半大孩子经常来河边钓鱼，有热心的乡人瞧见了，跑来我家报信，说有人躲在我家河边的芦苇里钓鱼。我养父忙不迭地给报信人递上香烟，以示谢意，可背地里，并不真的去追究谁偷钓了几条鱼。乡里乡亲的，他拉不下这张脸。他时常挂在嘴边的两个字是"算了"。大的事情，能"小"尽量小；小的事情，能算了尽量算了。粮行的生意多半是赊账的，现钱交易的极少。乡人们卖了猪、卖了羊或从做工的地方领了工钱，手上有了余钱才来结账。腊月二十五以后，养父捧出几本厚厚的账簿对账：没有主动来还账的剩多少户了，谁家确实是没有偿还能力的，养父都要一一查对清楚。

因为职业的缘故，养父在周边的村子里走动得较勤，哪家出了祸事,哪家有人生了大病,哪家的儿子当年刚刚娶了新媳妇(彩礼钱也是普通人家的一笔大开支,几乎掏空家底),他心里都有数。到了该来结账的年下,这些人家还不露面,他就有心吩咐养母一声:外出收账时绕开这些人家,免得碰面了,人家难为情。

弟弟出生于1985年的冬天,那年我八岁。他和养母结婚好几年都无生养,通过熟人介绍把虚龄三岁的我领回家当养女。弟弟的降临令一家老小大喜过望,然而,剖官产时医生在养母的肚子里发现了连在一起的三个肿块。当时的乡镇医疗水平不比眼下,妇产科的医生不敢贸然手术,建议立即转院。外面风大雪大,养父抱着瘦得像一只小猫的、只有二斤七两的弟弟,"扑通"一声跪在主治医生面前,泣不成声。

天佑好人,养母的手术最终总算有惊无险地完成了。养父在手术室外一步不离地守着,眼睛哭得如同两只烂桃子。

有了儿子,养父一家对我愈发地好了,他们全是良善之人,觉得弟弟的到来是因为我的指引,所以我的乳名就叫"领弟"。养母坐月子,养父好饭好汤地侍候着,打心眼里怜惜她。弟弟的所有事情都是养父一手包办。弟弟体质弱,他担当人肉保温箱,长时间地把弟弟焐在胸口,他还一夜起身好几次给弟弟冲泡奶粉、换尿布。他在河里洗尿布片,邻居的秀兰婶婶见到了,当笑话讲给村人听:玉侯洗儿子的尿布片比女人还要细心,洋碱(也就是肥皂)打了一遍又一遍,洗好了还要凑到鼻子前闻一闻有没有尿味儿。

这么一个淳朴又能干的好父亲,却有一个屡教不改的恶习——好酒。他起初并非贪杯之人,走家串户地做电工,总有乡人留他吃饭,吃饭当然是要喝几杯的,他又架不住别人劝酒,久而久之,醉酒成了家常便饭,三天一大醉,两天一小醉。他的醉是不消停的醉,以吵得家里鸡犬不宁开头,以自己吐得翻江倒海收尾。醉得稀里糊涂的他,还不止一次伤及自身。他磕破过眼皮子,一脸泥水一脸血地跑回家,把我养母吓得慌成一团;小腿骨折过,打着厚厚的石膏,拄着拐杖,像个刚从老山前线撤退下来的伤员;最严重的一次是颈椎摔伤,脖子上套着特制的矫正套,僵硬了好几个月。

醉酒归醉酒,养父爱子的心是不变的。奶奶去拉他,他不买账。养母去拉他,他瞪眼睛。我去拉他,他很配合,嘴里念念叨叨:"我丫头来了,我要听我丫头的话。不闹了,不去烦人了。"

在苏中农村,"丫头"是父亲对年幼女儿的一种昵称、爱称。即使四十多岁的我现在回娘家,他还是习惯性地叫我"丫头"。

我读初二的那年去了小县城,这是我生父的主张。他的四个孩子中只有我一个留在农村,其他三个都变成了"城里人",他觉得不妥当。养父一家万分不舍,但还是同意了我生父的主张。我生父提出给他们家一笔补偿金,以答谢他们养了我十一年的恩情。养父当场就掉下了眼泪,他和我生父说:"大哥,我们一家人真心喜欢这个丫头,要不是为了她的将来着想,真不愿你把她领走。你补多少钱我们都不会收的,只要你还同意丫头是我家的丫头,你我两家常来常往,过年过节让她还来我家住住,我们便心满意足了。"

养父的眼泪为不懂世事的我掉过,为躺在手术台上的养母淌过,为体弱多病的弟弟流过,为晚年重疾的奶奶落了一场又一场。我结婚的当天,他和养母来浙江。娘家的一行人都静静地坐在万先生家老宅的堂屋里,他不知怎地绕进厨房来找万先生,一张口,眼泪便掉了下来,他哽咽着:"你……可要对我丫头……好一点,她这么远的……路……嫁给了你!"

我嫌他感情用事,暗暗地拉了下他的衣袖。他有点不好意思,在口袋里摸来摸去,摸出一只脏兮兮的手套胡乱地擦了擦脸。做电工多年,为了方便拿钳子起子扳手,他一直随身带着棉纱手套。没想到,在异地他乡,在女儿的夫家,他的手套还多出了这样一个用途。

对我的远嫁,他是失落的。当我把结婚的决定告诉他,他明显地一怔,自言自语般地念叨了一句:江苏到浙江的路不近,往后我和你妈妈想见你一面也不容易呀。

他和我养母相伴的这么多年里,好也好过,吵也吵过。我幼时，他们的吵闹绝大部分是因为养父的醉酒，但也不至于大打出手。可我离开了蔡家庄后，他们的吵闹一度演变成了全武行。据养母透露，是他"外面有了人"，貌似还不止一个。我很惊讶，很愤然，出于对养母的怜悯，我在奶奶的周年忌日特意把养父叫到二楼的房间里，想和他好好谈谈。没想到，我甫一开口，他就虎着脸，一言不发地跑出了房间。

那次之后，我再没有和他提起过类似的话题。我回去，照例要给他买一些他爱吃的臭豆腐和辣椒油。他也一样，给我准备好我喜欢吃的东西，往我的口袋里塞钱（我从小到大的零花钱，几乎都是他供应的），蹬着那辆比我年龄还大的二八自行车送我去国道边上乘车。我们父女的感情似乎还和从前一样，事实上，我站了养母的队。从他抗拒我的交流、夺门而出的那一刻起，我和他之间已经有了一道若隐若现的裂痕。他和养母的隔阂越深，我和他的裂痕就越大。

在浙江生活的十多年间，我常常和养母在电话里聊天、话家常，听她倾吐婚姻的苦水，尽自己所能去劝慰她，去附和她批评养父。虽然我偶尔也会迷茫：自己这样做究竟合不合适？如果我打回去的电话恰巧是养父先接的，我也是在简短的问候之后要求他把养母叫来。他在电话的另一头闷闷地问我："你不愿意和爸爸说话？"

我不假思索地回他："女儿和妈妈更亲密一些嘛。"

养　父

　　他那么聪明的一个人,怎么会察觉不出我的疏离呢?他嘿嘿地笑笑,转而喊我养母的名字:"朱玉林,丫头找你呢——"

　　最近的几年,总是他主动打电话给我:关心我的病情,关心我的孩子,关心我的现状。打电话的地点也是一变再变,从南通,从淮安,从连云港。退休后,微薄的退休金支撑不了一个家庭的庞大开支,他没办法留在家里享清福,而是利用自己的老本行跟着建筑队去外地务工。发展的大环境下,他经营了大半辈子的粮行衰败了,轰轰响了多年的磨坊也差不多歇业了。即便如此,六十多岁的他还是挺乐观的:打工也不太辛苦,自己有一技之长,不愁混不下去。

　　去年夏天的一个晚上,正在小溪边散步的我接到他的电话,这一次,他跑得更远了,居然是在几千里之外的广西。他和我说了广西炎热的天气,说了广西的饮食习惯,说了他暂居的一间大仓库,仓库里堆满了各种各样的建筑材料。他说了他睡的一张钢丝床,床头上放着一盏小小的台灯。不知怎的,他絮絮叨叨地说着这些的时候,我的心里特别的堵,特别的难过。在眼泪不知不觉地滑下来的那一瞬,我知道,我真的是——心疼他了。

青春痘

一九九八年是我职高毕业后的第一年。因为一时半会儿没找到合适的工作,就去了离县城三十多里路的蒲西乡红星村的远房表姐家里当了大半年的学徒。

表姐三十岁出头,聪明能干,做事雷厉风行。她仅凭着靠几本旧参考书自学来的半吊子裁缝的底子,就在自己的家里办起了一个小型的皮件厂。家庭作坊式的小厂子没有法定休息日一说,工人们天天上班,上半年批量生产外地经销商订购的飞行服,下半年承接外加工的皮手套业务。

飞行服是二层牛皮的,黑色居多,也有褐色的。成品的飞行服拎在手上沉甸甸的,款式千篇一律:厚厚的人造毛大翻领,前身贴着四只大口袋,后腰上还有一道像西服一样开着的长长的叉子。我一开始学的是给飞行服钉金属拷纽,口袋、袖口、门襟和领缝这四个地方集中起来,要钉将近二十只。表姐家没有电动的钉扣机,我左手拿着小"冲子",右手举着小锤子,整天叮叮当当地敲个不停,震得手腕又麻又酸。总之,做出一件成品飞行服真的很费时费劲。相对而言,小件的皮手套加工就简单轻巧多了,如果来料商的订单时间宽裕,都不用加班加点地赶工。

表姐的小厂里工人有十四五个,几乎全是住在表姐家周边村庄里的熟脸儿,清一色的年轻女人。这些工人中,除了一个叫施巧云的姑娘还没有结婚,其余的全嫁了人,成了一个或两个小孩子的母亲。

皮件厂的工作很单调,工人们每天乃至每个月都在重复着同一道工序、同一个动作。工资采取的是计件制,多劳多得。挖一只口袋几毛钱,做一条领子几毛钱,装一根拉链几毛钱,缝合前后的中缝和下摆几毛钱……所以,工人们的两只手是一刻也不舍得停下来的。

手那么忙碌,嘴巴也不能闲着。女人这种生物,天生不甘于安静。老话有云:三个女人一台戏。这十来个女人扎了堆儿,哇啦哇啦家长里短起来,那就是妥妥的五六台戏。

乡间的妇人爽朗泼辣,相互调笑的言语间尺度宽得能跑拖拉机。别看这些女工的平均年龄不超过四十岁,但她们能荤着说的事儿,绝对不肯素着讲。什么妖狐鬼怪私奔的偷情的,都是张嘴就来,说得头头是道,就是自家夫妻间的那点儿花头经,她们也能大大方方地当作谈资。而这种香艳的话题一旦开了头,一群女人就像被打了强心针似的,你一言我一语地往下"接龙"。然后,与她们隔着两间卧房的我和我表姐(我俩在堂屋里裁皮子),准能不出意外地听到车间里传来的此起彼伏的笑闹声。

表姐放下手里的活儿,跑到卧房的门边往车间的方向探一探脑袋,悻悻地嘟囔一句:"这些现世报的马马儿(江苏地区方言,已婚妇女的别称)。"

表姐名义上是厂长,其实她和工人的相处特友善。她很体谅她们,一年到头闷在狭小的车间里,除了干活,好歹得有点精神娱乐吧。趴在缝纫机上,电视是看不了的,十几台缝纫机齐齐开动,噪声不是一点儿大,唱片机也听不舒畅。她们要开点玩笑、说点野话,逗逗乐子醒醒瞌睡,那就睁一只眼闭一只眼吧。乡里乡亲的,犯不着拉下脸去说教什么,搞得大家都很扫兴。要是工人们实在太闹腾了,她当然也会过问一下,站在卧房与车间交界的地方,扯着喉咙大喊一声:"你们这些马马儿,有点节制好嘛!"

表姐这么说,是为了施巧云。

你想啊,一个待字闺中的大姑娘,天天待在一群擅长土味脱口秀的马马儿中间,她们的黄段子她听也得听,不听也得听,多尴尬。而且,还不光是耳朵被强行污染这么一出,她们还要故意地去调笑施巧云呢。当然啦,她们这么做,绝非合伙霸凌,大抵就是一种善意的恶搞,想在一个秀秀气气的大姑娘身上,追忆一下自己当初的模样吧。

施巧云长得不算漂亮,小鼻子小眼的,但胜在皮肤白,一白遮百丑。皮肤白的姑娘脸红起来特别可爱,连带着耳廓上都像是涂了一层胭脂粉似的。这使得大家越看越觉得她有股小孩子气。

人多嘴杂,施巧云本不善言辞,喉咙音又低低的,在女工们嘻嘻哈哈的"围剿"下,常常臊得满面红云,脸颊上的两簇青春痘圆润醒目,显得格外生机勃勃。

她的青春痘一不安分,女工们就顺势借题发挥了。这个说:"巧云,你今年多大了呀,怎么还长青春痘?"另一个马上嗤嗤地笑出了声:"哎哟,咱们巧云是怀春的大姑娘嘛。长点青春痘也正常嘛。"还有人一本正经地说:"你们有谁知道消除青春痘的方儿吗?快点教教咱们巧云。"

"我有呀——就看巧云听不听喽!"

姑娘家的,哪个不爱美,不希望自己的小脸平滑细腻呢?时不时为青春痘发愁的施巧云果然上了钩,她傻乎乎地伸长脖子等人家开口。

"我这个办法特别好使,"那个人故意卖关子,"就是——"

"是什么呀?你快说嘛。"

"就是你赶紧嫁人,有了老公的滋润,保证你再不会长青春痘啦。"

"嘿嘿嘿……"

所有女工都笑了起来,挤眉弄眼地跟着附和:"是呀,巧云,赶紧地嫁给罗建军得了。"

"啊呀!"施巧云忸忸怩怩了好一会儿,终于憋出了一句话,"你们……你们这些姐姐真坏!"

厂里的女工都晓得施巧云有个对象,名字叫罗建军。罗建军比施巧云大两岁,家在红星村隔壁的胜利村,前几年招工去了南通市区的星辰电子厂上班。据施巧云说,他这年把干得还不错,已经从普通的流水线工人升级为段组长了。他和施巧云交往快一年了,原本是红星村的热心人无意间给牵的红线,最终一力促成他们俩交往的,则是罗建军的妈。

罗建军的妈中等身材,圆滚滚的脸,圆滚滚的身体,乍一看,就是一个柔善的胖子。端午节当天,她来厂里给施巧云送了十六只糯米粽,还体贴地配了小半碗白糖。她走后,施巧云把糯米粽挨个儿分了,女工们人手一只。做手艺的女工间流行一句话:什么样的人,出什么样的活儿。罗建军的妈做的粽子精巧、结实,三个角(江苏人擅包三角粽)端端正正,没有丝毫豁口儿,愣是不漏一粒米。有女工晃晃碧绿的粽子叶,由衷地感叹:"巧云,你这个未来的婆婆怕是很刷刮呀!"

"刷刮"是能干、厉害的意思。不看罗建军的妈包的粽子,就拿她要求罗建军和施巧云处对象这事来说,也证明她是个刷刮的人。

罗建军我见过两回,高高大大,一米八都不止,一张标准的国字脸,浓眉大眼,五官分明。这样的一个男人随便往哪儿一站,都不比电影画报上的明星逊色。他星期天休息,从南通回家,天黑后来接施巧云下夜班。他不进屋坐,就在厂房外靠墙沿站着,手指间夹着的一支烟忽明忽暗。施巧云做的是飞行服的前套工序,后套的人眼巴巴地等着接她手上的活儿,她没办法提前走。

下班时间是晚上九点半,罗建军至少在暗吞吞的院子里静静地等了两个多小时。他走在前面,娇小的施巧云勾着脑袋跟在他身后,厂里的女人们见他俩一前一后走进夜幕中,都隐约觉得有点儿不妥:这黑灯瞎火的,罗建军怎么就不知道护着点施巧云呢?不拉手也罢了,肩并肩总行吧。

那是他第一次来接晚归的施巧云。看得出施巧云挺高兴的,隔天在车间里干活时眉眼弯弯,还情不自禁地哼起了歌儿。

过了个把月,他又来了一趟。我表姐不忍心让他在院子里苦等,便安排另外的人替换了施巧云的工序,让她先和罗建军回去了。

她走后,女工们还兴高采烈地捣鼓起了鬼点子,说好第二天大家一起帮施巧云的耳朵"开开荤"。可她们商量好的事儿落空了——施巧云的眼圈是红的,像哭过了一样,情绪明显不好。

别看厂里的这些女工,平日里见缝插针地拿施巧云过嘴瘾玩儿,实质上她们都是刀子嘴豆腐心,真真切切地巴望着厂里这个唯一的姑娘有个好的归宿。施巧云不高兴,她们也不安心。在大伙儿温言软语的一顿劝说下,施巧云才期期艾艾地开了口:罗建军昨晚冲她发脾气了。他要施巧云在他家过夜,施巧云坚持要回自己家。就为了这,他都没把施巧云送到家门口,半路上甩头跑了。

施巧云的眼圈又红了:"他还嫌我保守,早知道他要发脾气,我就不去他们家吃晚饭了。"

嗐,这事是吃晚饭的错吗?这姑娘!

适龄男女滚床单这事,搁在眼下这社会真是太稀松平常了。别说规规矩矩地处对象了,办事效率高一点的人,用不着一天的工夫,恐怕连对方屁股上长了几颗痣都一清二楚了。可九十年代的大姑娘,特别是像施巧云这样单纯老实的大姑娘,还是很爱惜自己羽毛的。

打那一回起,厂里的女工似乎就改了性子,小心翼翼地和施巧云说着话,再不拿她开带荤的小玩笑了。罗建军之后也没冒过头,只打了一次电话到我表姐家,彬彬有礼地让我表姐转告施巧云,说他厂里的事情多,脱不开身回胜利村了。

我表姐摇摇头,说:"巧云的这个对象,怕是难成。"

看人的眼光,我表姐肯定是一流的。年纪轻轻的就把厂子搞得红红火火的女人,识人能不准吗?

临近年底,厂里的活儿很忙,施巧云一反常态地向我表姐请了三天的假,说家里有点事儿。施巧云的家在红星村的最东头,一家三口,三间青砖瓦房。施巧云的爸爸原来是做泥水匠的,前几年给人家盖房子时不小心从二楼的脚手架上仰面摔下来,腰椎受了重伤,一直没恢复好,走路一歪一扭的。施巧云的妈妈死了七八年了,身体挺硬朗的一个女人,天知道撞了什么样的坏运,去河里洗衣服竟失足淹死了。施巧云有个弟弟,初三没毕业就跟着人到外地学做和尚去了。和尚在当地人的眼里不是个体面的职业,家境差的人家,没办法了,才让孩子去做和尚。

在红星村,和施巧云年龄相仿的姑娘基本上都不在家待着,要么去南通的厂里上班,要么随亲戚熟人去无锡常州的服装厂打工。离家是远了点,但外面的世界是精彩的,而且赚的钱也不少。施巧云不是不想去见识一下外面的精彩世界,可妈妈不在了,爸爸连腰都直不起来,她怎么忍心不在家照应他?她上班赚钱,农忙季节还要下地收收种种,院里院外又抽空拾掇得清清爽爽的。红星村的人都知道,她是个持家的好手,是个孝顺的女儿。这两条,也是罗建军的妈当初中意她的主要原因。

罗建军是独生子,外在条件明明白白地在那儿呢,他厂子里明里暗里喜欢他的女孩子不会少,罗建军的妈偏偏不乐意儿子在外面找对象。别处的女孩不知根不知底的,路还远,以后走趟亲戚都不方便。万一媳妇儿也是个独生女,把罗建军策反了去当上门女婿,她这个做娘的岂不是白白帮人家养了儿子?

一想到这个,罗建军的妈顿觉心慌气短、危机四伏。所以,罗建军和施巧云见了没几次面,她就张罗着找介绍人给两孩子做了"小订"。

蒲西乡的男女成亲的事儿向来不是一蹴而就的,结婚前要先订婚,订婚又分"大订"和"小订"。

"大订"的程序仅次于结婚,费用上自然也是男方这边较大的一笔开销了。"大订"时男方需择吉日办一场酒席宴请自家所有的长辈来喝订婚酒。席上,男方的母亲领着女方的姑娘敬烟、敬酒、叫人,但姑娘叫人可不是白叫的,被叫过的七大姑八大姨当场就要递上一个见面红包,是为"叫钱"。"大订"最重要的是,男方必须给女方家送去一笔礼金。礼金一般随乡间的大行情,也可能是双方家长和媒人根据两家的实情一起商讨过的。反正,数目可观。

"小订"比"大订"省事很多,但彩礼也要有:衣物,小首饰以及象征性的几千块钱。亲戚们一律不惊动,双方的家长以及媒人挑个黄道吉日坐在一起吃个饭,丈人再拎着新女婿家拿来的糖去村里大致地分发一下就行。不管"大订"还是"小订",但凡女方的姑娘接过了男方父母给的红包,即意味着一只脚踏进了男方家的门槛,从此就得改口叫爸爸妈妈了。

施巧云和罗建军是"小订",罗建军的妈专程来厂里发过喜糖。一人一袋,一袋八块糖,四块水果味的硬糖,四块大白兔奶糖。所以,施巧云这次请了三天的假,这些女人以为她回家筹备结婚去了。厂里的女人一边干活,一边商讨着要凑点钱给施巧云买点啥当陪嫁。丝绵被和毛毯好呢,还是开司米毛线球好?在一起共事了这么久,大家的心里热乎着呢。

买东西的事情还没有落实好,有个住在胜利乡的女工听到了关于罗建军的可靠消息:罗建军在南通有新女朋友了。那女孩和罗建军同一个车间的,是她主动追求罗建军的。她明明知道罗建军有未婚妻,还不放手,这次跟着罗建军回家,就是逼着罗建军和他妈妈摊牌来的。

施巧云和罗建军的关系成了个骑虎之势。往前走,情敌都逼到跟前来了,罗建军的态度又含含糊糊,她还怎么迈步?往后撤,她又舍不得。罗建军喜没喜欢过她,她心里没底,但她是真心喜欢也企盼和罗建军在一起的。还有她父亲那边,女儿二十六岁了,在乡下,超过二十五岁的未婚姑娘都要往"大龄"里算。况且"小订"的喜糖已经发过,附近的人都知道老施家的姑娘是罗家未过门的媳妇儿,如果现在退婚,哪怕问题是出在罗建军那边,施巧云的名誉难保不受牵连。世俗的偏见如此,某些好嚼舌头根子的人保不齐要在背后指指戳戳,笑她是个没人要的"退货"。有了"退婚"的这个硬伤,姑娘往后讲话时,怕是腰杆再难挺得直呀。

厂里的女人都不看好施巧云嫁入罗家,只不过她们是私下里替施巧云担忧着,当面鼓励她分手的字,一个没说。"宁拆一座庙,不拆一桩婚",这是古训。

过完年后的农历正月二十,施巧云还是和罗建军结了婚。她本来都下了退婚的决心了,可罗建军的妈拽着不松手。她来厂里先找了我表姐,一个劲地数落自己教子无方,儿子"不上道",旗帜鲜明地表示"罗家的媳妇她只认准施巧云"。接着,她又去和施巧云摆出掏心窝子的架势,说罗建军是一时糊涂迷了眼,她有十足的把握能把他拉回头。为了让施巧云明白她的立场和决心,她的话掷地有声。说要是罗建军敢和外面的女孩处对象,她就以死相逼,不承认他那个儿子了,把施巧云当亲生女儿看待。

当一个人为了达到某个目的而作出非常的承诺时,本质上,和说谎没多大区别,无非就是上下嘴皮子一磕罢了。罗建军的妈希望施巧云和他儿子走进婚姻时是这样说的。等到罗建军和施巧云离婚时,她的话锋又变了。她说,不怪罗建军待在南通不肯回家,是她施巧云自个儿没用,连倒洗澡水这件事也要叫她这个婆婆搭手。

施巧云和罗建军的婚姻满打满算持续了十个月。仓促的婚姻从来没办法弥补感情的缺陷,只会让有裂痕的感情完全瓦解,直至碎掉。那十个月中,罗建军归家的次数一只手数得过来,正常人只要用脚指头想想,也能猜出罗建军冷落新婚妻子的理由。

儿子有外心,却怪媳妇没用。小两口擦不出火星,又关洗澡水什么事呢?二十多年前,农村的老屋没有卫生间,夏天的晚上女人都是用一只一人长的、沉甸甸的大木盆,放半盆热水,在房间里洗澡的。洗好了澡,倒水是个大问题。丈夫在家还好,他们有的是蛮力,连盆带水轻飘飘地搬出门去,"哗啦"一声完事儿。丈夫不在家,公公要避嫌,施巧云倒洗澡水只能找婆婆做帮手了。她根本没料到,就这样一个平常不过的生活小片段,背了离婚的锅。

我离开表姐家时,施巧云还顶着罗家媳妇的名头,郁郁寡欢。几年后,表姐家建了新居和厂房,请我们一家人去喝"移屋酒"。旧地重游,我和厂里的女工们挨个儿打了招呼。施巧云也在,扎着马尾辫,皮肤还是那么白。我偷偷问了表姐施巧云的近况,表姐说她离婚后再婚了。二婚的对象是乡里一个跛脚的修鞋匠,年龄比她大了整整一轮,施巧云前不久刚做了妈妈,生的是个女儿。

表姐家的新厂房扩大了至少两倍,新添了一排崭新的工业缝纫机和几张我不熟悉的面孔。午饭吃罢,二十几个女工各就各位,手脚并用地忙乎着自己的活计。咔哒咔哒的缝纫机声中,女人们自然而然地开启了"座谈模式"。不知道是谁先起头提起了新近播放的一个电视剧,于是大家伙儿兴致勃勃地点评起剧中的男女主角来。你一言,我一语,没讲多会儿呢,有人突然跑了题,拐到某某村的某某老头去"相好的"家里偷情被人家丈夫追得摔断了腿的狗血八卦上去了。

我和表姐站在新厂房的窗户旁,透过洁净明亮的玻璃,看着女工们咧着嘴笑得花枝乱颤。施巧云坐在最中间的一台工业缝纫机前,也笑得肩膀一耸一耸的。

可能是光线的原因,可能是气温的原因,她的脸上没有了原先那样让人印象深刻的胭脂红,可两颊上的青春痘,还是那么醒目浓密地存在着。

万年青

乔二奶奶住在烟台庄。烟台庄是个拢共才三四十户人家的小庄子,一条清澈的河流横贯整个村子。村民们依河而居,河上架着一座简易的木头桥,风吹日晒多年,桥身已然黑乎乎了。人只要一踏上桥面,脚底板下免不了一阵吱呀乱颤,但大伙儿早习以为常了。河南边的人家拎着竹篮到村子后面的草甸子里去打猪草,必须从这座桥上经过。同样的,河北边的村民扛着锄头去村子前面的庄稼地里干活,也绕不开这座桥。谁上了桥,谁又下了桥,若是乔二奶奶恰巧坐在自家的屋门口,用不着起身,她都能看得一清二楚。

乔二奶奶的两间草房子正对着河北端的桥头。

桥头连接着一条东西走向的村路,路不宽,路下是河岸,岸边密集地生长着一溜儿杂树:枫杨树、楝树、枸树、柳树……这些树木多数很粗壮,尤其是枫杨树,树干粗得七八岁的小孩子伸长了双臂都抱不住。盛夏时分,枫杨树的枝叶间停着无数的"贾溜"和"洋辣子"。"贾溜"的学名其实是"知了"。知了叫声尖锐持久,天还没完全亮透它们就开始叫了。成百上千的知了,你方叫罢我登场,连绵不绝,叫得烟台庄的人耳朵眼儿里全是满的,叫得月儿跃上了树梢头时还意犹未尽。洋辣子是一种外表花里胡哨的毛毛虫,喜欢啃食枫杨树的嫩叶子。它们能吃,也能拉——整整一个夏天,枫杨树的树冠下都覆盖着一层黑黑的洋辣子屎。起风的时候,风把洋辣子身上的黑毛吹散开来,飘到小孩子裸露的皮肤上,不消多大工夫就能拱起黄豆大的疙瘩,又红又痒又肿。天气转凉后,贾溜和洋辣子逃得不知所踪,树叶开始慢慢发黄。秋风一吹,面黄肌瘦的叶子就窸窸窣窣地往下掉,一直掉到冬天,所有的树就全光秃秃的了。滴水成冰的隆冬,西北风刮起来没完没了,赤裸裸的枝条僵硬地戳向灰白色的天空,麻雀们三五成群地从远方飞来了,列队似的栖息在河岸边的大树上,争先恐后地叽喳一番,又匆匆忙忙地飞向别处。麻雀不会无缘无故地聚集在一起嚷嚷的。乔二奶奶知道,它们这么激动,无非是在"闹雪",她要赶在大雪来临之前搂些村路下的枯树叶攒着,用来做烧锅的引火草。这般想了想,她左手拿着簸箕,右胳膊夹着笤帚,走出了自家的园。

平原上的人习惯把院子称作"园"。烟台庄家家户户屋前都有一个大大的园。园不设围墙,相邻两户人家的园之间通常是扎一道竹篱笆为界。篱笆可高可矮,高的能与人比肩,矮的只齐腰部。园里的结构大致差不多:家门口通向村路的一条小径把园一分为二。一侧堆着硕大的草垛子。田里一年四季收上来的麦秸秆、玉米秆子、黄豆秆子、花生秆子和稻草秆轮流码好。干的花生秆子喂羊,其余的通通填了大灶的灶膛。草垛子下搭着鸡窝和鸭棚,窝棚的旁边栽种着一两株果树,以桃树居多,也有一小部分人家种着高大的枇杷树。离树不远的地面上挖出一只不规则的"灰塘",把灶膛里每天扒拉出来的草灰都倒在灰塘中,稍稍放些水沤着,沤出泡泡——这是最好的打底肥料,很讨力。

园的另一侧常不离两样菜:青菜、韭菜。烟台庄的人家每天所食的蔬菜在自家园里接茬种种就够了。入了夏,种灯笼椒、西红柿、灯泡形的青茄子、单掐叶子吃的紫红色的苋菜。篱笆缝里,几孔黄瓜、豇豆、扁豆不清不楚地纠缠在一起。丝瓜不搭架子,借果树的势挂一两株,树有多高,丝瓜蔓就攀得多高,开出大朵黄灿灿的花儿。花谢了,结出长而匀称的丝瓜。草垛子顶爬着南瓜藤蔓,小南瓜结得东一只西一只的。烟台庄的南瓜很圆,是浑圆的。外皮真正黄透时,南瓜长得比大号的脸盆还要大一圈。南瓜切成大块,红烧,吃起来粉糯糯的。黄南瓜煮油馓子,够得上待客的资格。"七葱八蒜",青椒茄子西红柿退了场,腾出位置好下葱蒜。蒜地里插空撒点芫荽种子。青蒜叶子配芫荽,加一勺子猪油酱油,弹几粒味精,滚烫的开水一冲泡,这叫神仙汤。一大碗神仙汤搬上了桌,大冬天的寡淡饭食就变得有滋有味了。

一群鸡、一棚鸭(鸭们日日在村中的河里戏水,早出晚归)、枝叶婆娑的果树、各色应季的红绿瓜菜,各就各位,可想而知烟台庄人家的园是多么的丰富。然而,在桥北这一排居住线上各个满满当当的园之中,乔二奶奶家的园却十分特立独行。

乔二奶奶也种了点蔬菜。仅仅限于青菜,而且青菜的占地面积小得简直不值得一提。她没有养鸡鸭,大概是怕鸡鸭会妨碍她园子里的花儿。乔二奶奶种了不少花儿:凤仙花,白色的、粉红色的两种;鸡冠花,开深紫色的、扇状的花儿,真的如同大公鸡的鸡冠;一串红,高高的,静静地立在暮色里,鲜艳得像是喜庆用的小鞭炮;木香花,立夏前后打着白色的花骨朵儿,姿色清雅;几丛繁茂的栀子花树,开大朵的、六瓣的白花,花蕊嫩黄,离园子老远都闻得到它们那浓郁奇异的香气;芍药花是紫色的,不香,盛放时的花朵足有碗口那么大;三棵月季,棵棵花满枝头,娇滴滴的,红的、白的、浅黄色的;还有美人蕉,一年中能有大半年的花期,花朵居然是少见的象牙色,天生丽质、矜持清高。黄梅天,每每落雨,雨点打在阔阔大大的蕉叶上,啪嗒有声。乔二奶奶尤其喜欢坐在窗户下听这个声音。

花虽娇俏好看,可还算不得园中的主角儿。乔二奶奶园中有大半的地方都长着另一种样貌平常的植物——万年青。万年青是多年生草本植物,冬夏常青,矮矮的,一簇簇的,宽宽的叶子摸起来略显肥厚,它开淡绿色的花儿,也结果实。不是每一株万年青都会结果,只有那种壮实的、有年头的万年青才会结出红色或橙色的圆形小果子。

乔二奶奶的万年青年年结果。

烟台庄周边方圆几十里的地方历来有个习俗:男人娶亲的当天,挑去丈母娘家的几只大礼盒里一定要放两棵现挖的万年青,用红纸包着带泥的根部,露出大半截厚厚实实的绿叶子。女人生了娃娃,外婆家送来的一担满月礼里,两棵红纸头包着的万年青同样要放在一堆礼物中最显眼的位置。另外,老人做寿和乔迁新居,万年青都是首要的彩头。大家都自发地遵从着这个习俗,没有人会质疑万年青在喜庆仪式中无可替代的地位,即使是大字不识一个的粗人,也知道万年青的含义。

一万年都是长青的东西,能不好吗?

按说万年青不难种,烟台庄人家的园那么大,随便扔一棵在哪个旮旯里头,只要土质松软,有点阳光,根本用不着管它,年把的工夫它就能勃勃地分出好些株。可烟台庄的人像是商量好了似的,从来没有一户人家种过万年青。他们娶亲、送外孙礼、做寿以及搬新房时所需的万年青,无一例外出自乔二奶奶家的园里。去找乔二奶奶的村民们都不空手:娶媳妇儿的人家带来喜糖,添了小外孙(外孙女)的带来了红鸡蛋,办寿酒、移屋酒的是干面条或一盘子糯米制作的方形"踮脚糕"。来的人拿了乔二奶奶亲手奉上的、现挖的万年青,少不了要和乔二奶奶拉拉家常,诚意致谢。双方都是发自内心的欢喜。

一个庄子的事情说多不多,说少也不少。一年又一年,乔二奶奶都记不清自己家的园里究竟被挖走了多少棵万年青。

乔二奶奶的日子很平静、很简单,说是一潭清水都不为过。没什么特别的事,她从不出门,活动范围仅限于自家的园前园后。她家的园后是一小片稀稀拉拉的竹园。老话有云:竹园跟着人来的。意思是说,竹园反映了一户人家的风水:越是人丁兴旺的人家,竹园就越是长盛不衰;反之,竹园一再地颓败下去,则说明主家人气不盛。

绕出竹园,有一条斜斜的小路直通到左邻的前门。

左邻家姓许,男主人中等身材,是烟台庄的队长。队长是个忙人,早早晚晚难得见到他的影子。队长的老婆脸色黄焦焦的,但还是每天忙得像只停不下来的陀螺。他们家有七个孩子,三男四女,大女儿和大儿子已经十多岁了,吃着大人的饭,干着大人的活儿。余下的五个还小,蹬梯子似的。尤其是最小的两个女儿,隔三岔五地生个病。一个总是"惊风",前一刻还好好的,突然双眼上翻,直挺挺地往后一仰,牙齿咬得紧紧的,躺在地上不省人事,非得死死地掐她的人中才能醒转过来。另一个从头到脚长满了疥疮,痒得孩子把自己的皮肤挠得没一处是完好的,严重的时候流血流脓。他们家没有余钱去给孩子找医生,许家嫂子只好自己动手治。孩子皮肤出血了,赖在娘的膝盖上,娘从火柴盒子边上撕下一点砂纸贴住,轻轻吹几口气,再帮孩子揉一揉,好像便能见效。

乔二奶奶有时候觉得那种被一群儿女拥簇着的场面挺温馨的。这个喊一声娘,那个接声也喊一声娘。做娘的,被他们哄得眉眼弯弯如沐春风。但更多的时候,乔二奶奶还是可怜许家嫂子。一个三间草房子快伏到地面的穷苦之家,老小十人(许队长还有个年迈的老娘),吃也愁,穿也愁,用也愁。都是许家嫂子在精打细算着度日,有一丁点儿的吃食她都先填了孩子们的嘴,自己长期扛着饿。

乔二奶奶和许家嫂子的交情不是一天两天了。大集体时代,村里的女人们一起上工。不管是采麦穗、割稻子,还是点豆子种油菜除草之类的农活,乔二奶奶都是远远地落在队伍最后。快放工了,人家的活儿收了尾,扛着农具准备归家,小组长分摊到她头上的任务还剩一半没完成呢。她心里慌得很,深深地为自己拖了大家伙儿的后腿而惭愧。可是再怎么慌也不管用,她的脚打小裹过,裹得相当彻底,属于正宗的三寸金莲。将近一米七的高个子,配了个别别扭扭的小脚,别说下地干活了,就是日常走路也是慢吞吞的,压根儿没法和别人比。许家嫂子晓得她的慌乱,回回都不声不响地来替她解围。别看许家嫂子又瘦又小,可她的手脚麻利是队里出了名的,似乎什么活儿对她来说都是小菜一碟。有她出手相帮,乔二奶奶当然不用披星戴月地加班加点了。乔二奶奶很感激,放工回家的路上一个劲儿地追着她道谢。许家嫂子总是淡淡地笑笑:"二奶奶,你别往心里去,咱们是邻居。邻居好,赛金宝嘛。"

许家嫂子这种好,是润物细无声的好。好得让乔二奶奶毫无理由地信任她。乔二奶奶年年把黄豆(大豆)种子寄存在许家嫂子家里。乔二奶奶在娘家时就爱吃香喷喷的炒豆子。头两年,她馋得没熬得住嘴,居然把自留地里收上来的豆子全炒熟吃掉了。到了下种的季节,她望着空空的坛子底傻了眼,只好厚着脸皮找许家嫂子借。

豆种是来年的希望和收成,精贵得很,不是谁家都肯外借的。许家嫂子一边数着豆种给她,一边细声细气地吩咐她:"二奶奶,今年的豆子收上来,你无论如何都不要吃光了,一定得把来年的种子留足。"

乔二奶奶的头点得如同小鸡啄米:"留足,要留足。"

怎么留呢?——她直接把盛了豆种的袋子送到许家嫂子的手上:"请你帮我保管着!"

"这怎么使得?"

"怎么使不得了?"乔二奶奶斩钉截铁,"我说使得,就使得!"

乔二奶奶上了没多久的工,队里根据她的实际情况专门开了个会,让她负责管印盒。什么是印盒呢?丰收时节,村里收获的粮食或豆子之类的农作物贮藏进仓库前要摊在队部的大晒场里晒干。晒了一天的粮食(豆子)到了太阳下山后被拢成若干个椎体,社员用长长的"节子"(苏中地区的一种竹制农用具)围住粮食堆的底部,拿大块的塑料薄膜兜头兜脑地盖住整体,再在薄膜外仔细地压上一条"花帘"(用芦苇秆子编织而成的农用具)。做完了这些工作,接下来就该乔二奶奶出场了。她小心地捧着印盒。印盒是木制的,长不过七八寸,宽不超过半尺,盒中装满了筛得极细的干石灰粉,盒底有两个端端正正的镂空宋体字"人民"。乔二奶奶把印盒放在花帘和节子的首尾交合处,不轻不重地拍打几下印盒的顶部。印盒移开后,石灰粉的"人民"字样就清清楚楚地留下来了。一个粮食堆的上下左右加起来,至少要印十来个"人民"。乔二奶奶此举相当于代表集体给粮堆加上了一把隐形的锁,以防止居心不良的人趁着月黑风高之夜来打粮食的主意。节子和花帘动不得,动过了,石灰印子再没办法恢复原样。第二天,眼尖的社员们一眼就能看出其中的问题。

管印盒之外,乔二奶奶还担负着村里"记工分"的工作。乔二奶奶识字。一大早,队长在队里的大喇叭里大声吆喝,催促各家各户的劳力下地干活。每个人"上工"前,照例要到乔二奶奶的跟前报个到,盯着她认认真真地在花名册上自己的名字后画一横或一竖(过去记账用"正"字)。

所有人都出工了,乔二奶奶才放下花名册,去晒场上溜达一遍,见缝插针地拾掇些零碎的活计:该清扫的角落清扫一下,该缝补的破粮食口袋缝补一下,该归拢的农具归拢一下。做完了这些事儿,她就颠着小脚回家了。整个下午,她就待在自己的屋子里,也不知道究竟在鼓捣些什么。估摸着放工的时间快到了,她才匆匆忙忙地捧起印盒赶向队里。

家里—队里,队里—家里。乔二奶奶就被这样的两点一线不疾不徐地推着往前行进。今天是昨天的翻版,明天又清晰地复制着今天。因为日子千篇一律,她甚至觉察不到光阴的流逝。她园里的花儿年年绽放,哪一个枝头开几朵花儿,什么时候开花,还有万年青,挖过的地方分出了几株,哪几棵万年青该结红艳艳的果子了,她不用去细看,心里都一清二楚。偶尔,她也会倚在门框上望着满眼的万年青发呆,想想这些年被村民们陆陆续续带走的万年青。那些离园的万年青,勾起了乔二奶奶一连串的回忆,然而,那似乎又与她本身的生活毫无关联。

乔二奶奶不跟人来往,与人不通庆吊,村里人家的红白喜事,她一概不到——礼金和人通通不到。像她这般的做法,整个烟台庄找不出第二个。外人如此,亲人也一样。有一年的火麦场(农忙季节的紧张忙碌犹如救火,故称为"火麦场"),她的亲哥哥从几十里外赶来她家,她那时正在队里的晒场上翻晒刚刚脱粒的麦子。有个社员远远地知会她:"乔二奶奶,你哥哥来啦!"

她把手上的竹耙子重重地往地上一顿,尖着喉咙冒出这么一句:"死了个王癞子哟!他这是来做甚哦?他们队里难道不过火麦场吗?"

旁边的几个人都笑得不行。娘家的哥哥来了,不赶紧地打酒烧菜也就罢了,怎么还"死了个王癞子哟"呢?她唯一破例待人的一次,是为了许家嫂子。

许家嫂子四十岁出头就死了,病死的。她患了一种奇怪的病,大腿内侧生了个疮,那个疮一直烂下去,烂下去,烂得深深的,直至露出白生生的骨头。她躺在床上两年多。床中间掏了一个洞,她烂腿上淌出来的血和脓就顺着那个洞流到床底下接着的一摊草灰上。她的大女儿每天换一回床底下的草灰。她很疼,疼得全身不停地颤抖,疼得牙齿把嘴唇咬出了血印子,但她生怕吓坏了年幼的孩子,从来不大声叫唤。她瘦得落了形,眼窝深陷,颧骨高高凸起。乔二奶奶每天去探望她,剪几支粉色的月季插在她的床头。这委实没有什么实质性的用途,只是那一点淡淡的甜香能让许家嫂子紧锁的眉头稍微舒展一会儿,就一会儿。

许家嫂子的丧事,乔二奶奶从头忙到尾。许家嫂子的生日、忌日、周年她都记得牢牢的,每年的这几个日子,她都会在自家的竹园边上为许家嫂子烧点纸钱,嘴里还念念有词。

她喃喃地念叨一句:死了个王癞子哟。

她撩起围裙,擦擦眼角,看看黑蝴蝶一样飞散的纸灰:唉,好人不长命啊!

许家嫂子不在了,她很少往园后去了。只有"文革"的十年,她的生活才有了些变化。她时不时地去给被卷进运动中的乔家老大一家送饭,照顾他们的两个孩子。乔家原来是地主人家,乔老太爷夫妇虽然作了古,但成分是改不了的。况且,乔家的大儿子年轻时还在国民党的部队里做过事,这是隐藏不了的黑料。游街,游街,再游街。乔老大两口子都被剃光了头发,两只手反剪在背后,脖子上挂着重重的木头牌子,牌子上是令人心惊肉跳的黑色大叉叉。

乔二奶奶跟在长长的游行队伍后面慢慢地走着,面无表情。仿佛,这响彻人世间的嘈杂与她全然无关。

乔老大的儿子后来过继给了她。名誉上,她有了后代,香火得以延续了。可这个"儿子"成年后离开烟台庄,去了北方的某个城市,他在那里工作,成家,就再也没有回来看望过她。

乔二奶奶是八十八岁那年去世的。她的娘家侄子遵从她的遗愿,把她安葬在她园里的万年青中间。乔二奶奶的万年青起初只有两株,那是她成婚当天从娘家带来的陪嫁。她的夫君,也就是乔家的二爷用一把木柄斧子亲手为她栽下的。乔二爷是新四军的指战员,剑眉朗目,一表人才。他们大喜的日子,他和她匆匆地拜了堂,还没来得及说点什么,马上领命奔赴前线去参加老虎庄战役了。

跨出门槛的时候,他回头望了她一眼。

那一眼,她终身没忘。那一眼,是她听得懂的心声:等我回来呀!

守在烟台庄的乔二奶奶盼了他一辈子,等了他一辈子,终究没有把他等回来。在解放老虎庄惨烈的一战中,二十五岁的乔二爷胸部连中数弹,壮烈牺牲。

活着,这两个人没能在一起;死了,他们还是天各一方。乔二爷长眠在上百公里外的烈士陵园中,乔二奶奶安歇在她亲手侍弄的园里。她的花儿开得还是那么欢欣,她的万年青还是一年一年地繁盛着,烟台庄的人们还是像从前一样,走进她的园里挖出新鲜的万年青。当然啦,在他们离开的时候,会顺手拔掉万年青中间的杂草,会到河里提几桶水来,耐耐心心地浇灌一下乔二奶奶的园子。所以呀,乔二奶奶园里的万年青总是那么生机勃勃、青翠可人,就像乔二奶奶活着时一样。

七　巧

也不知道，在我生活过的那个小村庄里还有哪些人记得七巧。七巧中等身材，短发，圆脸盘，一双大大的杏仁眼随随便便一瞪，就能把人瞪出一头雾水。脚步声重重的，一年四季，衣襟猪耳朵似的敞开着，旁若无人，走路时嘴巴里小声地念叨着什么。当然，这样的七巧是精神失常的。

七巧的失常是阶段性的，夏天冬天稍微好转一点，简单的家务也能做得有模有样，走在路上，眼神虽然是直愣愣的，但基本上还能和本村的村民简单地互动几句。春天和秋天完全乱了套，头不梳，脸不洗，穿得脏兮兮的，漫无目的地在田野上跑来跑去。看见一个人，也不管是男是女，马上来劲了，手舞足蹈地凑上去，神秘兮兮地和人家咬耳朵："哎哎哎，你听我说，我家里有玉兔精。"

村人怜悯她的疯疯癫癫，倒也配合，作出义愤填膺的表情哄她："七巧，你先回去，我明天一定帮你去打死那只玉兔精！"

七巧深受鼓舞,欢天喜地地迎着风跑远,一边跑,一边哧哧笑:"噢——噢——打死玉兔精!打死玉兔精!"

村人看着七巧蝴蝶一样地飘远,忍不住摇摇头:唉!好好的一个女人呐……

七巧到我们村子来的时候确实是好端端的,她不是嫁过来的,是"跑"过来的。套用戏文里文绉绉的讲法,是"私奔"。七巧的家在十几里外的村庄,而这一切是从我们村的小篾匠连升去给她娘家打竹席子开始的。连升二十岁出头,人长得端正,白白净净的脸皮子,"大背头"天天抹得油光光的,滑腻得连最灵活的苍蝇落在他的发梢上都要闪了腰。他嘴巴甜,又会说笑,在七巧家做了五六天的活儿,不晓得给七巧灌了多少碗迷魂汤,十八岁的七巧就心甘情愿地跟着他跑回来了。

八十年代的乡下,人们的思想还特别保守,这事在我们村子里闹得动静挺大。七巧的爹妈领着一帮亲戚来连升家谈判了好几场,好说歹说,七巧都不肯现身和爹娘面对面说几句话,她死心塌地要给连升做老婆。

七巧的态度大大地助长了连升爹娘的气焰。在农村,女人被男人拐走是门风问题,男人拐跑女人则是有本事的表现。自己的儿子有本事,反正生米煮成熟饭了,连升的爹娘开口闭口之间便少了几分恭敬,多了几分轻慢。两家人最后骂阵几十个回合,恶成了仇。七巧的娘家路彻底地断了。

连升是家中的老大,他后面还有一个小他三岁的弟弟连庆和小他五岁的妹妹连娟。他不费一毫白得了个老婆已经省事了,他爹妈更省事到底,连婚宴都没给他们两人办,利索地分了家。七巧毕竟年轻,不晓得该争一下女人该有的排场,只当是自己为"美好的爱情"作出了让步。她一心求的,是连升对她的好。

少年夫妻蜜里调油,两个人确实过了一段好日子。两年后,七巧给连升添了个大胖儿子,一家三口看上去其乐融融。奈何这样的好境况并没有持续下去,连升不安分的性子像溅在水面上的热麻油点子,不可抑制地漾开来,关于他的风言风语断断续续地传到七巧的耳朵里。

七巧开始还稀里糊涂的,再加上连升哄人的功夫了得,也还暂时太平。忽而有一天,连升干活的那户人家的丈夫手持木棍怒气冲冲地打上门来,七巧才如梦初醒。想想也是,她自个儿不也是迷了心窍给连升做了老婆的吗,那人家的老婆让连升得了手又有什么不可能的呢?

吵归吵,闹归闹,连升的花花肠子一根没少。农村里,在外偷腥的男人不在少数,家中的女人似乎除了忍受别无他法。有几个年长的妇人私下里劝七巧不要追究:男人嘛,有精神有力气的,怎么能熬得住不做混账事,你睁只眼闭只眼算了,他偷个十年二十年的,偷不出新花样了,总有回头的日子。

七巧泪水涟涟:我为了跟他,连自己的爹娘都得罪了、不要了,他怎能这样来糟践我?

如果说,在别人家的丈夫没来揭底之前,连升还有些顾忌,那么,眼下七巧都明明白白地知道了,连升索性开屏为一只骚情的雄孔雀,一次比一次活泼,一次比一次鲜艳。他吃定了七巧没地方可申冤,娘家那边早放了话,没七巧这个女儿。连升的爹娘?无非是不痛不痒地来说道连升几句,能怎么着?

七巧气得嘴角上生了疮,劝她的人见安慰她不起作用,不免徒生出挫败感。背地里,又拿七巧做反面教材教育自家的女儿:喏,你看看七巧,年纪轻轻的跟着男人私奔,现在能有什么好下场。男人不地道,隔三岔五地搞些糟心的事儿出来,娘家人又不出面帮她,日子过得多苦。

女人的苦有两种。一种是身体累,只要家庭和睦,这个苦不算真苦,能挨得下去;一种是心里苦,所有的憋屈事一股脑地堵在心里得不到及时的疏导,孤立无援。而这后一种苦没准儿会积郁成毒。

那些让人挣扎的,如果试图打压,只会让人越来越挣扎。

大概是儿子五六岁时,七巧的精神出现了问题。最先发现七巧异样的是西邻的桂枝婶婶。桂枝婶婶去屋后的稻草垛子里捡鸡蛋,她家的一只老芦花鸡任性得很,从来不肯老老实实地趴在自己的窝里生蛋,溜达到哪里,想生了,矮下身子便就地解决。这使桂枝婶婶很头疼,但她又舍不得那只被芦花鸡抛弃的鸡蛋。一只鸡蛋可以换三匣火柴呢!所以不管有多忙,桂枝婶婶每天都要像挤牙膏一样挤出宝贵的十来分钟时间在屋后的竹林中、柴草垛下、菜园子里一通好找。

因为这一出,桂枝婶婶接连两天碰到七巧在竹园里拗竹枝。七巧的腰上别着一把缺了口的菜刀,她拗上一根,抽出菜刀顺手把竹枝粗的一端削得尖尖的拢在自己的脚边。桂枝婶婶有些奇怪:这么短的竹枝一不能插篱笆,二不能晒东西,七巧削了做什么用?

本来,七巧是个随和的人,也讲礼节,与桂枝婶婶碰面了没有哪一次不是客客气气地打一声招呼的。可拗竹枝的七巧跟平时不太一样,闷着头,身子绷得直直的,像是在和谁暗暗地较着劲儿,桂枝婶婶从她旁边绕了两圈她也没抬一次头。

第三天,桂枝婶婶忍不住了,在七巧用力削竹枝的当儿问她了:"七巧,你削的这些个细细尖尖的竹枝派什么用场呀?"

"派什么用场?"七巧的动作僵了僵,下意识地把紧盯着地面的目光戳到了桂枝婶婶的脸上。

桂枝婶婶的心咯噔了一下,背上莫名其妙地发凉——七巧的眼神里一闪一闪的,是冰刀子!

"派什么用场?"七巧拎着锈迹斑斑的菜刀往桂枝婶婶跟前凑。

桂枝婶婶不动，她真不敢动。七巧的脖子伸得长长的，脑袋快要抵到桂枝婶婶的颈子上了，刚要开口，偏偏还不放心，谨慎地瞄了一下四周。桂枝婶婶想不通，七巧不放心什么。竹林里静悄悄的，只有风从竹子间穿过时细微的声响，连只多嘴的麻雀也看不到。

七巧嘴巴里的热气搅得桂枝婶婶的耳朵痒痒的，像毛毛虫爬似的："玉兔精来我们家了。"桂枝婶婶别别扭扭地挺在原地，她能感觉到七巧的菜刀正顶在自己的老腰上。好在七巧的话只有这么一句，讲完了，她识趣地退回到她削好的一捧竹枝边。这时候，桂枝婶婶再看她，又觉得她眼睛里的冰刀子消失了。"这是怎么回事？难道是我的眼睛花了？"桂枝婶婶心里直打鼓。七巧当然不知道桂枝婶婶的心里正翻腾着，弯腰夹起竹枝，冲着桂枝婶婶笑了笑。这一笑，隐隐约约地泛着一股子古怪："桂枝婶婶，玉兔精半夜从我们家窗子边爬进来过了，我要用竹枝把窗户通通堵死。"

桂枝婶婶眨巴着眼睛，不晓得怎么接七巧的话，就那样呆呆地望着七巧轻手轻脚地钻出了竹林。

芦花鸡在竹林的另一边咯咯地叫着，大概是生了个令自己满意的蛋。搁在以前，桂枝婶婶听到这声音时别提多带劲儿了，可此时此刻，桂枝婶婶却不愿意去找那只蛋了。丢了就丢了吧！她只想快快地离开这遮天蔽日的竹林，站到有阳光的地方去。在这个地方住了二十多年,桂枝婶婶第一次觉得自己其实是个胆小的人。

世上没有不透风的墙。"玉兔精"的事儿通过村人的嘴拼拼凑凑地还原了起来。玉兔是玉英,是连升的弟媳妇,也就是连庆的老婆。大伯子和弟媳妇乱伦,是家丑,可连升的爹娘不敢说。连庆老实,小学上了四年级,年年垫底倒数第一名,初中都没考上,人长得磕磕巴巴的,笨嘴笨舌,又无一技之长,只会在建筑工地上做做死活儿。爹娘总不能看着小儿子打一辈子光棍吧,所以把小女儿连娟押上去做了换门亲。玉英的哥哥和连庆半斤八两,两户人家的爹娘一合计,管女儿愿不愿意,就吹吹打打一鼓作气地把亲结了。

连娟那边不提了,玉英配连庆,绝对是一棵好菜给猪拱了。连庆是个糙人,结了婚,也不思量多陪陪得来不易的娇妻,兴冲冲地跟着本家的叔叔奔赴江南做小工去了。要是他不走的话,玉英和连升说不定还翻不出什么幺蛾子,七巧怕也不至于落到精神错乱的地步。

桂枝婶婶住我家隔壁,她得空了来我家串门,我听她在和我奶奶讲七巧:七巧自个儿犯傻,半夜去盯连升的梢儿,她亲眼看到连升进了连庆家的院子,她不敢冲进去,连升不要脸,她还要脸面哪!她守在院子外哭了一场,等到连升出来了,唉,帮连升关门的居然是他娘。你说,这成什么体统?都是媳妇儿,差别这么大,连升的娘走的什么臭棋?七巧不气疯才怪!

我奶奶压低了声音:七巧命不好,摊上了这样的人家。

七巧的家和我家距离将近两百米,中间隔了四五户人家。她家的房子矮矮的,远远看过去屋子里黑乎乎的,我一次也没进去过。七巧的儿子磊磊和我弟弟是同学,两人从小玩到大,一起上学放学,礼拜天了就跑到我家来和我们玩跳房子、抓石子。我奶奶偷偷吩咐我弟弟,叫他不要去磊磊家。我弟弟不高兴,屁股一扭:"去他家怎么了?磊磊妈又不在家。"

疯了的七巧天天像练了凌波微步,人越跑越瘦,越跑越不着边际,她致幻的眼睛里衍生了无数条路,唯独最让她抗拒的是回家的路。连升可能多少有些内疚,所以去找过几趟。七巧照样往外跑,连升烦了,便随她去了。左右邻居于心不忍,委婉地对连升说:"连升,你要带七巧去医院瞧瞧,她的病犯的时间不长,说不定能好。"

连升手插在口袋里,一脸的愁苦相:"我不是不想她好,可哪来的钱去给她瞧病?我做手艺能挣几个钱?家里要过日子,磊磊要读书。再说了,我打听过了,精神病又不能断根,看好了照样要复发,病根在,再多的钱也填不满这个无底洞。"

病根——七巧的病根难道不是他种下的吗?娘家人不管,夫家人不问,七巧的精神病一日比一日厉害。渴了,趴在渠沟里喝脏水；饿了，不晓得回自己的家，直愣愣地靠在随便哪户人家的门边上，不给她吃碗饭她就赖着不走，周边的几个村子差不多给她吃了个遍。碰到有红白喜事的人家，她大摇大摆地在人家院子里兜圈子，抢菜的行为倒也没有，单单捡人家扔在地面上的骨头啃，跟狗似的。

渐渐地，连升的"名气"大了。人家都知道这个疯女人是篾匠连升的老婆，是被连升不靠谱的事气迷了心智才精神失常的。连升别提多恼火了。他不再放七巧出门，七巧被他反锁在家里，拍着门哭哭啼啼的。磊磊放学了，不敢给妈妈开门，坐在院子里写作业，写一会儿，蹑手蹑脚地跑到门边儿去听听屋里的动静。孩子还小，爸爸的话不敢不听，他怕自己放妈妈出来，反而连累妈妈挨打。

七巧成功地从窗户里逃出过两回，眼眶上有大块的乌青，连升的娘跟人说是七巧自己走路绊倒的，人家都不信。连升心狠，左右开弓，扇七巧的巴掌都不避外人，他难道不会用拳头？七巧跑得最离谱的一回惊动了公安局，两三个月不见人影，连升却落得一身轻松，半点儿不着急。和人谈到七巧，那种解脱的表情活像白雪公主终于从毒苹果的残害中苏醒过来一样。磊磊向连升要妈妈，连升和孩子打马虎眼，光是嘴上应得勤快。他这人，全身上下就数一张嘴功能最齐全，满嘴跑火车，哄人哄得相当动听：哄别人的女人，哄自己的孩子。

某一天,忽然有辆警车闪着灯开到我们村子——乡派出所的人陪着七巧回来了。队里的人一股脑地涌到连升家打探情况,七巧呆呆傻傻地坐在屋檐下的椅子上,剃了个光头,脸瘦成窄窄的一小片,好看的杏仁眼深深地陷在眼眶里。衣服脏得分辨不出颜色,裤子从大腿的位置一直破到脚踝。小道消息紧随其后:神志不清的七巧在路上被坏人拐走,卖给邻县的瘸子老头做老婆,瘸子看出了七巧的毛病,动了坏心眼,把七巧当赚钱工具,强迫七巧卖身给那些不正经的老头儿,七巧不配合,被拳头、巴掌、棍子一一侍候个遍。后来,有好心人看不过眼,偷偷报了警,七巧这才被解救出苦海。

按理说,七巧出了这样大的岔子受了这么大的磨难,连升总该摸着自己的心补偿一下七巧,好好对待她了。即使夫妻没法子再生出感情,总还有恩情的。一日夫妻百日恩,何况七巧还给他生了个乖巧的儿子。

结果,七巧重复的还是走失前的日子。唯一不同的是,自打她回来后,连升不锁门了。七巧愿意什么时候走就什么时候走,愿意出去多久就出去多久,愿意跑多远就跑多远,愿意回来就回来。磊磊要上学,没法子天天跟在妈妈后面跑。一个上小学的孩子力量是有限的,在妈妈这件事上,他使不上劲儿,并且为这事他被连升揍过好几回了。

秋天到了,七巧往外跑的频率变高了,村里人对她时不时的失踪也习惯了。所以,当七巧再一次消失后,村里人并没有觉得特别奇怪——会回来的,迟早的事嘛!

迟早是多早?十年?二十年?或者更久?

三十岁还不到的七巧就这样杳无音讯了。她在我们村的这几年过得那么魔幻,然而故事从头写到尾却只是寥寥几千个字。

七巧失踪后的第三年,我弟弟在吃饭桌上告诉大人们一件蹊跷的事情。大致的经过是:他和磊磊两个人星期天在亮亮家屋后的竹园里挖坑玩,挖得深了点,不知怎么挖到了一根长长的骨头。他俩当时心慌慌的,不敢接着挖了,又用土把那根骨头牢牢地盖住了。

弟弟讲述时的表情很认真,不像是在胡说。可大人们闷着头,稀里呼噜地喝着稀饭,好像谁也没有把他的话听进耳朵里。

那是一个很平静的夜晚,洋油灯盏的火花在八仙桌中央一抖一抖的,仿佛受到了莫大的惊吓。

假如七巧还活在这个世上,她应该,有六十多岁了吧。

私　奔

表兄把表嫂带回家的那一天，附近几个村庄都哗然了。大家纷纷放下手中的活计陆陆续续地涌到表兄家所在的蔡家庄一队去凑热闹。二十多年前，苏中农村民风淳朴、思想保守，适龄男女的婚配基本局限于方圆二三十里之内的村庄，要么是父母之命，要么是媒妁之言，自由恋爱少之又少，嫁到外地的姑娘和娶到外地媳妇的概率更是低到可以忽略不计。一个二十岁出头且一无所有的穷小子闷声不响带着一个鲜活的大姑娘从外地"溜"了回来。怎么说呢？这是突发事件，就好像黄梅戏里唱的"天上掉下个林妹妹"一样，勾起了乡人们的无限联想。

我是午饭后才赶到姑妈家的，到达现场时就看到男女老少里三层外三层地在那儿推来挤去，气氛之热烈完全可以媲美戏文场子，愣是把表兄家门口长长的一溜儿竹篱笆给挤倒了。篱笆里的青菜韭菜之类的蔬菜受了连累，一律被踩得东倒西歪。大家都伸长了脖子往屋里头瞅，好奇得不得了：陈家的这个愣小子究竟撞了什么样的桃花运？又是个什么样的大姑娘愿意这么不管不顾地来到我们这旮旯？

姑父皱着一张脸坐在厨房的门槛上抽烟，他的皮肤本来就黑，这么一发愁，整张脸更黑了。姑妈倚在门框上哭得鼻尖通红，泪水像坏掉的水龙头一样，滴答滴答地往下淌。他们两口子老实忠厚，在农村小心翼翼地窝了大半辈子，连几十里之外的小县城都没去过几次，压根儿没想到自己的儿子有这么大的能耐和胆量，居然不按常理出牌，"拐"回一个安徽姑娘。而现在，这个安徽姑娘的亲戚又带着满腔怒火和一脸杀气端坐在自己家的堂屋里叫嚷着要"逃犯"给个交代。你叫他们两口子如何不惶恐？

负责出面"谈判"的是村上的一个生意人，他常年在外和各种各样的人打交道，算是见过世面的人。出于对我那老实巴交的姑父姑母的同情，他受邀作为男方的发言人，站在了"外交"第一线。

一张八仙桌上坐着六个人：充当"首席谈判官"的生意人、我的养父、两个四十多岁的安徽男人（新表嫂的两个姐夫）、男女主角（表兄和新表嫂）。堂屋的大门被一群人堵得水泄不通，里面的实况如何只有最前排的人明白，外围的人只能屏气静声地竖起耳朵靠捕捉堂屋里时高时低的声调猜测谈判的进度。

"首席谈判官"的乡味普通话与"追兵"的浓浓口音交替往来。一方理亏，以"求和"为主旨，尽量圆通。一方盛怒，情绪激动得几近失控，拍桌子，打板凳，又以迅雷不及之势捞起堂屋墙角的一把柴刀劈向了姑妈家那张本来就不结实的老八仙桌的桌角。

近距离感受到这一气场十足的"全武行"的看客忍不住咂舌，扭过脖子向后排的人传递惊叹："外地人真侉！"

这五个字钻过宽宽窄窄的人缝儿最终钻到了姑妈的耳朵里。姑妈哭得更凶了，两只眼睛跟熟透了的桃子似的。她一边噗噗地擤鼻涕，一边嘟嘟嚷嚷："这个杀头刀的孩子（我表兄），非要留下那个蛮子（新表嫂），我们还不能怪他，怪了他，他要往绝路上走。今天这两个侉子（追兵）不肯罢休了，可怎么打发得走！哎哟喂……"

姑妈说的也是实情。每个小地方的人似乎都有一种堂而皇之的观念，笃信自个儿头上的一片天空才是神州大地的中心，别的地界走出来的人，非蛮即侉。从本心上讲，她不愿意自己的儿子讨个"蛮子"做媳妇，万一将来小两口合不来，"蛮子媳妇"过个几年一拍大腿跑了，不知根知底的，找都没地方找，多伤人心。然而，她的满心不情愿怎敌得过儿子的倔强。我的表兄为了表示他和新表嫂同舟共济的决心，在家族里所有人齐齐投反对票之际愤而投入了村子附近的如海河。如海河风急浪大、深不见底,一般人都不敢轻易下水。幸好我养父水性好、反应快,一看亲外甥傻不愣登地往绝路上冲,二话不说紧随其后,死拉硬拽一场,还呛了好几口泥水,总算把一个为情癫狂的热血青年救回了人间。

事情闹到这份上,姑父姑妈彻底不敢吭声了。罢罢罢,前世的冤家呀!

大局已定,剩下的只是钱的问题了。其时,新表嫂的两个姐夫具体提出了多少经济赔偿我也没在意,我单单记住了六珠姑姑(我最小的姑姑)的一句话,她说:唉!我大姐为了儿子可怜巴巴地去借钱,像沿门的。

"沿门"是我们那块的方言,特定情况下有点儿众筹的意味儿。我对这个词语的印象还挺深刻的。大概是我八九岁的时候,村子里有一户人家的女人精神不太正常,她的丈夫听从神婆的指示请了童子来为那个女人跳大神治病。童子是个四十多岁的男人,身材高大,头上戴着缀满珠子的花冠,穿着花花绿绿的半长布裙,手上拎着一把薄薄的像泥水匠砌墙的铁皮小刀。他在前面开道,身后有一个拎着篮子的人跟着。童子以苦主家为起点,挨家挨户在村中的每一户人家门口停下,咿咿呀呀地唱一段,神神秘秘地跳一段,最后用手中的刀在村民家门口的地面上划出一长串符咒。做完这一切,户主便拿出一点钱放到篮子里。钱并没有固定的数目,多少随便,权当是大家支持那个可怜人的一点心意。所以说,"沿门"这两个字不可避免地带着点悲悯的色彩。

表兄不放手,新表嫂的姐夫不放松。你死我活的爱情故事绕到最后还需要钱来化解矛盾。可是,姑父姑妈的家底子实在太薄了,一时半会儿怎么拿得出钱来?只能咬咬牙,一家一户地借,不管多少,肯借就行。难怪六珠姑姑要说她的大姐像极了"沿门",时隔多年,想想当初那无奈的一幕,依旧会为善良淳朴的大姑妈心酸。

钱,从来都是重要的。

气咻咻的追兵头也不回地返程了。如同电视剧中的情节:男女主角历经千辛万苦终于喜结良缘,此时,这幕戏即已闭幕。再怎么轰轰烈烈的故事情节,搁在一视同仁的白天黑夜里终究要演变成平淡无奇的结婚生子、成家立业。表兄聪明,身上有股不服输的劲儿,这么多年来走南闯北,很是做出了一番事业。我也由衷地为表嫂高兴,一个为了男人奔走他乡的女孩,与生活和未来博弈后苦尽甘来了。

我素来与他们夫妻接触不多,潜意识里,觉得他们俩定然是举案齐眉、恩爱有加的。一生中,有人肯为你背井离乡,而你也愿意为她奋勇向前,这不就是最美妙的爱情吗!

过年的前几天,表兄到诸暨收工程款,专程来我居住的小镇探望我。晚饭过后,我们沿着小溪散步,自然而然地聊起了各自的日子和孩子。我和表兄虽算不得青梅竹马、两小无猜,但骨子里浓浓的亲情足以使年过四十的我们毫无戒心地向彼此袒露最真的一面。

光阴已经把年少时莽莽撞撞的表兄历练得稳重淡然。天空飘着毛毛细雨,我一边走,一边听表兄谈及工作和生活。生活如同希区柯克的电影,把纯洁的面具拿开后,越动人的真相就越阴暗:原来我一厢情愿认定的表兄表嫂的岁月静好,却是他们两个人婚后多年的相敬如"冰"。

我有点愕然,说:"没道理吧,你和表嫂明明是患难见真情的呀!"

表兄苦笑:"我们婚后一年就开始绵绵不断地争执了。"

我还是不死心,追问表兄:"你们两人二十多年前要死要活地斗争一场,难道不是因为伟大的爱情吗?"

表兄摇摇头:"说起来你不相信,我带你表嫂回来之前,我们俩连话都没讲过几句。"

我撇嘴:"你就编吧。"

表兄叹口气,很认真地说:"我没说谎,我和你表嫂是在一个工地上打工不假,我做木匠,她在工地上的食堂里烧饭,但我和她平日里基本没什么交流。有一天晚上,我收工后去溜冰场玩,因为晚饭桌上被工友劝了点酒,脑袋昏昏糊糊的,在溜冰场和一个社会青年发生了口角,他们那边几个人围着我,差一点就打起来了。正好你表嫂路过,一看我是熟脸,怕我吃暗亏被群殴,就使劲把我从人群中揪了出来。我们从溜冰场往回走了一段路后碰到了工地上的另一个熟人,那个人一看到我们俩,立刻一惊一乍起来:"啊!你们两个人怎么敢在这儿溜达,还不快快走!娟娟(表嫂的名字)的两个姐夫正领着一帮子老乡提着铁棒子四处找你们,说找到你们非要把你们俩的腿敲断不可!"

我听得云里雾里的,迫不及待地打断表兄的话把子:"怎么那么容易就被唬住了呢?"

表兄笑笑,很无奈:"那个熟人是咱们老家村子里的,我跟在他后面学了一年多的木匠手艺,一直尊称他为师父,你说我有什么理由不相信他的话?"

"所以,你和表嫂害怕了,趁着天黑慌慌张张地逃回老家来了?"

"可不就是。自己当时没头苍蝇一只,再加上熟人扯谎扯得活灵活现的,以为你表嫂的家人真要来把我打成残废,一时乱了阵脚,宿舍都没敢回,随身物品通通丢弃,三十六计走为上计了。"

"后来他们追到你家里了,有那么多乡亲为你撑腰,你总不用担心自己被打成瘸子了吧!为什么不好好地向表嫂的姐夫解释清楚,让表嫂跟她的姐夫们回去呢?"

"我那时候想,自己是个堂堂男子汉,也不怕别人说三道四的,可你表嫂是个清清白白的大姑娘,她和我从上海私奔的事儿在工地上已经传开了,她名誉坏掉了,回去以后在老乡面前怎么抬得起头。祸是我闯下的,黑锅让无辜的女孩子去背,我总觉得对不住人家。再看你表嫂的姐夫凶神恶煞的样子,我只能将错就错留下你表嫂。"

我不禁莞尔:"你还蛮有男子汉气概的嘛。真的没想到你们俩是这样走到一起的。"

表兄笑笑,没作声。我们沿着弯弯的村路慢吞吞地往前走,淡淡的路灯把我们的影子拉得长长的。二十多年前,坐在八仙桌一侧的那个大男孩,一定没有想到他的一腔孤勇直接主导了两个本不该有交集的人的一生。当他为横空落下的感情飞蛾扑火时,丝毫没有料到,一段没有根基的感情会毫不留情地把懵懵懂懂拉起手的两个人烧得焦头烂额。其实,日子里何来那么多的尖锐、变故和不理解?很多时候,夫妻都是自然地、颓然地踱进了无言的境地。

以我对表兄的了解——他那么直爽赤诚的一个人,必定怀着美好的愿望和表嫂走进了婚姻的围城里。可是,如果那些美好的愿望只是被郑重地供奉在期盼的桌台上,那么,它唯一的结局就是在岁月里被积满尘土。

私 奔

这世上的男男女女，有的是因为相爱而结为夫妇，有的是因为感恩而相携到老，有的是因为不甘而辛苦地拖累着对方，有的是迫于世俗的眼光而勉强搭伙。还有的就是，像我表兄表嫂这样的人，因为旁人一个无心的玩笑而意外地成了一根绳子上的蚂蚱。这样的婚姻，与其说是一个意外，不如说是一种宿命吧。

姚木匠

眼下的清水镇,认识姚木匠的人已经不多了。但时光如果倒流到四十年前,去街头巷尾随便找个人都能打听到姚木匠其人,那真是无人不晓。这里的"无人不晓"并非泛泛的"听说",而是有实实在在的评语:"哦!你说姚木匠啊——他人很好的!"若此时,讲这句话的人身旁恰巧还围着其他"听众",那另外的几个听众也会及时地附和:"是呀是呀!姚木匠真的是个好人哦!"

一个普普通通的乡间小手艺人,能多年如一日地被人交口称赞,可见这个人的"好"已经上升到了一个令人敬佩的高度。姚木匠的好首先是他的手艺好。清水镇上当然不单单姚木匠一个木匠,然而不是每一个木匠都能和姚木匠一样,大小活计无一不精。乡村的木匠都是以打造实用性的用具为主,小到家用的桌椅板凳、橱柜衣箱、脚盆木桶,大到为姑娘定制陪嫁的家具、地板屋面(过去盖新房子,木匠还要负责很重要的"上梁"仪式）。做家具是木工活计的一部分，为年迈、久病之人定制寿材则是另一部分。木匠做寿材有专用的术语，叫"割寿材"，这特别检验木匠的手艺。可以毫不夸张地讲一句：在尚未推行火化政策之前，清水镇上所需的棺材十之八九出自姚木匠之手。

  姚木匠干活认真细致自不必说，为人也十分诚恳忠厚。在清水镇，把木匠师傅请上门做"点工"，香烟、老酒、热茶缺一不可，早、中、晚三餐虽不至于顿顿有荤腥，但肯定要比自家过日子多破费一些。姚木匠既不抽烟也不喝酒，有一杯尚可的热茶就行。午后三点左右，是约定俗成的"点心况"，雇主家要准备一份点心给师傅打打底。自家烧的点心不外乎是炒面和炒年糕两种，街上买来的通常是烧饼或包子，如果有两只，姚木匠从来只吃一只，另一只要么是留给雇主家咬着小手指偷望他的孩子，要么是送给雇主家白发苍苍的老人。饭桌上的菜，他也是能省就省，伸出去的筷子非常谦恭节制。物资匮乏的年代，肚子里鲜有油水，喷喷香的鱼或肉又不常见，有几个人敢说自己不想吃呢？然而，主人家煎的一条鱼、一碗油豆腐炖肉，直到姚木匠收了工还能剩下一半。收工的当天，时间允许的话，姚木匠是不急着走的。雇主家歪歪斜斜的小板凳、吱呀作响的门轴、裂开缝儿的窗棂子，他都会一一整修好。这些不起眼的活计，不能算是姚木匠的分内事，他做不做都不打紧的,可能雇主家自己还没注意到,他却早就收在心里了。

清水镇的人当面、背后都夸姚木匠是个有心人。

可不就是有心嘛!不然,怎么能自学成才做木匠——你倒去试试?!

早前的后生拜师学一门艺真心不容易,先要由担保人写下学徒的书面协议,交一笔学徒费,请师父饭,磕头跪拜敬师父酒。然后是学徒期间,一年三节(端午、中秋、春节)的师父礼不能少。农忙季节,师父家的农活不能不帮着做,随叫随到。师父骂,不可还嘴;师父打,不能还手。等到最考验手艺的八仙桌和太师椅会做了,就差不多三年期满了。这般才算正式出师。

以姚木匠其时的生活背景和家庭条件来看,即便他诚心想拜个师父,也是难上加难的事情。姚木匠,本名姚如意,他父亲原先是个地主,地主的正房老婆得痨病去世了,留下了年幼的一儿一女。其时还是黄花大闺女的姚如意母亲就做了地主家的填房。地主家有田有地,家底不薄,姚如意的母亲着实过了一段衣食无忧的惬意日子,她生了两个儿子。姚如意比弟弟年长七八岁。弟弟小时候长得很好看,白白胖胖,看不出和其他孩子有什么不同。四五岁才发现问题,眼珠子定定的,很少转动,总是长时间地站在一个地方看天,哥哥姐姐不喊他玩儿,他就一直不挪窝。弟弟也进私塾坐了几年,认识多少字不好说,自己的名字倒是写得横平竖直:姚静安。

解放,土改,地主家的生活发生了翻天覆地的变化。屋里屋外除了两条腿的人,所有东西一律充公,甚至连姚如意母亲当初拜堂时穿的一套大红缎子的绣花裙都被没收了。姚如意的父亲吓破了胆,趁着一个月黑风高夜,悄无声息地寻了短见。他两腿伸直,一了百了,而拖着四个孩子的姚如意母亲可就受苦了,缺衣少食还不是最苦的,三天两头被拉出去批斗教育才真正折磨人。没过多久,她就被一茬连着一茬的运动搞得神情恍惚了。同父异母的哥哥姐姐毕竟隔了一层,弟弟又是个半傻子,姚如意虽然只有十来岁,但已经很懂事了。他稚嫩的双臂竭力想护卫母亲的周全,自告奋勇地代替她去各种场合接受大大小小的政治洗礼。

姚如意的右耳就是在某一场疾风骤雨般的批斗大会中突然失聪的。起初只是嗡嗡地响,像有一只蝉蛰伏在耳道里,时时刻刻唱着歌,叫人难以安生。后来,村里来了一个游方郎中,他胸脯拍得咚咚响,说只要姚如意敷了他悉心研制的"神奇"膏药,保证药到病除。郎中先拉着姚如意的耳郭,用一根长长的银针在耳朵眼里搅了几下,年少的姚如意当时疼得天灵盖险些裂开了。郎中顺手把一块滚烫的膏药封在了他的耳朵上,还邀功似的把被血染红的银针给姚如意看了一眼。那一眼,姚如意终生难忘:银针的顶尖赫然粘着米粒大的一块红肉——从此,姚如意的右耳彻底聋了。

失去半边听力的姚如意不知不觉中多出了一个奇怪的举动。夜晚睡觉前,只要头一挨到枕头,他就会忍不住地自言自语起来:哒哒哩,哒哒哩,哒哒哩……

是骂人吗?不是。当地方言中找不出这样骂人的词。是唱歌吗?不是。没有一首歌的歌词尽是这单调的一句。那这般和尚念经似的念叨有什么意思吗?也没有。既然不是骂人,不是唱歌,也没有实质性的意思,姚如意为什么还要"哒哒哩"呢?

姚如意自己也说不出个所以然来。反正,劳累了一天的他就是想"哒哒哩"。并且,他深切地感受到,在一连串"哒哒哩"冲口而出之后,他的心里倍感舒坦。

这个习惯伴随了姚如意一生中最艰难、最苦闷、最难忘的时期,直到他成亲后才戛然而止。那个时候的他,已经是清水镇首屈一指的姚木匠了。不管去哪户人家家里做工,身后都紧紧地跟着几个小徒弟。

家道败落、幼时丧父、备受排挤、年少失聪、自学成才,这些加在一起无疑是一段悲情、残酷又励志的人生经历。这样的人生经历完全可以作为一个师父鞭策徒弟的资本,时不时地拿出来语重心长地温习、对比一遍,以彰显自己的不易。然而,姚木匠带过的所有徒弟多年后想起师父,第一时间跃上心头的,总是姚木匠温和的笑脸。姚木匠一不和人显摆,二不和人抬杠,三不端师父的架子,他和徒弟说话向来慢条斯理。民间有古语:教会徒弟,饿死师父。但姚木匠不以为意,依然毫无保留地传授徒弟手艺。师父做到他那种境界,岂止是好,简直是好上加好!

姚木匠是三十岁成的亲。"地主崽子"的帽子当头罩,家中还有个拖后腿的傻弟弟,近处的姑娘都不愿意嫁给他,他娶的是一个同样被成分耽误了的大龄资本家小姐。那小姐可真是个小姐,手不能提,肩不能挑,就连烧饭这种简简单单的家务事都做得勉为其难。她嫁给姚木匠,心底是暗藏着点委屈的。她破落了的娘家是书香门第,而姚木匠家是地主老财。二者不是一个档次的,她下嫁了。

姚木匠对妻子很体贴,赚来的钱分文不动地上交到妻子手中。田里的农活,杂七杂八的重活,全是他一力担当。春夏交替,妻子去溪坑埠头上洗些被子呀褥子呀之类的大件,他生怕妻子端不起沉甸甸的大木盆,总要抽空跟在后面保驾护航。但凡他出门做工,天蒙蒙亮必定起床,到村前的井台去挑水,挑够满满的两大缸,家里当天吃的、用的水就足够了。冬天下雪,他早早地开门扫雪,一直从家门口扫到村路边上,扫得干干净净。他做事、做人,如同他扫的雪,从来没有让妻子不放心的地方。

姚木匠六十多岁时,还有人上门来请他去割寿材。附近的庙、庵、佛堂里的木工活,也一定要他出场。清水镇的木匠这些年走的是与时俱进的新路线,传统的木匠手艺渐渐地被抛下了。除了姚木匠,别人还真做不来这些上讲究的木工活。

岁月不饶人。姚木匠的两个女儿舍不得年近古稀的父亲吃苦,一再地劝他。她们说:"爹爹,你出去干一场活能挣多少钱?这笔钱我们给你,你就好好在家享享福——不成吗?"

姚木匠憨憨地笑笑,搔搔脑门儿:"姑娘,这不光是钱的事儿。乡里乡亲的,诚心来请我了,怎么好不去?"

姚木匠的女儿摇摇头,转头和母亲说悄悄话:"你看,爹爹就是这样!"

这样——是哪样呢?姚木匠不晓得女儿和妻子背着他讲了些什么。他失聪了多年的右耳已不可避免影响到完好的左耳。站在他对面的人如果不大点声讲话,他很难听清楚别人讲的话。

姚木匠有三个孩子,大女儿二女儿读书很上进,大学毕业后顺利地分配到了机关单位,工作体面,收入丰厚。最小的儿子可就让姚木匠有点操心了。他读书不行,眼睛偏生在额角上,死活不肯子承父业做木匠。高中毕业后先是去大城市里打工,两年内跳了五六次槽,没攒下一分钱,灰溜溜地打道回府了。姚木匠托了个熟人当介绍人,奉上一笔学徒费送他去县城里学习家电修理。好不容易挨到出师，姚木匠出钱帮他租了个家电修理的门面。不承想，半年还不到，他又不干了。他没个定性，却有着赚大钱的野心，一心认为自己是做生意的料。姚木匠拗不过他，咬着牙倾尽所有，资助他在县城的商贸城里开了一家食品批发部。二十世纪九十年代末的食品批发竞争力远不如眼下这么强，只要肯用点心，基本是包赚不赔的。和他同一时期在同一个商贸城做生意的人全都身家大涨，在县城里风风光光地置了家业。只有他，最后亏得连摊位费都没捞回来。

儿子的工作问题，姚木匠是无可奈何了，婚姻问题，愈加诛了姚木匠的心。他仗着在外面见了几年世面，认为农村的姑娘入不了他的法眼。城里的姑娘他倒是喜欢，可他身无长物，一穷二白，谁会看上他呢？一年一年拖下来，拖到三十好几了，老婆还不知道在哪个丈母娘的腿肚子里转筋。他的条件明明白白地在那儿，别说城里姑娘了，就是本地的农村姑娘，也不大可能考虑他了。姚木匠的妻子一向大门不出二门不迈，可为了儿子，她三天两头地往庙里、庵里跑，上供、烧香、磕头，一心祈祷神佛垂怜，千万不要叫她的儿子打了光棍。

许是她的诚心感动了天地，儿子三十五岁那年好歹完成了终身大事。媳妇是个外地姑娘，比姚木匠的儿子小八岁。姚木匠的远房表兄做的介绍。姑娘长得不算漂亮，但很端庄体贴,她体恤姚木匠夫妻年迈没收入,也不计较姚木匠的儿子其时还失着业。既没讨要新嫁娘该有的一应金银首饰,也没提结婚惯有的彩礼钱。结婚的前几天,她很坦诚地对未来的公公婆婆说了这么一段话。她说:"爸爸妈妈,一家人在一只锅里吃饭,时间久了,难免会有些小是小非的争论。我希望你们不要因为现在的我没花费你家的钱,而认为我不值钱。"

姚木匠夫妻俩连连摆手:"你放心,放心。我们断断不会看轻你的。"

儿子婚后的生活,姚木匠两口子早早计划好了。他们想安排媳妇和儿子住到县城里去。房子呢?他们的大女儿刚刚搬了新房子,之前居住的一套位于五楼的六十多平方米的旧房子正好可以让小两口住着。小夫妻俩在县城找点事儿做做,一旦站住了脚,从他们那一代起,就算是和农村划清界限,变身为城里人了。逢年过节,总还会有一些念旧情的徒弟来探望姚木匠的。要是他们问起小师弟(徒弟们以前把姚木匠的儿子叫作小师弟)了,他大可不显山不露水地回一句:"哦,他们在城里安家啦。"

父母的安排,姚木匠的儿子心里一百个愿意。跳出农门是他由来已久的梦想。不承想,儿媳妇有自己的主见。她对姚木匠说:"爸爸,我喜欢清水镇的山山水水,住在农村也挺惬意的。再说了,房子终归是姐姐家的,老占着怕是不大合适吧。"

就这么着,小两口做了周末夫妻。儿子去县城找了份工作,住进了姐姐家闲置的房子。儿媳妇在家和姚木匠老夫妻同居一个屋檐下。姚木匠的家还是几十年前的砖木结构老楼房,地板是木头的,楼上的人在走路,楼下的人头顶上就咚咚地响。二楼东面的一间是姚木匠夫妻的房间,房间里搭了两张床。一张朝南的雕花木床是姚木匠的妻子睡的,一张朝东的简易木床归姚木匠。姚木匠的妻子有点神经衰弱,姚木匠为了让她休息得舒心些,主动避到小床上去了。西面的一间原先是两个姑娘的闺房,两个房间仅仅隔了一堵薄薄的泥墙。姚木匠从街上买了些涂料回来给墙壁刷了一层白,做了儿子的新房。新床是姚木匠亲手加工的,木料坚硬密实。几件旧家具原地不动,儿媳妇接着用。

儿子和媳妇的性格不一样。媳妇喜静,宅家;儿子好热闹,家里待不住。哪怕只是一星期回来住一宿,晚饭后他也要串门打麻将。清水镇的巷子里有不少小店,店的门脸又旧又窄。从外表看,这些店就是个普通的日杂店,酱油、黄酒、味精、泡泡糖、电池、洗洁精……松松垮垮地搁在木制货架上,可穿过货架走进里屋,却是别有洞天。桌子椅子各就各位,桌面上整整齐齐地码着麻将牌。下午或晚上,凑齐了四个人,东西南北风,发财加红中。姚木匠的儿子几圈麻将搓下来,通常已是夜里十一二点了。他蹑手蹑脚地开了后门进来(他母亲给他留了门),小心翼翼地走上二楼,轻轻叩动西面房间的门。他的妻子要么是睡得太沉,要么是假装听不到,迟迟不起身。

媳妇那边没动静,婆婆这边可就郁闷了。她躺在黑暗中为儿子抱不平:太不像话了!丈夫难得回一次家,她怎么能不让他进房间?

本着对儿子的怜惜,她看待媳妇的眼神不知不觉地变了。媳妇洗脸洗脚多倒一点热水,她不高兴;媳妇在自己房间走动的脚步重了点,她不高兴;天黑了,媳妇从院子里进来没随手关门,她不高兴;就连媳妇买了一个冰箱回来,她也不高兴。姚木匠家烧柴火大灶,姚木匠的妻子总是每顿烧大半锅烂湿的大米饭,上一餐吃不完的冷饭掺在下一顿的热饭里烧一烧,继续吃。那样的饭好不好吃是一回事,关键是,夏秋两季的气温高,隔夜的冷饭哪怕掺在热饭里烧透了,锅盖一启开,还是免不了散发一股奇怪的馊味。

姚木匠夫妻一直吃着那样的饭,习以为常了。媳妇吃不惯,但又不能改变婆婆历来的习惯,为了吃上一口正常的饭,她自己掏钱买了一个冰箱。商场的工作人员把新冰箱送到姚木匠家里时,姚木匠老婆的脸是拉着的。她觉得自己的主权受到了挑衅,家里的地盘从来是归她一手安排的,媳妇一声不吭地买个冰箱回来放在堂屋里,凭什么呀?

"凭什么"的念头一旦萌芽,蓬勃壮大就在所难免。好多次,媳妇从她面前经过,她就在媳妇背后嘀咕。声音的响度掌握得恰好,不高也不低,既像自言自语,又像旁敲侧击。

总体上,姚木匠对媳妇还是和和气气的。他和儿媳妇意见相左的只有两件事。第一件是洗衣服。姚木匠夫妻俩虽然共同生活了四十多年,衣服却从不放在一个盆子里洗。姚木匠另外一个盆,姚木匠的妻子两个盆(上衣的盆子和下装的盆子)。姚木匠用的一套肥皂和板刷另放着,他妻子的肥皂和板刷则有两套,上衣和下装各用一套。媳妇不这样,她的衣服也好,丈夫的衣服也好,泡在一只大盆子里,肥皂也好,板刷也好,都只有一套。

媳妇在院子里洗衣服,肥皂泡噗噗地从盆子里弹出来。姚木匠的妻子走过去,悠悠地开口了:"欣欣(媳妇的名字),你爸爸让我和你说一下,男人女人的衣服不应该放在一起洗。这会影响到男人运势的!"

媳妇眨眨眼睛,没说什么。过了一礼拜,姚木匠的儿子从县城里回来,照例带了些换下的脏衣服。媳妇依然把自己的衣服和丈夫的衣服浸在同一只大盆子里。用的,还是同一只板刷,同一块肥皂。

第二件事,是姚木匠在午饭桌上亲自对媳妇讲的。他说:"欣欣,你能不能去找个厂上上班?像你这样天天在菜市场摆地摊,太难堪,太没面子了。"

姚木匠的话一说出口，正低头给臂弯里的孩子喂饭的儿媳妇猛地抬起了头，大颗大颗的泪水落在孩子小小的肩上。她大声说："爸爸，我不偷不抢，行得正坐得直，靠自己的辛苦挣钱，哪里难堪了？伤了谁的面子了？"

不怪儿媳妇情绪激动。尽管姚木匠的儿子在县城上班，但他赚的钱要抽烟，吃快餐，买彩票，隔三岔五打打麻将，很少有钱交到妻子手上。姚木匠的妻子早在媳妇儿怀孕后就明确表了态：他们老两口上了年纪，不可能像别人家的爷爷奶奶一样大包大揽地带孙子。孩子落地了，主要还是儿媳妇自个儿的任务。

孩子爸爸不在家，儿媳妇既当爹又当妈。而且小孩子是吃奶粉的，奶粉钱少不了，咳嗽发热去医院的钱少不了，媳妇的日常生活也不能没点小开支。这些，姚木匠的儿子都提供不上，媳妇花的是娘家妈妈来侍候坐月子时塞的几个体己钱，一分一分省着用。孩子五六个月大了，媳妇管姚木匠的儿子要钱，说："你现在不是单身汉，你已经做爸爸了，肩膀上也该担起应有的责任了吧？"

姚木匠的儿子不以为意地冲着妻子冷哼一声："世上哪条法律规定了男人必须养家？"

这个话题根本没办法继续了。媳妇是个要强的人，她身子骨弱，干不了重活。于是，她每天凌晨三点多就起床了，把睡梦中的孩子移到隔壁婆婆的床上,自己摸黑去清水镇菜市场找块地方摆地摊,卖些杂七杂八的小百货以换取娘儿俩的生活费。中午十点左右,媳妇收完摊,揉揉涨糊糊的脑袋,买几样公公婆婆爱吃的小菜归家。一推开院子门,孩子听到妈妈的脚步声,马上咿咿呀呀地在奶奶的怀里扭动,竭力地伸出两只小手来够自己的妈妈。

一个女人,千里迢迢嫁了个长不大的丈夫,连"里子"都没有,哪里还顾得上姚木匠在意的"面子"? 不过,儿媳妇哭归哭,对姚木匠夫妻还是一如既往的客气,她不是个小心眼的人,为了融入这个家做了很多的努力和退让。与婆婆公公同住的九年里,她和婆婆仅仅发生了一次小小的争执。愤然之际,她噙着眼泪问婆婆:"妈妈,你是个女人,你嫁的是爸爸这样的丈夫。一辈子过的什么日子? 我也是个女人,我嫁的是你儿子这样的丈夫。我就该过这样的日子吗?"

姚木匠的妻子不屑地摆摆手,对儿媳妇说:"你不要来和我比。不好比!"

确实不好比。媳妇的背后,空无一人。婆婆任何时候喊一嗓子,姚木匠都会以最快的速度现身。近些年,清水镇没有需要"割寿材"的人家了,姚木匠安心地待在家中夕阳红:读报(女儿给他订了两份报纸)、看电视、扫地、洗菜洗碗,包揽了大部分的家务。他是个闲不住的人。阳光灿烂的午后,还骑着小小的三轮车,带上农具去山脚的地里种点当季的蔬菜:青菜、萝卜、豌豆、黄芽菜、茄子……收成马马虎虎。他把整理好的蔬菜分成两份,一份拿回自己的家,一份放在儿子新家门口。

儿子新家在山脚下的村里。那个村子很小,拢共才十来户人家,离姚木匠夫妻住的老屋七八分钟的路程。姚木匠去地里干活,村路边上的儿子家是他的必经之路。

分开住是儿媳妇坚持的。姚木匠的妻子急吼吼地责问儿子:"这么大的事,怎么轮得到你媳妇说了算?"

姚木匠的儿子起初也不同意,他说:"欣欣,我父母年纪大了,我又是独子。现在我们突然搬走,外人要指责我不孝顺的。你怎么不为我想想?"

姚木匠的儿媳妇不为所动:"你可以继续陪着你父母一起住,盖房子的事我一个人会办好的。"

姐姐家的那套旧房子,姚木匠的儿子稀里糊涂地住了好些年,终究还是物归原主了。他早出晚归地上班,忙是忙的,补贴家用的不过是毛毛细雨。他不同意妻子另住,一来是迫于母亲的压力,另一方面,他委实拿不出盖房子的钱。

姚木匠的媳妇铁了心要另立门户,她和丈夫说:"我嫁进了你家门,顿顿吃的是掺冷饭,桌上的菜几乎没有一样我要吃的。你父亲是个好人,可你母亲七十多岁了,还牢牢地掌管着煤气灶,我想去炒一盘自己想吃的菜,她都要拉着脸拦住我。她是婆婆,我不好顶撞她。我快四十岁了,嫁给你以后一直自力更生,不给他们添麻烦。可在你家,我却连最基本的自由都受到限制。这样的日子,还要熬到什么时候?"

盖房子的钱,儿媳妇筹集了一大半,姚木匠的儿子向两个姐姐借了一小半。三间高平房,里里外外两个月收了工。那两个月里,姚木匠很忙碌,尽管他心里是失落的,但他倒不像妻子那样,把抗拒儿媳妇盖房子的情绪赤裸裸地表现在脸上。他尽心尽力,只要匠人们来上工,他就每天到场。浇地基、砌隔墙、上正梁、钉椽板、贴地砖……哪一样也少不了他的监督、校正。他的本行虽是木匠,但泥水匠和油漆匠的活计他也懂一些。来做工的四个木匠,排起辈分来还是姚木匠的徒孙,倘是搁在过去,他们还真得跪下来给"师公"磕个头行个大礼呢。他们配备了全套的电动工具,电锯嗡嗡嗡,电刨呜呜呜,钉个钉子嚓嚓嚓,什么活儿都是手到擒来,不费吹灰之力。姚木匠挺感慨的:自己学木匠那会儿,要是有这样称手的工具,该多好啊。

儿子和媳妇在新房子里住了四年,离婚了。儿子拿了媳妇折算给他的一些钱搬回了老屋,媳妇带着十多岁的孩子守在原地。姚木匠的妻子恼火得几天几夜没合眼,她怪儿子心软(把房子让给妻子),怨儿媳妇心狠(说离婚就离婚)。气头上,捎带着要声讨一句姚木匠:"你个老东西,她盖房子的时候,谁让你去跑前跑后的,啊!"

姚木匠没搭妻子的腔。他背着手踱到院子里,仰起脖子看着天空。天空洁净湛蓝,蓝得好像有什么东西要流下来似的。前院邻居家的唱片机里正播放着《四郎探母》:

> 杨延辉坐宫院自思自叹
> 想起了当年的事好不惨然
> 我好比笼中鸟有翅难展
> 我好比虎离山受了孤单
> 我好比南来雁失群飞散
> 我好比浅水龙困在沙滩
> ……

姚木匠很少往山脚下的地里去了。儿子媳妇没离婚前,他打地里返回,媳妇在门里瞧见他,亲亲热热地喊一声"爸爸",马上吩咐孩子给爷爷拿牛奶解渴,拿饼干充饥。小两口散了后,姚木匠从村路上走过两回,房子的大门都紧紧地关着。

儿媳妇不在家,还是她有意回避?

姚木匠扛着锄头从村路的一头走下来,儿媳妇骑着自行车往上去。两个人顶头碰上了,姚木匠让到路的右边,儿媳妇似笑非笑地抿了一下嘴角,脸偏到左边,飞快地蹬着车子,走了。

姚木匠

天擦黑,儿子下了班。姚木匠的妻子掀开桌面上盖着的几碗凉了的小菜,三个人闷声不响地吃完饭。悬在头顶上的一只 40 瓦的灯泡,迷蒙得如同一只干瘪的橙子。

饭后,老伴捧着一只茶杯挪进了二楼的房间,姚木匠弯着腰在灶旁的水龙头边洗碗,眼角的余光瞥见儿子一边嗯嗯呀呀地接电话,一边匆匆从后门闪了出去——他又搓麻将去了。

姚木匠上楼。妻子侧身向着后墙,毛毯拉得高高的,只留给他大半个花白的后脑勺。

姚木匠闷闷地拉开被窝,慢慢地躺了下去。就在头挨上枕头的瞬间,他的嘴唇不自觉地翕动了起来:哒哒哩,哒哒哩,哒哒哩……

大岚痴神

那年春天,我外公去世三周年。南通地区素来有"满坟脱孝"的风俗,故而远嫁在浙东小镇余姚的小姨娘就携小姨父赶回老家祭拜。

外公的事情忙妥后,他们俩在乡下的三个舅舅家轮流做了几天的客,又应我父母的邀请到县城的我们家来小住。那一年,我二十六岁,正生着一场让人缠绵悱恻的重病,每天往返医院打针吃药,左右手背上的两根静脉被密集的针眼"雕"出来黑黑的一段,西药大把吃,中药大碗喝,却始终不见好转。

母亲的白头发就是我生病后一下子冒出来的。父亲虽不至于表现出像母亲那样的紧张多虑,但每每在我失眠的夜晚,我总能听到与我一墙之隔的父亲在半睡半醒中重重的叹气声。

小姨娘在我家住了两三天,很认真地给我父亲提出了一个建议,说要带我回浙江余姚休养。她认为百病以养为主,病人的心情很重要。我一个二十六岁的大姑娘,天天闷在屁股大的小天井里,大门不出,二门不迈,一天到晚拢共讲不了十句话,枯坐在房间里愁眉不展,连笑容都是僵硬的。这样下去,怎么可能有利于身体的恢复呢?

父亲起先不同意,后来架不住小姨娘小姨父的再三坚持,终于松了口,让母亲着手整理我的行装。

我的家和小姨娘的家相距八百多里,路途说近不近,说远不远。其时,苏通大桥和杭州湾大桥都没有完工。我们动身的那天早上,父亲开车把我们一直送到南通客运站,坐大巴去上海。大巴车是从南通港渡船的。车子上了船,乘客们可以下车稍微活动一下,小姨娘带我去船舷边上观江景。江风刮过来,扫过去,威猛无比。江水很黄很浊,密集的波浪上漂着一层层沫子,看了没几分钟,眼花了,心里慌慌的只想吐。

巨大的轮渡漂移在长江的皱褶之上,渺小得如同一只蚂蚁。古时候的诗人文豪,到了长江边上立刻精神抖擞、才情大发,大气磅礴的诗文张口就来。能这么做,最起码的一条是他们的身体得棒棒的。不然,像我这样的病秧子,晕船都来不及呢,哪还顾得上摇头晃脑地作诗。

过了江,大巴车又疾驰了两个小时左右,终于到达上海火车站。从未出过远门的我进了上海火车站,简直比刘姥姥进大观园还要觉得眼花缭乱。我们买的是下午四点多的火车票,绿皮火车咔嚓咔嚓了一路,到达余姚站已是半夜时分。小姨娘在火车站外拦了一辆出租车,我坐在副驾驶座上。实在是困得不行,然而意识里又不肯放弃对黑暗中的陌生地带的好奇,眼睛一会儿眯着,一会儿闭着,勉强能借着车窗外一闪而过的微光捕捉到沿途轮廓暧昧的阴影,迷迷糊糊中,也顾不上去细细揣摩。

第二天中午,当我揉着惺忪的睡眼站在小姨娘家二楼的阳台往远处望去,才明白昨天夜里那些跳动的阴影,是绵绵不断的山峰。

小姨娘在菜市场租了一个小小的摊位,卖自家地里种的新鲜蔬菜和几种自制的熟食。生意虽小,但小姨娘小姨父还是起早贪黑地忙成了陀螺。一般情况下,他们凌晨一点多就起床烧制熟食,赶去菜市场时天没有完全亮透,连早饭都来不及吃。

我在小镇休养的那段时间,每天早上都烧好早饭拿去他们的摊位,顺便在菜市场周边溜达溜达。二十年前的余姚梁弄小镇名不见经传,大糕尚没有任何崛起的苗头,委屈巴巴地待在路边摊上,四角钱一块还不大有人吃。这个镇上唯一的一个菜市场简陋而拥挤,并被笼统地划分成几个区域,摊位与摊位之间的通道窄得只容得下两三个人错身而过,买主们和卖主们合力创造出来的鼎沸声浪几乎要掀掉那薄薄的一层铁皮棚顶。

让我对这个菜市场印象深刻的有两件事。第一是清明节当天,光天化日之下抢劫的桥段:一个六十多岁的奶奶抱着还不会讲话的小孙子来买菜,小孙子的脖子上挂着一只长命锁。因为人多,因为噪声大,也因为奶奶买菜太专注,以致孙子脖子上的金锁给陌生人摘走了都没察觉。等到小孩子"哇"的一下哭出声来,奶奶还没反应过来,并且过了好一阵儿才注意到小孩子的金锁不翼而飞了,可在人山人海的菜市场中,歹人早不知所踪了。小镇的民风淳朴,治安严谨,光天化日之下发生了这样的事情,那真是头一回。大家伙的第一反应竟然不是惊愕,而是觉得有趣。

第二是菜市场西大门外一侧的角落里竟蜷缩着一个疯子。疯子全身脏兮兮的,脸上像是糊着一层煤灰,长长的头发结成片状糊在脑袋上。猛一看,像是一顶款式别致的帽子。疯子本身不奇怪,令我奇怪的是,穿行在这个菜市场内外的所有人都不忌惮——或者说不介意那个身材魁梧、面目狰狞的疯子。

以我对疯子的认知:不管是男的,还是女的,都冲动易怒,喜忧无常,要么骂人,要么打人。为什么那个疯子会被众人视若无物呢?我向小姨娘打听疯子的底细,小姨娘想了想,回复我:你说菜市场外面的那个大岚人啊!他是个文痴,从来不惹麻烦的。

小姨娘说,大岚是半山腰上的一个小镇,距离姨娘家的小镇有二三十里路程。这个人学习很上进,成绩很优异,寒窗苦读十年,一心想跳出农门,结果高考的成绩被人动了手脚。在那个高考犹如千军万马过独木桥的年代,一家人为了他上学节衣缩食,年轻的他既没办法接受自己的落榜,也没办法接受黑暗的现实。抑郁之下,精神世界轰然塌陷,变成了一个"痴神"。

人痴到一定程度,便无忧无虑无牵无挂,精神层面确实和神仙差不离了。浙江方言里的"痴神"这个词语真挺宽厚的,算是对特殊群体的一种尊重。不像我老家那儿,简单粗暴地把精神失常的人叫作"呆子"或"神经病",听在耳朵里,首先少了一分人情味。

大岚痴神怎么来到这块儿的呢?他以菜市场为家究竟有几个年头了呢?

我的问题小姨娘也解释不出子丑寅卯来。反正,他的存在就像菜市场大门外那根高高的水泥灯柱一样,自然而然。

在小镇逗留了八九十天后,我返回江苏家中。过了一年多,我又旧地重游,到小姨娘家安营扎寨。菜市场还是老样子,地面上坑坑洼洼的。天晴时,顶棚上的水时不时滴下来;下雨天,雨点把铁皮棚顶砸得咚咚响。大岚痴神还坐在我第一次看见他的位置,勾着脑袋,两手抱膝,一动不动,仿佛是一丛贴地生长的植物。

我在市场小区租了一间房子开了百货店,痴神天天上午都从我的店门前经过,他有固定的活动内容——捡香烟蒂子。他看似漫无目的地走着,然而一旦地面上出现了燃着的烟头,他必定第一时间赶过去捡起来叼在嘴里,缓缓地从鼻孔里往外放烟。

看那架势,他属于资深老烟民了。他只捡香烟蒂子,整根的香烟反而不要。有一次,一位上了年纪的大伯见他可怜,故意掏出几根没抽过的香烟抛到他的面前,谁知他看也不看,直愣愣地从散落的香烟上跨了过去。

他常年穿着一套乌黑发亮的棉衣棉裤。棉衣的衣襟敞开着,里面的毛衣同样脏得看不出本色,裤子偏小,紧巴巴地裹在他的腿上,露出一截漆黑的脚踝,裤子没有系皮带,哪怕是简易的布条也没有一根。也许是他的骨子里还残存着读书人的一点清高和斯文,迈步的时候,他的左手自始至终都牢牢地拎着裤腰,不让它下滑。反倒是后腰下磨破的部位,两瓣屁股几乎完全裸露出来,使他像个穿开裆裤的小孩子。

难免有些猥琐之徒,要拿他开些低级的玩笑,但大部分的人投向他的眼神里,总是包含着深深的怜悯。

他走路比较快(他的腿长长的),微微地缩着身子,总像有点在给别人让路的姿势。热闹的人群中倘若有步履蹒跚的老人不慎擦到了他,他便不迭地后退。他脚上的鞋子早破得一塌糊涂,前面冒出了脚指头,后面露出了脚后跟。走路走脱了,他会非常耐心地捡起来,重新套上脚。

我很少看到他吃东西,我也不忍心见到那样心酸的场面:一个一米八几的大男人,衣衫褴褛地坐在臭气熏天的垃圾堆里翻找食物。光是想想,已经很难受了,尤其这个人,本不该过着这样肮脏龌龊的生活。

后来,我开始在菜市场摆流动小摊。我推着我的小摊在菜市场外的一条通道上来来去去地招揽生意。小道边上有个巨大的水泥垃圾池,那个地方,就是痴神的安乐窝。高温季节,来不及处理的过夜垃圾发酵变质,真的是顶风臭十里,路人打那儿经过,一律掩着口鼻,脚步匆匆。痴神却直挺挺地仰躺在杂乱的垃圾堆中间,脸上浮现着一种神秘微笑,任由不计其数的绿头苍蝇围着他上下翻飞。

有时候,他会喃喃自语,音量并不高。我故意放慢脚步,想听听他在念叨什么。有一次,他在讲英语,表情很陶醉。还有一次,像是在背诵课文,一字一顿,稍显严肃。我在饭桌上把这个发现透露给小姨娘,小姨娘笑笑:"这有什么稀奇的,他的粉笔字写得可好了。前几年,只要有人给他粉笔头,他就会在菜市场的地面上默写唐诗。"

我问小姨娘:"难道这个人没有亲人了吗?家里的人怎么不来把他领回家?再怎么样,总比他流落在垃圾堆里要好吧。"小姨娘也回答不出个所以然来。

寒冬腊月,天空飘起了雪花,他也不懂得找个避风、避雪的地方。用不了一会儿,他的头上、身上慢慢地积起了白白的一层。他就那样稳稳地坐着,宛如一尊诡异的雕像。零下几度的隆冬,没有热饭热菜,没有御寒的衣物,他是怎样熬过一个个漫长彻骨的寒夜的呢?

某一年的下半年,他一夜之间没有了踪影。

一个天天在众人眼皮底下活动的大活人,即便他是个浑浑噩噩的痴神,似乎也值得关心一下。有人说,是他的家人来把他接走了。

菜市场里的很多人都替他高兴:可怜的痴神,在外受苦遭罪了这么多年,好歹有了肯收留、照顾他的家。也有理想派的说辞,说是当初冒名顶替他去上大学的人良心上过不去,回过头来找他,给了他一个安度余生的好去处。

我宁愿相信第二个说法。生活的意义虽然不在于看到恶人有恶报,至少,弱势的人是不该任人鱼肉的。

可没过几天,他又现了真身,剪掉了乱糟糟的长发,脸洗得清清爽爽的,还换了一身较为干净的衣物,从头到脚,变了一个模样。这样的一个他,使得每一个与他迎面而过的人忍不住回望一眼：这个人若不是当初失去了心智，无疑是一个风度翩翩的美男子。

他的干净仅仅维持了几天。

人们对他的惋惜也是一样。

他最终是怎样消失的？何时消失的？天天混菜市场的我居然全无印象。

一个活生生的人，凭空不见了——似乎再也无迹可寻了。

宋家阿公

除了下雨天,宋家阿公都起得很早。我早上五点左右推着小摊子从家里去往菜市场,一路走走停停地做点闲散生意,最后在镇中路与菜市场交界的十字路口停下来。要不了半个小时,宋家阿公的身影一准儿出现在马路对面的巷子口。

宋家阿公每天的早饭都固定在老街的一家点心店里。他胃口不大,店里的几样吃食轮换着吃,有时是一碗甜豆浆一只豆沙包,有时是一碗咸豆浆加小份的阳春面,有时是四只松脆焦黄的生煎包子配一碗原味豆浆。

老街上的这家点心店有些年头了,门脸黑黑的,煮面的大铁锅和蒸包子的笼屉黑黑的,甚至那随随便便靠墙放着的几张桌子椅子也是黑黑的。然而,老吃客们貌似早就对这些堂而皇之的"黑"习以为常了,他们跨进点心店的门槛后,眼睛里看到的只有白白的包子、白白的面条和白白的豆浆。宋家阿公对这家点心店的豆浆评价极高:满、浓、香、醇,喝在嘴里有一股冲鼻而上的豆花味。他很认真地告诉我:"三三,这个镇上最好的东西就数他们家的豆浆了。"

我抿抿嘴,不反驳他,心里却暗暗地笑:最好的东西?在一个满嘴假牙、独居的高龄老先生的食谱上,这种不用咀嚼的、寻常的液态物,再好又能好到哪儿去?一元钱一碗的豆浆,总不至于喝出纯牛奶的丝滑来吧。

手上生意不忙时,我也会逗逗他老人家:"阿公,他们家的豆浆真有你说的那么好?"

见我这么一问,宋家阿公脸上的认真劲儿势必又多出几分:"好着呐,就是在大上海,也难得喝到这么地道的豆浆呢。"

上海是宋家阿公的故乡,上海老城区的某个角落里曾经有一个宋家阿公生活了二三十年的家。如果不是当年上海实施人员分散下乡的政策,宋家阿公无论如何也不会考虑把家安在这个略显冷清的浙东小镇上。

政策来时如同一阵风,而关键是人要在大风中保持怎样的姿势。特殊时期的老一批上海居民在政策临头之际,迅速地分化成了两个阵营:强硬派和顺从派。强硬派的中心思想很简单:上级的指示归指示,我坚决待在原地不动弹。看你奈我何!顺从派呢?就是宋家阿公这一类型的人了。单纯温和,尽管有一千个一万个不情愿,但种种不服也仅仅是捂在心底翻翻泡儿。而且,宋家阿公之所以离开上海那么迅速,主要原因出在他的妻子身上。

宋家阿公的妻子是土生土长的浙东山里人。二十岁那年，她随着远房亲戚离开家乡前往上海找活干，机缘巧合认识了比她年长十岁的小宋，即眼下的宋家阿公。男有意，女有情，结婚自然是水到渠成的美事。如此，妻子的原籍自然而然地成了运动中的突破口——宋家阿公一家就这样被分派到了几百公里之外的乡下小镇。

下乡后的宋家阿公被组织上安排在镇上的社办厂跑外勤，在这个陌生的地方，"上海人"的身份再也不属于他了。时来运转的反而是他的妻子，原本他的妻子在娘家过得苦巴巴的，上山打柴，下地插秧，两条腿上常年糊满泥点子。镇上有限的几个小厂招工，一没有定量户口，二没有过硬的后台关系，原本轮上十八圈也难轮到她的头上。但她嫁给了宋家阿公，在上海生活了短短一段时间归来后，待遇立马不一样了，顺顺利利地被分到另一家集资厂里做了工人。

印象中，宋家阿公很少和我聊过去的事情。偶尔提及他在镇上落脚的头几年，亦是三言两语浅浅带过，脸上毫无波澜。其实，活到他这个年纪了，过的桥比我走的路多，只要他愿意开口，说不定就会给我这样的晚辈渲染出一个让人仰望到脖子受伤的传说。但宋家阿公待在我摊位旁的大部分时间里，多半只是微笑着瞧瞧世景而已。有关宋家阿公的些许陈年往事,我还是无意间从街上配钥匙的大伯那儿得知的。

配钥匙的大伯比宋家阿公小几岁,他们两个在同一条巷子里做了几十年邻居。可能是他的性格使然,他是那种在路上踢到鹅卵石都有话讲的人,也可能是他和宋家阿公之间存在着隐隐的间隙。反正他一张嘴,我就捕捉到了几缕环绕在宋家阿公身上的批判气息:坐牢,离婚,丧子,和同住在一个社区里的另一个儿子反目成仇,形同陌路……我听着听着,不免忐忑起来。忐忑过后,又有些释然了:不同的人不同的时期站在不同角度去看待另一个人,结论当然是不同的。我根本不必去在意配钥匙的大伯贴在宋家阿公身上的标签,不管别人唾沫星子间的宋家阿公是怎样的,至少,我眼中的他始终是慈祥的、平和的、友善的。

我已说不清自己是何时与宋家阿公认识的,可以肯定的是,我与宋家阿公最初的交集源于我的杂货摊——他来我的摊子上买一些诸如牙签、清洁球、打火机之类的小玩意儿。这个镇上的大叔大婶大爷大妈都是在这样块儿八毛的生意中与我渐渐熟识起来的。但熟识归熟识,无非见面了递个笑脸问声好而已。我真正把宋家阿公当成朋友,还是因为一个意外的小插曲。

那是我在这个镇上混生活的第二或第三个年头吧。很平常的一个早晨,我推着自制的四轮小推车慢吞吞地走在菜市

宋家阿公

场北门这边一条不太宽敞的路上。小推车装满了杂货,分量重,轮子又不太灵活。倘是有人拦着我买东西,我便就地停下来做生意。有那么一会儿,围着小摊子的顾客多达七八个,我的注意力全集中在收钱找钱上,居然没留意到我的小推车已经占到了道路中央。忽然间,耳边响起高亢的责骂声:"死开,死开,你这个叫花子!"

我一惊,循着骂声抬起头:一位穿着西装打着领结、满脸红光、八十多岁的老先生正骑在三轮车上对着我怒目而视。

坏了!我妨碍别人通行了。

自己有错在前,怨不得人家骂我。我一边拖着小推车往路边上避,一边小心翼翼地给脾气火爆的老先生赔笑脸:"阿伯,对不起呀,我不是有意的。"

"不是有意的?哼,好狗不挡路——你不如狗!"老先生倨傲地昂着头,左手把住车龙头,右手的食指利剑一般指着我,"你真的是不如狗啊!"

这样污辱性的言语太伤人的自尊心了。我不服气地回了一句:"阿伯,我都给你道歉了,你怎么还这样不饶人哪!"

许是我的普通话映照出那老先生的地域优越感,他朝我抛了个硕大尖刻的白眼:"外地宁(人),到阿拉(我们)这里讨饭来的呀!"

要说言语间的对撞,我的普通话局限性很大,不比老先生的方言，舌头牙齿那么灵活地一挤压，简直是字字扎心。再加上他又是个须发皆白的老者，我要是在大庭广众下接受他的挑战，不尊老的罪名首先妥妥地就坐实了。所以，即便有好多的话积聚在后脑勺，我也只得假装耳聋，暗暗盼着他快快离场。

谁料想，我无声的退让反而激发了对方的斗志。他叽里哇啦几句后，索性敏捷地从三轮车上跳了下来逼近我，打算近距离地骂个痛快。

路上的人来来往往，待在我小摊子边等着买东西的人尚有三四个，却没有一个人愿意声援一下我这个狼狈的小贩。

我勾着脑袋，像只无助的鸵鸟，做好了迎接沙尘暴的准备。

幸运的是，"沙尘暴"没来，宋家阿公来了。

时隔多年，我一想起当时的场景，还会有种啼笑皆非的感觉：两个耄耋之年的老先生，又腰挺胸，眼神甫一对接，即刻火花四射，双方势不两立。

一个在凌厉地斥责我。

另一个在强硬地维护我。

我战战兢兢地围着他们俩乱转，简直急成了玻璃灯罩外的一只蛾子。这可是一场寿星级别的PK啊，万一激动的情绪导致老先生们血压爆表、身体状况突变，保不齐我得给医院打一辈子的工了。

一团慌乱中，街边几个店铺的老板总算出面做了和事佬。那个骂人的老先生推着车走的时候，不甘心地质问宋家阿公一句："你凭什么要帮这个外地人出头?!"

"凭什么？"宋家阿公脖子一梗，"就凭她叫我阿公！"

是的，宋家阿公第一次来我的小摊上买东西时我就叫他"阿公"了。本地方言里，"阿公"等同于"爷爷"。我是个卑微的小生意人，习惯于对顾客保持最基本的礼貌。镇上的男男女女，比我大几岁的男人女人，叫哥哥姐姐；外貌气质和我爸妈差不多的，叫一声叔叔阿姨；宋家阿公和我老家的爷爷岁数差不多，叫他"阿公"很顺口。大早上的，在菜市场碰面了，很自然地和他打个招呼："阿公，早饭吃过没有？"他买好了小菜，在我小摊子边溜达一会儿，我又问他："阿公，你买了什么好东西？"临到他准备回家了，我照例会叮嘱他一句："阿公，过马路小心汽车哦。"

叫一位八十多岁的老人一声"阿公"真的很容易，上下嘴皮子轻轻一碰就成了。令我惭愧的是，这个素来表情略显严肃的老人在他的理解范围内，把我的容易当成了难得，把我的习惯转换成了真情。宋家阿公还为我的生计出谋划策过——他见我小摊子的生意一直不温不火，便主动提出要教我捏面人。他说他三十多岁时卖过面人，只要时间允许，下班后就去镇上的小学门口摆面人摊，因为小孩子都喜欢这种花花绿绿的小玩意,因而收入还不错。要是我上午在菜市场摆摊,下午找个热闹的地方卖面人,最起码能多一笔收入。我被他说得心动了,准备了蜂蜜、水彩颜料,约了个时间去了他的家。

那是我第一次去宋家阿公的家。他的家——怎么说呢?一扇褪了色的木门把屋里屋外隔成了两个世界。屋外是温暖嘈杂的老街市。屋里,地面是潮湿的,墙壁是斑驳的,桌子椅子是陈旧的,甚至玻璃窗上方斜射进家中的几缕阳光也是畏畏缩缩的。屋子的后半截是做饭吃饭的小厨房,我走进去参观了一下。小方桌上还留着中午吃剩的两碗汤汤水水,大概是放了过量的酱油,黑乎乎的,一时难以分辨它们的"真身"。屋子前半截的左侧有一张单人床,床上铺着的草席通通毛了边儿,歪歪斜斜,破得不能再破。宋家阿公解释说:这张床他只是有时睡睡午觉,晚上他睡在楼上。正对着床头的楼梯是木头的,不知道有几级,望上去也是黑洞洞的。这样古旧的砖木结构房,在清水镇上已经不多见了。

宋家阿公早早地在煤炉上备好了一碗面粉,他用各色水彩调好了一只只小面团,然后用面团捏了一只五颜六色的公鸡,一条粉红色的鼓着两只大眼珠的金鱼。他长久不干这种细活儿了,手生得厉害。两个并不复杂的小动物在掌心里拨弄了好几十分钟,总算满意了。

我跟着他学了半天,勉强捏出了一条贱兮兮的金鱼。宋家阿公点评了一番,夸赞我"有悟性"。只是我觉得如果真要靠这半生不熟的手艺去赚钱,肯定前景堪忧。

学面人、卖面人的事情就这么搁浅了。宋家阿公没能收徒成功,但还是对我的决定表示了理解。他说:时代不一样了,眼下的儿童玩具太丰富了,年年推陈出新,静态的面人确实也没有多大销路。

捏面人不学了,他的家我倒是常去。立夏,去给他送几只茶叶蛋;端午节,送他几只粽子;中秋节,送几只现做的五仁月饼;过春节,一箱奶油饼干,两瓶雪碧——他有一次和我聊天,提过他在吃食上没有别的偏好,只是喜欢饭前喝一点雪碧。我送去的这点不值钱的东西让他大为感动,他瘪着嘴连声道谢。他自有一套为人处世的方式:过些日子,笑眯眯地拿一条毛巾放到我的小摊上,说是留着让我热天擦擦汗;过一段时间,他会来给我一包小小的茴香豆,据他介绍,那是他托人从绍兴厂家捎回来的正牌产品,清水镇上就是花钱也买不到的。平时,他在街边上买些橘子苹果之类的水果,也少不了要往我的口袋里塞两只。有一年冬天,他兴兴头头地提了一只大袋子来找我,袋子里竟是一件酱紫色的羽绒服,款式老旧。他要送,我不收。两个人在街边上推来让去几个回合,他都生气了,说:"要是你看得起我,就收下羽绒服。天寒地冻的,在路边上摆摊披着,好歹可以御御寒。"没办法!最终我只好将那件散发着樟脑丸味儿的羽绒服带回了家。

菜市场第二次改建的那半年里，市场小区这边的路上拥挤不堪，我摆摊的地方前后左右都挤满了人。宋家阿公每天上午都会来我的小摊子边待上个把小时。谁拿了几样东西，哪样东西付了钱，哪样东西没付钱，他比我还要上心。我去几百米外的地方上厕所，摊子托付给他照管着。等我回来了，他立即把手心的几张钞票递上，一一罗列出他售出的物品。我的小摊上大大小小上百种货物，他卖掉的几样东西价格完全正确。我表扬他："阿公真厉害，都会帮我卖东西呀。"

他两只手往衣兜里一插，脸上略有得意："会卖东西算什么厉害？小菜一碟。"

清水镇上高龄的老人也有几个，不过，像宋家阿公这样九十岁高龄还耳不聋眼不花走路腰杆笔直的，寥寥可数。宋家阿公送给自己的九十岁生日礼物是一辆粉红色的小型女士电瓶车。宋家阿公戴着头盔，跨骑在电瓶车上，喇叭按一按，右手轻轻一拧，电瓶车便缓缓地向前了。那辆价值两千多块的"小电驴"让宋家阿公很是神气了几天。早上，从三四百米外的家里不紧不慢地开到菜市场来，在街上看老伙伴们下下象棋，到我的小摊边来站会儿后再不慌不忙地开回家去。来来去去开了个把星期，他的新鲜劲过了，亏了四百块钱把新车转让给了别人。我说道他："上了年纪的人骨头是脆的，架不住摔。

你本来就不应该买电瓶车。这不,一星期亏了四百块钱。多划不来!"

他笑笑,说:"主要是我天天待家里不出门,电瓶车的用途不大。四百块钱倒也无所谓了。"

八十多岁时,宋家阿公的退休金是一个月两千多块钱。逐年增加,到了九十岁后达到了三千多。每个月的月底,他揣着红色的存折去农村合作信用社取钱。取到手,走到我旁边还要一五一十地再数一遍。这笔固定的收入是他老年的基本保障,他不止一次地向我感叹过,说共产党好,多亏了共产党,他才衣食无忧。

他的话,确属肺腑之言。一个无依无靠的高龄老人,如果不是每个月及时发放的退休金,他能倚靠什么生活呢?

衣着方面,宋家阿公不讲究。夏天,他穿一件圆领的白汗衫,一条藏青色的西装短裤,脚上趿一双褪了色的牛皮凉鞋。宋家阿公对那双鞋很满意,说是他早前从上海南京路上的一家国营鞋店里买来的,很多年了,总也不坏。何止那双健康长寿的皮凉鞋,我看宋家阿公身上有三分之二的穿戴都散发着古旧而遥远的气息。比如他天冷时戴的黑呢子帽,帽檐里的一圈呢料差不多都磨平了。再比如他的蓝色秋服,是市场上消失多年的那种滑雪衫面料,前面有四个做工考究的口袋,袋口上钉着亮闪闪的金属扣,后背系着一条腰带,腰带下方还开着一个洋气的岔子。我敢断言，整个浙东山区绝对找不出第二件。

伙食这一块，宋家阿公的开支也不大。常买的三样是菠菜、排骨、猪肝。他抽烟，不过不抽什么好烟，而是五元一包的"雄狮"。有一次，他正站在我旁边抽烟，马路对面走过来一个六十岁左右的瘦高个男人。男人本是到我的小摊上买牙签的，无意间一转头，他看到了宋家阿公："你在这儿——"

"嗳——在这儿。"宋家阿公一边应着一边摸出香烟盒子，抽出一根递向那个男人。

男人右手推开宋家阿公的"雄狮"，左手顺势掏出自己上衣口袋里的一包"中华"。他取了一支烟给宋家阿公，用打火机"咔"的一声帮宋家阿公点燃，微微颔首，走了。

宋家阿公的指间夹着两支烟。他也不抽，由着它们比赛似的烟气袅袅。烟快燃尽了，他才幽幽地吐出三个字：我儿子。

我眨眨眼睛，没吭声（主要是不知道如何开口）。一个九十多岁的老人和一个六十多岁的老人在热闹的街口相遇，彼此无言，像陌生人初见一样客气地分了一支香烟。要不是宋家阿公主动揭开了底牌，我绝对猜不到那人是他的儿子。

清水镇小而紧凑，唯一的一条南北走向的街道也不过两三百米长。很难说这一对安静得有些反常的父子在其他地方有没有巧遇过。如果我没记错的话,他们在我摊位前顶多碰了三回面,第一回和第二回都是默默地分一下香烟就完事了。第三回,那个六十多岁的老人转身的瞬间嘴巴似乎开合了几下。也许,他喊了宋家阿公一声"爹爹";也许,是我听错了。

宋家阿公九十三岁那年,精力已不比从前了,虽然他还是天天到街上来溜达一趟,但步子跨得小了,身体微微地向前倾了,手上忽然多出了一根黑色的木头拐杖。他八十多岁时我就劝他:安全起见,最好拄拐杖出行。他当时很不屑地嫌弃拐杖难看,又说等老年人到了拄拐杖的地步,差不多没戏了。

他的生活内容还延续着老模式:老街上吃早饭,菜市场里买菠菜排骨,我摊位旁看世景以及每个月底一次的领退休金。只不过他脸上的笑意越来越浅了,哪怕是刚从信用社过来,手上还捏着一沓鲜红的钞票,他的眉毛都是拧着的。有路过的熟人衷心地夸赞了他一句:"老宋,你真是福气好,这么长寿。"

宋家阿公摇摇头,语气带着掩饰不住的愤然:"长寿不是福气,是命苦。我倒巴不得阎王爷早些来叫我,他又老不来——我能怎么办?"

九月的一个中午,我收好了摊去菜市场买菜,远远地望见宋家阿公坐在路边的一块石头上。他从来不会无缘无故坐在路边的。我以为他出了什么问题,一溜烟地跑了过去。他指指背后地上横躺着的一床草席,说:"市场小区有个人去世了,他们家把她睡过的草席扔在垃圾箱边上。这张草席还是新的,我睡午觉的小床上刚好能垫一垫。"

我的头皮一麻,飞快地瞄了一眼那草席,期期艾艾地说:阿公,人家的遗物能捡吗?这……不合适吧。

我本来想说"不吉利"三个字的,话到了嘴边,又改成了"不合适"。

"有什么合适不合适的,"宋家阿公咧嘴一笑,"我都活到这份儿上了,不怕。"

草席是他从小区那边拖过来的,拖了几十米,实在没力气了,他才坐下来歇歇脚。从这儿到老街弄堂内他的家,少说也有四五百米,他拖一步要停十步,什么时候能到家?日头还这么猛,他老人家会不会中暑?

不帮他吧,我于心不忍。帮他吧,心里发怵——毕竟是……

帮?不帮?内心交战了若干个回合后,我默念两声"阿弥陀佛"壮壮胆,一咬牙,弯下腰去搬那草席:"阿公,我送你回家吧。"

"这怎么好意思!"他颤颤巍巍地立起身啜嚅着。

我在前,他随后。快到他家时,他窸窸窣窣地掏钥匙,哑着声挽留我:"三三,真是麻烦你了,进去喝口水吧。"

我把草席靠在墙边,没等他打开门就匆匆地离开了。那是我最后一次去宋家阿公的家,走时他执意要送我出弄堂口。

宋家阿公

直至今日,我都清晰地记得他拄着拐杖朝我挥手的样子。正午的阳光灿烂耀眼,弄堂口静悄悄的。他的背后,空无一人。

一星期后,我放下清水镇的小生意和父母北上,去往几千公里外的新疆伊犁区的我舅舅家中做客。走之前,我知会了宋家阿公一声。他点点头,说:父母和孩子是上一辈子的缘分,有条件,该和父母出去走走。他们年纪大了,陪一次,少一次。

在大西北尽情地放松了一个月后,我回到小镇继续小摊贩生活。跃入眼底的街景是熟悉的,和我打交道的人是熟悉的,可熟悉的宋家阿公却再没有出现过——他在我外出的一个月里,离开了。

谁也不知道他离世的准确时间。他好几天没露面,隔壁的邻居觉得不大对劲,联系了社区的工作人员去把他家的门破开,他就那样一动不动地躺在楼下的床上。

配钥匙的大伯说:深秋时分,早早晚晚都已凉气袭人。然而,老宋身下还垫着一张草席,身上连块薄毯子都没有盖。

黄芽头

早上六点多,街上的行人还很少。他左手拎着一袋青菜,右手托举着一棵大大的毛笋打我小摊前经过。笋的脑尖是鹅黄色的,根部洁白如玉,外壳上还糊着一层新鲜的黄泥巴。即使是我这样不懂得挑笋的外行人,也一眼看出了他手上的这棵笋绝对是本地笋中被称之为"黄芽头"的翘楚。

我由衷地赞一声:"呦,介登样的一棵黄芽头!"

"嗯。"他点头,很满意的样子,"确实老老好。"

我问他:"价钱不便宜吧?"

"四十六元。"

"嗬!猪肉不过三十五元一斤,这棵笋还卖出肉价来了。你可真舍得。"

他笑笑:"我要吃点笋,那倒是用不着买的。我自己家有山,花点力气去掏一掏,一准儿够了,可我家的竹山土质差,掏出来的笋总不大上相。我买的这棵笋,不是自己吃的,是为我姑娘买的,她最喜欢吃咸燀笋。"

他的姑娘我十四年前就认识了。那会儿,我在梁弄大厦前的马路边上摆摊卖台湾烤肠,她在镇上的初级中学念书。下午四点多,学校里的孩子们放学了,她通常会来我的摊子上买一根香肠或年糕。小姑娘长得很漂亮,眼睛大大的,抿嘴一笑,嘴角两只深深的梨涡。后来她升了学,我也早已不卖烤肠了,但还是能在菜市场碰到面。星期天或节假日,要是她和妈妈一道来街上买菜,老远见到我,必定甜甜地一笑,甜甜地喊我一声"阿姨"。

她的妈妈五十岁出头,皮肤黑黑的,体形偏瘦,扎一条不长不短的辫子。她原先在我们镇上收纸箱、塑料瓶子、旧家电之类的废品,虽然算是个生意人,可话并不多,一年四季蹬着一辆与她本人极不相符的、笨重的大三轮车匆匆忙忙地穿梭在小镇的大街小巷。

有一段时间,她似乎闲下来了,整个人却比往常更显瘦小。三轮车再不骑了,穿得整整齐齐地出现在街上,微笑着和迎面而过的熟人打招呼。

待她走远了,有知情人悄悄地替她惋惜:"年纪这么轻,怎么就生了恶病呢?"

从她平静的表情推测,她自个儿可能并不完全清楚自己的病况。反倒是有一回,我瞧见她的丈夫避在镇中路巷子口的一侧,小声地在和一个头发花白的大婶说着些什么,一边说,一边不停地抹着眼睛。过了好一会儿,他没精打采地走到我的摊子前买了一只清洁球。在他抬头的瞬间,我看到他的眼圈红红的。

有时,他们是一家三口来菜市场。女儿挽着她的胳膊在左,丈夫拿着几样小菜在右。父女俩,贴身保镖似的,小心翼翼地护卫着中间的一个她。

然而,那般殷切的照顾,也没能留住她。

姑娘来街上,脚步轻轻地,如往常一样,极有礼貌地叫了我一声:"阿姨——"

我笑笑,问她:"来买菜啦?"

"嗯。"她点点头,"今天学校放假,我回来帮爸爸烧点菜存在冰箱里。他一个人,光顾着干活,饭都不好好吃,生活上弄得太马虎了。说他,他也听不进,真把我急死了!"

可不是嘛,一个形单影只的中年男人的日子,又能周全到哪儿去呢?吃饭将就,衣着将就,表情将就。他偶尔出现在我的视线里,两鬓花白,脚步拖沓,脸上的笑意似是而非,让人不忍推敲。

遗忘,终归不是有情人轻而易举能做到的事情。

最近的两年,他的情绪貌似缓和了许多。尤其是当一个胖乎乎的小男孩骑在他的脖子上时,他的那些别人看得见和看不见的忧伤通通无影无踪了。他乐呵呵地拉着小家伙的手,有节奏地晃动着:一二一,一二一,一二一……

我问他:"这娃娃是谁家的呀?"

"我外孙呀。"他乐滋滋的。

"外孙都这么大啦,那你姑娘嫁在哪儿呀?"

他的姑娘在一旁接口:"阿姨,我嫁在嘉兴。"

姑娘比在家的时候瘦了一大圈,尖尖的下巴。很突然的,却也很自然的,我在这一张熟悉的脸上看出了她妈妈的影子。假如她妈妈还健在,该多好。她一定有许多贴心的话儿要告诉女儿,白天讲,晚上讲,怎么讲也讲不完。她一定会爱怜地搂着牙牙学语的小外孙,亲亲他的小脸,亲亲他的小手,怎么亲也亲不够。她一定会想尽办法慰藉女儿游走在异地的肠胃,顿顿变着花样做出地道的家乡味道,怎么做也不嫌累。

可妈妈不在了。所以,本该是妈妈的分内事,本该是妈妈给予的爱,一并转移到了爸爸的手上。

想到这些,看看眼前托举着笋的他,我问道:"你女儿这两天回来啦?"

"没有。"他摇摇头,"她有自己的小家了,哪能说来就来。我把笋焐透了,放在冰箱里冻一夜,冻成硬块,再快递寄到嘉兴去。"

我差一点脱口而出:嘉兴不也有山有笋吗,你还要这么费事?

到底,憋住了。

在他托着笋走出去几步远后,我不甘心地对着他的背影咕哝了一句:"你当初真不应该让姑娘嫁那么远。"

他转过头来,很真诚、很坚定地说:"那可不成,既然是姑娘愿意的事儿,我怎么能够拦着她。"

他宁愿独坐孤灯下,也绝不肯牵累她。天底下爱孩子的父母都是一个样儿吧,宁可自己苦着、熬着、累着、啼着血,也要尽力踮起脚尖,成全子女的岁月静好。

棉田里的男孩

我第一次见到那个男孩,他正坐在我大姨家的厨房里。厨房很小,一盏朦胧不清的 20 瓦灯泡悬挂在矮小的饭桌上方。饭桌边坐着三个人:一个头发不怎么服帖的小男孩,一个三十多岁的妇女和一个穿着牛仔服的大男孩。

我之所以一眼就注意到那个小男孩,完全是因为他长着一张和我儿子一样肉肉的、可爱的圆脸盘。

他们三个人正在吃晚饭。

可能是我突然的闯入打扰到了他们,默默吃面条的三个人不约而同地扭头望着我。站在灶台前炒菜的我大姨指了指他们,告诉我:"这是我们家摘棉花的帮工。"

大姨家在新疆塔城地区乌苏市皇宫镇的加拿斯拜村,这个村子里的家家户户都种植着大片棉花。据大姨说,种得最多的人家有两百多亩棉花地,种得较少的,像我大姨家,也有四五十亩。

每年十月份，棉桃成熟了，雪白蓬松的棉花把加拿斯拜村辽阔宽广的田野装扮成一望无际的云海。这时候，大量的棉花采摘工便从四面八方赶来，在这个平日里冷冷清清的小村中找好合适的雇主，踏踏实实地住下来，早出晚归去地里摘棉花，挣工钱。

其实，如今采摘棉花不再局限于人工了，机器采棉的效率更高。但手工采摘的棉花干净、完整，纤维不会被扯断，每公斤的价格要高出机采棉好几块钱。所以，加拿斯拜村的棉花种植户宁可提供免费的食宿雇佣外来人员，也不愿自己家上等的棉花被采棉机粗暴地折腾过后卖不出好价钱。

采摘棉花的工钱是村里统一定好的，一公斤两块三毛钱。具体能挣多少钱要看采摘工自己的本事。手脚麻利的工人，一天忙下来，有三四百元的收入；动作拖泥带水的，干的时间不比别人短，一天工夫也就摘了五六十公斤棉花而已。

在我大姨家摘棉花的这个女人家在甘肃会宁，连续好几年来过加拿斯拜村了，算是熟脸儿。两个男孩是她的儿子，大的十七岁，小的十四岁，都不上学了。

一开始，我还以为那个小男孩是跟着妈妈和哥哥一道到新疆来玩耍的。毕竟，我也是个母亲，家中有个和他个头差不多的孩子，放在我的立场上，我怎么也不愿想也想不到这个小小的男孩居然会是驻扎在加拿斯拜村庞大的采棉大军中的一员。

我问大姨："小男孩真的是来摘棉花的？"

大姨点点头。

我还要进一步地核实："他真的会摘？"

"怎么不会呀！"大姨笑笑，"就是比别人少摘些罢了。"

我有点惋惜："这个年龄的孩子，他妈妈怎么舍得带他出来摘棉花呀？"

大姨轻轻地叹息一声："唉，家家有本难念的经。甘肃会宁那儿生活挺难的，女人还有两个正在上小学的女儿，孩子们的爸爸好像又不学好，一家人的日子也指望不上他，她只能带着他们出来挣钱了。大的那个男孩子三年前就来我们村子摘棉花了，小的这个倒是今年头一回来。这么个小孩儿，还不到法定工龄，能到哪儿打工去，也没哪家敢公然用童工呀，就凑合着在偏僻的棉花地里干干吧。"

十月的新疆时不时刮大风，气温比内地低好多，天亮后打开门，院子里的地面上结着厚厚一层白霜。那加拿斯拜村外广阔的棉花地里会有多冷呢？那个一脸天真的小男孩是不是正拖着一只偌大的蛇皮袋紧张地采摘着棉花呢？密集坚硬的棉花秆子会不会无情地戳痛他那稚嫩的小手呢？

揣在心里的这几个问号，我还是想问问那个小男孩的，又或者，不问，单单和他聊几句无关紧要的话也是好的。然而，我在加拿斯拜村的大姨家住了整整三天,却没有真真正正和小男孩说上一句话。

我起床的时候他早已去了十多里外的棉花地,一直要等到天黑才回来。我在黑黢黢的院子里隐隐约约地看着他拎着一只热水瓶慢吞吞地走向他们娘儿仨休息的小屋,很疲乏的样子。到底,还是没忍心张口叫他。

第四天早上,滴滴答答地下着雨,我要返回奎屯的舅舅家了。当我走到大姨家的院门前,那个小男孩从围墙边上闪了出来。这样糟糕的天气,摘棉花的人是不用出工的。

小男孩似乎心情不错,嘴角微微上翘,他指指我手上的大包,问我:"你——要走了吗?"

"是啊,宝贝。"我自然而然地回答他。

他很明显地愣了愣,然后,像只灵巧的小猫一样飞快地跑到围墙外。大概是"宝贝"这两个字让他觉得尴尬了。

"宝贝"是我对小孩子的爱称。不仅仅是对我自己的儿子,每次我去儿子的学校接他放学,在儿子班上的小朋友们热情地和我打招呼而我又叫不出他们名字的情况下,我一律是以"宝贝"作为回应的。"宝贝"两个字流畅暖心,带着一点点慈爱宠溺的意味,四五年级的小男孩和小女孩,没有几个是不喜欢这个温和的词语的。

孩子们喜欢听,我没有理由不用。用得习惯了,十二岁左右的孩子在我眼中都是宝贝。不过我没想到的是,在偏僻的加拿斯拜村,发自我内心的"宝贝"两个字会使一个十四岁的小男孩羞红了脸。

我真的没想到。

我从新疆返回浙江,回家后的第一天下午,我站在儿子就读的学校门口等他。放学的铃声响起,校园里顿时欢腾起来,孩子们背着书包一窝蜂地走出校门。儿子老远就看到了我,欣喜得像只欢快的小马,一蹦三跳地抢到我的跟前,眉开眼笑地抱住我:"妈妈,你回来啦!"

"是啊,宝贝。"我温柔地抚着他的小脑袋。

这四个字脱口而出之际,我不由自主地想到了那个十四岁的甘肃小男孩:此时此刻,他那瘦削单薄的身影是不是还隐没在遥远的加拿斯拜村那铺天盖地的棉花地里呢?

章　越

　　章越去世前的一礼拜还坚持到菜市场来。他住在半山腰一个叫白龙岗的地方，乘公交车到镇上的车站需要四十分钟，从公交车站步行到菜市场，正常的人最多只要十分钟，但章越一步一挨地走过来，用了差不多半个小时。

　　扶在马路边的水泥灯杆上，章越整个人几近虚脱。他的脸颊瘦削不堪，蜡黄中隐着一股黑气，眼窝深陷，颧骨木刻似的凸起，暗紫色的嘴唇因为急促的喘息而不停地翕动。稍稍休整片刻后，他又开始慢慢向前挪动。

　　等他走到我的摊子前，我小声地和他打招呼："阿伯，你来啦。"他右手托着腰部，左手旋即在我的摊子上找到了一个暂时的支撑点。站定，眼角缩紧的皱纹轻轻地抖散开来："来了——我去我儿子店里面转转。"我冲他点点头，笑了笑。他努力地挤出一丝笑容后缓缓地抬起腿，继续步履蹒跚地前进。因为骨瘦如柴，他的肩胛骨高高地挑起，一件半新不旧的藏青色中山装套在他薄如纸片的身体上。我心酸地盯着他佝偻的背影,生怕一阵大风会将他吹倒在地。

这不是我熟悉的章越。我印象中的章越和眼前这个站也站不稳的老人全然不同。三年前的秋天,我着手在小万家村的老宅地基上翻盖三间平房,承接这项小工程的包工头是个四十多岁的本地泥瓦匠。由于我的房子结构简单,占地面积小,盖起来不费事,包工头并没有花大力气拉来盖楼房所用的大型建筑器械,施工中的所有操作基本全靠人工。

包工头的手上拢着三个大工师傅和三个小工。大工有技术,不愁没地方挣钱,包工头怕他们撂摊子,对他们比较客气。小工呢,是老当益壮的三人组合。其中,年纪最大的一个老先生已经七十岁开外了,是个斜着眼睛的孤寡老头。他跟随包工头多年,深谙配置砂浆的门道,算得上小工中的半个技术工。另一位瘦成一根面条似的老先生是包工头的连襟。大概是有这样一个独特的"身份"打底,他每天敢明目张胆地比别人迟到一二十分钟,别的人七点准时到场,他至少要拖到七点二十。包工头虽不会直接点他的名,但眉宇间明明白白地浮现着增粗、增大、增黑的"不爽"二字。可这瘦瘦的老先生呢?可以说他是"难得糊涂",他像个大隐于世的太极高手,仅仅用了四两力,就轻轻巧巧地化去了包工头的千钧之力,避到章越的背后,声势浩大地举起铁锹。

章越个子矮矮的,头发花白,话不多,活儿多。他的活儿为什么比别人多呢?他不会骑车。章越和包工头住在一个村子里,包工头每天一大早要来工地上规划好当天的工作,所以他的上班时间比大工和小工提前了半个钟头。章越搭包工头的皮卡车一道来,时间上自然要和包工头保持一致。再一个是三个小工的内部问题。配砂浆的老先生自恃年纪大又有点资历,时不时地要假借包工头的名头差使章越几下。包工头的连襟呢,干啥啥不勤,耍小滑头第一名,眼睛一瞄,抢先干起轻便的活儿,重的活儿顺势摊给了章越。

　　章越要么是习惯了两个同伴的套路,要么是对费力的活计不在乎,反正我从来没有看到他推脱,哪怕是嘀咕几句都没有,就那样不声不响地埋头对付着一轮轮繁重不堪的活儿。

　　房子开工前,我和包工头签好书面协议:地面以下的活儿工价按天计算,管中饭晚饭,管每人一包香烟,管傍晚时分的一餐点心。地基做好以后,工价照平方计算,我光给工人们备好每天所需的茶水就行了,吃饭的事情他们自行解决。

　　我盖房子的时候已是深秋,早晚温差很大,有几天,清晨的田野上甚至覆盖着一层薄薄的霜花。姆妈提醒我,房子要及早盖好,冬天快来了,低温下砌出来的墙体质量不牢靠。我当然巴不得我的房子能在眨眼间平地立起,包工头可不是这样想的。他麾下的虾兵蟹将没几个,手上倒是同时揽着三笔业务(我先前不知情）：我的小房子、某个村子里的两间旅游公厕和半山里的一栋欧式小别墅。虽然包工头胸脯拍得砰砰响向我保证，说会优先安排我的工期，但他仅仅是抽出了宝贵的四天时间帮我浇注好地基后便迫不及待地去了造别墅的工地。而且一走就是一礼拜，我打电话催了好几遍，他都推三阻四地不现身。

我心里急呼呼的，又拿包工头没办法。鉴于他这种"腾跳挪移"换场子的干活大法，我思谋着要给来我家干活的工人们提供一顿免费的午餐。我是这样想的：一顿午饭花费不了我多少钱，要紧的是时间，如果工人们省略掉中午回家的过程，直接在我家吃饭，饭后即刻上工，那么他们的工作效率必然在无形中提高了许多，我的房子也就能早日完工了。

其实我的做法是吃亏的：每天的酒和菜加起来要额外花费一百块钱左右，另外还得赔上我妈妈的一个人工（为他们八个人忙伙食）。不过当我付诸行动后，发现我的亏其实没有白吃。干活的师傅们家住得都比较远，通常情况下，他们的午饭是在镇上的快餐店解决，最便宜的盒饭也得十元一份。大工师傅们的工资相对高一些，或许不会在乎这小小的一笔饭钱。三个小工师傅不一样啊！他们年迈，工资又不高，节约下来的每一块钱都是外快。我帮他们准备了午饭，等于帮他们省了钱，他们打心眼里高兴。一高兴，干起活儿来特别地上心。

配料的老先生谨慎地控制着手上的水泥黄沙，尽量保证当天的工作结束时没有一丁点的多余。包工头的连襟依旧吊儿郎当，不过他和我说话的语调比之前谦和了许多。章越最见这顿免费午餐的情，假如傍晚收工了包工头不立刻走的话，他会积极地帮我往新砌的墙上浇水，清理掉地面上乱七八糟的杂物，在脚手架边码好第二天大工师傅所需的砖头。这些，本不是他的分内事，但他自然而然地帮我一起做着，直到包工头发动车子叫他，他才匆匆忙忙地小跑着过去。

　　有一次收工了，天上的灰色云朵厚厚地聚成了一整片，似乎不大对劲。包工头恰巧在村口和一个熟人聊天，章越见白天送到的一吨水泥还胡乱地堆在路边，赶紧吩咐我在地势较高的墙角铺了一层砖头，他则利用一部简单的斗车帮我把所有的水泥运到砖头上整齐地码好，盖上两层厚厚的塑料布。塑料布的四角逐一压紧后，他满意地走了。

　　那天夜里，果真下起了暴雨，我躺在床上暗自庆幸，幸亏有章越的指点和帮助，不然一吨水泥肯定全完了。

　　也就是这件事，让我对章越另眼相看。这个挣扎在社会最底层的老人，质朴善良，坚韧地做着与他这个年龄、体力不相符的高强度劳动，我只不过是抱着私心给他提供了一点便利，他就真真切切地为我着想，真心实意地来回报我。

　　我问章越，你都快七十岁了，干吗还要做这么苦的工作？

章越叹口气:权当打发时日吧,人多的地方热闹,好歹能挣两个生活费,减轻孩子负担。

章越的妻子早逝,唯一的儿子在镇上做厨师,刚结婚没多久,小两口住在老板帮他们安排的宿舍里,平日里基本不回半山腰的家。章越早出晚归,默默地守护着隐藏在竹林里的四间老屋。我劝章越搬到镇上来和儿子同住,好彼此有个照应,他摇摇头:"我在老房子里待惯了,心里踏实,不想搬。"

人都是恋家的,上了年纪的人尤甚。

林林总总地忙了大概一个月,房子顺利完工了。干活的师傅们人是撤走了,交情却留下了。他们再在街上碰到我,老远就挥着手和我打招呼,时不时地在我的小摊子上买些打火机、牙签之类的小物件儿。

年底,口口声声不想搬家的章越竟然拎着一副简单的行李在镇上现身了。他的儿子在菜市场旁边开了一家点心店,章越来给儿子媳妇打下手。

菜市场的地段好,章越的儿子是持证的正规厨师,手艺当然要比别人更胜一筹。所以,他们家的点心店一开张就顾客盈门。儿子的生意兴隆,章越很是高兴,他戴着袖套系着围裙蜜蜂一样地忙忙碌碌:给食客端茶送水,帮儿子洗碗抹灶,不管粗活细活,通通拿捏得妥妥当当。偶尔,我会去他家的店里吃碗面条,章越说什么都不肯收我的钱,我不依他:"我怎么好吃你家的白食?"他伸出油乎乎的手挡回我的钱:"一碗面条而已,你以前不也请我吃了好多餐吗?"我有些不好意思:"你帮我家做工呀,吃饭是应该的。"章越笑嘻嘻地把我推出门:"哪有什么应该不应该的,人和人相处图的是个情意,下次你再来吃,阿伯还是要给你免费的。"

点心店的早高峰忙完了,章越才有闲情在菜市场里兜两圈。他背着手,不紧不慢地踱着步子来和我聊天。看得出,章越对自己的现状是满意的,他的身板儿尚且硬朗,点心店里的一应杂活儿难不倒他。儿子媳妇对他不错,他最大的愿望是一家人齐心合力地赚些钱,添上他多年的积蓄争取在镇上买一套房子,把儿子的小家安好。这个平凡务实的老人,一辈子不停地操劳,过得异常辛苦,可他不但没有一点牢骚,还时时刻刻地为孩子着想。人到晚年,思谋得最多的不是如何让自己过得更舒适,而是尽力踮起脚尖去成全孩子的现世安稳。

章越的愿望是明确的,不管从哪一个角度看都是不贪心的。私下里,他不止一次在我面前表过态,等儿子的房子落实了,他马上返回白龙岗。老婆子一个人躺在屋后的坟墓里太冷清,他要去陪着她。

在菜市场的一年多,他斗志昂扬,满身干劲,觉得自己每过一天就在向目标靠近一步。可惜生活太无情,或者说,命运安排的一切总是要与人的设想背道而驰——章越检查出了

章　越

胃癌，晚期。

章越从医生口中得知了自己的状况，当他的儿子毫无保留地与他讨论保守治疗和手术切除的利弊时，章越毫不犹豫地选择了后者。他对自己的身体很自信，七十岁的人，挑个一两百斤的担子都轻飘飘的，还有什么他扛不住的？他还有即将完成的心愿，儿子的将来需要他添砖加瓦，他不能在最后的关头仓促而退。

点心店里的生意越来越好，他却失去了为儿子帮忙的资本。切除了四分之三胃部的章越迅速地消瘦下去，不过精神状态还是好的，求生的欲望化成两丛火焰腾腾地燃烧在他的眼眶里，他一心一意地幻想着自己能恢复到未生病时的状态。他一直以为自己还会有这样的机会，我也同样以为。

章越在这个世上的最后几个月里，频繁地往返于医院，拎着一只灰扑扑的布袋独自前去，有时目光坚定，有时若有所思，有时恍恍惚惚。他不忌讳在我面前细说自己的病情，包括从手术台上下来之后的痛楚和化疗的煎熬。在我看来，这倒不是说他有多勇敢，而是到了这个份上，他需要的不过是一双倾听的耳朵。他的情况一天不如一天，好几天不能进食，他颤颤巍巍地来向我道别。他的儿子雇了一辆车把他送回半山的家中，他对这一安排心知肚明：那里，有他沉睡多年的老妻。那里，将是他永远的归宿。

十六响

"砰"的一声响,一下子就吓飞了屋檐上落脚的一群麻雀。

炮仗声是从村子东头传来的。

她倚在门框上梳头,一边梳,一边默默地在心里数着炮仗的响数。

"砰,砰,砰……"一声连着一声,不疾不徐地,好像怕她数不清楚似的。

十六响。是十六响!

她的脖子僵住了,胳膊不由自主地举着,连梳子什么时候从手心里滑落都没留意。

十六响的炮仗不是随便放的,这块地方有个特别的风俗,只有死了人的人家才能放十六响的炮仗,平日里不作兴的,不然就太不吉利了。

她弯下腰,头昏脑涨地去寻找那把逃跑了的梳子:门槛边没有,柜台边没有,桌子边也没有。它掉在了哪儿?

她披着一头乱发,像一只拉磨的瞎驴在屋子中间团团转。

找到了。梳子掉在了躺椅下面。

她捡起梳子,顺手拍了拍躺椅上的一块棉垫子。棉垫子是她赶了两个夜工才缝出来的,宽宽大大的绒布,厚厚实实的棉花。本来,她还想再做个棉手套子的,这样他靠在躺椅上的时候就能焐手了。他没让,说眼下还不冷,过些日子缝也来得及。

棉垫子他不过用了两天,看得出他很喜欢她的这份细心。他轻轻地摩挲着棉垫子上绣着的一朵粉色的荷花,嘴角慢慢地漾起几丝笑意。他已经好久不笑了,她知道他不是不想笑,而是实在笑不动了。

她想起几年前的他,圆圆的脸盘,人白白净净,走路脚底生风,不怎么爱说话。隔个几天,他的三轮摩托车就突突地开到她家的院子外,她就从门后提出两只大口袋,紧走两步跑出去。他端端正正地握着车把手等着,车厢里坐着他的妻子。他们夫妻办了个养鸡场,三天两头要为鸡的事儿去县城。她呢,在这个村子里开了个杂货店,隔三岔五就要到县城去进货,要不是搭他们家的顺风车,去批发市场得换三趟公交车,真挺麻烦的。

他们夫妻捎着她,一半是乡里乡亲的情分,一半是因为她男人的嘱托。她男人比她大十二岁,左腿跛着,腋窝下夹着根拐杖,走路一歪一斜的。

村里的人总拿跛子寻开心,说他老牛吃嫩草,说他一坨烂大粪霸着一朵鲜花。跛子倒是不恼,小眼睛眯成一道缝:"鲜花,可不就是鲜花!"

她长得真的俏,儿子都读初中了,她脸上愣是一点儿皱纹都没有,腰是腰,胸是胸,看背影跟个小姑娘没什么两样。

这么美好的一个女人咋就许给了这么一个不登样的跛子呢?村里的人一直很好奇,可惜好奇了十来年也没好奇出几个意思来,单单从跛子嘴里知道她的娘家在贵州。起初,她不同意跛子去求他们夫妻捎她去县城,但跛子心疼妻子背着装满货物的口袋上上下下地换车,拎着一条烟坚定无比地去了他们家。他们家的车厢大,多一个她不多。

他不主动和她说话,即使真有事了,开口前也是先客客气气地尊称她一声"金家嫂子"。跛子姓金,他叫她"金家嫂子"没半点儿不妥。她不喜欢"金家嫂子"这个名头,她自己有名字,她在娘家叫"秋月"。嫁给跛子后,没人叫她"秋月"了,村里人要么喊她"金家屋里的",要么喊她"金家嫂子",她听着、应着,渐渐地也习惯了。

他的妻子也不主动来和她讲话。不是她多疑,这个黑黑瘦瘦的女人看她的眼神里似乎总带着一些戒备和不满。

有什么好戒备的呢?有什么好不满的呢?她不在意他妻

子的态度,车厢四四方方的,大不了各据一边儿就行了,两个人不拉呱,反而清净。

有一回,他又来捎她。那天的风很大,下着零星的小雨,他的妻子没陪着,她独自坐着他的车颠颠簸簸地去了。到了县城,她从车上往下跳时脚扭了一下,人立刻掼倒了。他急急忙忙地来扶她:"秋月,你摔疼了没有?"

她昏头昏脑地被他扶了起来,在原地站了好一会儿才发现他还拉着她的手。她不动声色地抽回了自己的手,脸上火辣辣的。

也就那一回,他叫她"秋月"。后来,她还是他口中的"金家嫂子"。她偶尔会想,他是怎么知道她叫秋月的呢?想着想着,叹口气,去洗衣服,去扫院子,去喂鸡喂鸭,去卸小店的沓子门。

小店有好多年了,她没嫁进来时,跛子三天打鱼两天晒网地开着,她来了,小店成了她的营生。她和气,见人三分笑,村子里的老老小小都乐意来小店,要么买东西,要么聚在小店里拉拉家常。

他以前很少来,他们家要用的油盐酱醋多半是他家的孩子来买的。他有一个上小学的儿子,眼睛大大的,长得随他,小男孩来买东西时她总要往他的小嘴里填一小块儿冰糖。小男孩吃了几块后不吃了,硬给他也不吃,她捏着一块糖逗他:

"你是怕糖虫子蛀掉你的牙吗?"

"不是。"小男孩忸忸怩怩地摇摇头,"我妈不让我吃你给的糖。"

她一愣,捏着糖的手讪讪地收了回去。她已经好长时间不搭他们家的车了,村里拉起了电话线,现在的批发商为了抢生意全是送货上门。她不用去县城,坐在家里打打电话就能进到货。

去年秋天,他来她的小店了,和村里的人一样,有时是来买东西,有时是来坐坐。村子里的人当着他的面啥也不表现出来,等他走了,少不了要替他惋惜一下:年纪轻轻的,生了这般的恶病!

他身体单薄了许多,还是不爱说话,坐在靠墙的竹椅子上静静地听人摆龙门阵,听上一两段,扭过头瞧瞧她。她有时接一下他的目光,有时不接。不管接还是不接,她总能感觉到他在看她。

饭点儿到了,他的妻子来叫他。并不进小店的门,只远远地喊一嗓子:"哎,吃饭了。"

他慢吞吞地走出去,低着头跟着他的妻子往回走。他在她店里坐的时间越来越长,人也越来越瘦。她怕那张破旧的竹凳硌疼他的腿,特地去了一趟县城,买了一把躺椅回来。躺椅放在柜台边,他不来,她拿七七八八的东西占着,他来了,她给他腾出地方。

他安安静静地靠在躺椅上,看她里里外外地忙活,一坐就是半天,好像他来小店纯粹是为了欣赏她干活似的。坐累了,他打起瞌睡。她蹑手蹑脚地从里屋取条被单出来给他盖上,他一惊,迷迷糊糊地睁开了眼睛,叫了她一声:"秋月。"这是他第二次叫她的名字。

她没有应他,仔仔细细地拉直了被单,盖住了他的大半个身子,说:"明天我给你缝个棉垫子,省得你躺着背上受了凉气。"

他虚弱地笑笑,很自然地拉住了她的手。她一动不动地由着他拉着。他的手可真冰啊!

她又说:"我先给你做个棉垫子,棉垫子做好了再做个棉手套子。"

他温和地点点头:"棉手套子过些日子再做吧,天又不冷,总还来得及的。"

做了一半的棉手套子搁在柜台上,棉垫子平平展展地铺在躺椅上。

他没有来。他再也没有来。

"砰!"又是一轮炮仗声!"砰,砰,砰……"一声连着一声,不疾不徐地,好像怕她数不清楚似的。

他的脸,他的笑,他的回眸,慢镜头一样随着呼呼的炮仗声飞到了她的眼前。

有人拍了拍门,她猛地一惊,思绪瞬间皱成了一团。来人望着她,问了句:"金家嫂子,你怎么啦?"她愣了好一会儿,蚊子似的哼了一句:"炮仗声太响了。"

砰砰砰……十六响炮仗声响过,紧随在后的是哐哐的锣声,一个穿着黄袍子的道士举着招魂幡沿着村路边走边唱。道士的身后是一身重孝的他的妻儿,封在黑色相框中的他淡淡地笑着,老老实实地贴在他妻子的胸前。

她抖抖索索地梳好了自己的头,眼泪哗啦哗啦流了下来。

从此,他再也不会喊她秋月了。

一个和三个

我不知道她的姓名,不知道她的家在附近的哪个村子,也不知道她的确切年龄,我知道的是,她家里开了一间小小的杂货铺子。早前的几年,她隔三岔五地到我的小摊子上来批发少量的清洁球和热水瓶塞子。这年把,清洁球和热水瓶塞子她基本不拿了,因为她住的那个村子通了公交车,方便得很,半小时一个班次,村民们更愿意搭公交车到镇上来购物。小店的生意一天不如一天,有些货物搭在货架上都蒙了尘。

原先,她到街上来骑的是一辆脚踏三轮车,邮电绿的,我忘记了是什么牌子,但看起来特别结实。不管天晴还是落雨,总有一块厚实的白塑料纸兜头兜脑地盖在后车斗之上。车斗里满当当的,隔着一层塑料纸,看不出下面具体有些什么东西。满载的三轮车回回都放在我的小摊旁边,她扬声交代我一句:三三,麻烦你帮我照看一下哦。然后,才放心地走向菜市场深处。

出了菜市场,她把手上拎着的几袋子小菜一样一样地报给我听:带鱼是老太公想吃的——这地方的中老年妇女习惯性地把自己的丈夫称为"老太公"。油豆腐烧肉是婆婆爱吃的,婆婆的牙没有了,爱吃肥肉。袋子里的一块五花肉真是喜人!她很满意,又似乎是有些惭愧,真诚地夸赞肉摊上的屠夫们有义气,说他们卖肉给她不但价格上次次打了折扣,分量上还超出了不少。不光是屠夫,卖水产的、卖南北货的、卖蔬菜的、卖鸡肉鸭肉的,当然也包括我在内,她通通要表扬一遍。于是乎,在她的嘴里,这个菜市场里里外外的小贩都闪动着神性的光芒。

她喉咙音很高,很硬。在与她同龄的一批女人中,她的语调是颇为特殊的。怎么个特殊法呢?一直提着劲儿说话,就像是在和谁对峙着,而且还是轻易不退让的那种。经过她身旁的路人,往往会因为她的音量而侧目。

她年轻时一定是个标致的人儿。哪怕如今已风霜满面了,美女的底子依旧是分明的。个子不高不矮,身材不胖不瘦,两条齐腰的、编得一丝不苟的麻花辫子。这样古典的麻花辫子,在这个镇上恐怕找不出第二条了。圆脸,端正协调的五官,尤其是眼睛,宽宽的双眼皮,睫毛又浓又长。倘若这样的眼睛里盛的全是欢欣与喜悦的话,那该是多么明亮动人。可惜,她出现在我面前时,两腮上亮汪汪的,微微地肿胀着,眼白和眼角非常之红,简直能与兔子媲美。任谁都知道,她刚刚大哭了一场。

她一星期来镇上一趟,要做的事情好几桩:她去银行缴水电费或领丈夫的工资。丈夫是商场提前退休的职工,拿到手的退休金在三千元左右。她去批发部进点货,生意再怎么不好,既然店面还开着,货架上就不能空缺太多。她去社区办杂七杂八的手续或领取物资。工作人员打电话知会过了,一定得来。她去医院开一些降血压血糖之类的药。家里吃饭的人四个,四个吃饭的人都得吃药。她来菜市场买菜。一家人的口味不一样,每个人都要考虑到。这些事很要紧,但再怎么要紧,也得排在她的祈祷之后。祈祷要在教堂里进行,她来镇上的第一站就是教堂。

我没去过教堂,不清楚祈祷是如何进行的。但看她那疲惫不堪的样子,想必祈祷是极其耗费心力的。她哑着声对我说:"三三,我祈祷过了,哭过了,心里就舒畅了许多。"

她这么一说,红红的眼睛里又潮乎乎的了,似乎只要一用力,泪水顷刻间便能滚滚而下。我连忙劝她:"阿姨,你要想开点,尽量保重身体。"

她点点头,无奈又茫然:"三三,我也不知道自己现在怎么这么容易哭。我本来不是个爱哭的人,再苦再累我都不怕,都不流眼泪。这两年,我实在控制不住情绪了,一个人不知不觉中就哭出了声。我老了,力气小了,可怎么办才好?一想到这个,我就没办法安心。"

"你别想太多。"我说,"明天要等到今天结束了才会到来,你的任务是把今天完整地过好。"

"三三,你说得对。我不该想的。我不想了。"她啜嚅着低下头,大滴大滴的泪珠儿扑簌扑簌地掉在胸前,"这是我的命,是我前世作的孽。因果轮回,所以这一辈子不得不受苦,不得不偿还。"

我认识她的这些年,这样的话,她说了好多遍。我默默地待在原地,等着她自己擦干眼泪。眼泪一擦干,她似乎又可以满血复活了,急急忙忙地去推三轮车,说:"我要走了。婆婆在床上躺了一上午,我得赶紧回去给她翻个身。"

她婆婆九十多岁了,中风导致半身不遂,常年瘫在床上,吃喝拉撒全靠她一个人拉扯。我问她:你婆婆没有女儿吗?她叹气:"女儿有三个。一个摔断了腿,走路都挂着拐杖;一个脑溢血后遗症,还得别人侍候;另一个,丈夫得了重症,离不开她,十天八天抽空来一趟就不错了。"

去年冬天的某一天,老人家突然呼吸不畅,连翻白眼,手脚抽搐,眼见着要驾鹤西去了。她惊慌之下打电话叫来了救护车,呜啦呜啦地把老人家送到市一院。折腾了一通,又救回了一条老命。对于这件事,她的意思是:我做不到眼睁睁地看着她死,哪怕她救回来以后还是我的累赘。

她用的虽然是"累赘"二字,但并没有用对待累赘的态度对待婆婆,她对婆婆的喜好很上心。她的车龙头上挂着一碗打包的千里香大馄饨,那是她婆婆爱吃的食物。她握着车把手走了两步,又回过头望了我一眼,她一脸灰败:"唉!我对她再怎么好,她一样要咒骂我。"

被得了阿尔茨海默病的婆婆咒骂是她日常生活的一部分。她的丈夫有时也要来责骂她,责骂的理由是她管着他的工资卡却不给他买好吃的。他爱吃荤腥,爱吃油腻,最好每日的餐桌上都能有鱼有虾,有蟹有鳖,有蹄髈有红烧肉。这种理想化的小康生活显然是奢望。所以,他不满,他暴躁,他不依不饶地缠着她闹:你把我的工资用到哪里去了?我有那么多钱,你凭什么不给我买猪蹄买大带鱼?你这个刻薄小气的坏女人!

她被他叱责得狼狈不堪,还不能和他辩论,只是一个劲儿地安抚他:"你别生气呀,别生气,你这个月的工资还没到手呢。过几天我去镇上领,肯定会给你买好吃的回来。"

她像哄孩子一样把他哄去看电视。从他四十岁起,她就这样哄着他了。有什么办法呢?她嫁给他时,他在镇上唯一的商场里做售货员,也算一表人才、聪明能干,而他精神失常是因为他们的第一个儿子。儿子七岁,大夏天的,趁着大人睡午觉偷跑到水塘边上去玩水,一头栽了下去。找到时,口鼻全是烂泥,肚子胀鼓鼓的。他抱着尚牙牙学语的二儿子疯了一样地飞奔过去,孩子早已没了气息。那个孩子是他的宝贝,他的命根子,打那之后,他的元气就大伤了。上班时间自言自语,收钱找钱一再地出错,不是少收了,就是多找了,他经手的那只柜台的账每个月都对不上数目。顾客来了,他絮絮叨叨地和人家诉说自己落水而亡的儿子,说得人家头皮直发麻。商场的领导还算是有人情味的,体恤他的失子之痛,给他办了病退手续,让他领着一份基本工资在家休养。

这一休养,就是十五年。他在家看书看报,养了几盆兰花,按照医生的吩咐按时吃药,病情控制得还不错。

他养病的那些年,家里家外全由她担着。她是个要强的人,眼看着左邻右舍翻盖的二层小楼把自己家的三间小平房夹在中间,她无时无刻不想着怎样把日子过好。二儿子上小学后,为了一家人也能住上新楼房,她把孩子托付给寡居的婆婆,只身去了上海的富贵人家做保姆。做保姆倒是能挣钱,关键是不自由,一年到头,雇主家至多批她两回假。她在大上海抱着别人家的孩子,自己的孩子却没有妈妈疼,她心里有愧。为了弥补孩子缺失的一份母爱,她给孩子带回了许多乡下商店里没有的好货色,吃的、用的、穿的、玩的,通通是大上海生产的。村里的其他孩子头一回见着,都羡慕得不得了。

一个和三个

儿子上初二了,她从上海给孩子买了一身新衣服、一双"耐克"鞋、一辆红白相间的山地车。那会儿,能变速的山地车是新产品,大城市里才兴起,乡下根本买不到。孩子高兴坏了,穿着新衣新鞋,推着新车兴冲冲地出门兜风。她追出门,冲着儿子的背影大喊一声:"慢点儿!你慢点儿骑!"

儿子回头,笑容灿烂得如同五月的榴花:"妈,你放心!"

她没想到那是儿子留给她的最后一个笑脸。她以为时髦惹眼的山地车是儿子的快乐源泉,丝毫没料到,快乐的源泉转眼酝酿出了滔天的旋涡,生生地困顿了儿子一生。

孩子骑着车在公路上吹风,迎面来了一群勾肩搭背的社会小青年。可能他们一时心血来潮,可能是款式新颖的山地车使他们眼红了,他们不约而同地伸出手拦住了他:"下来!"

"下来干什么?"孩子感到莫名其妙。

"把车子给我们!"

"这是我的车,为什么要给你们?"

"不给是吧?"领头的一个小胡子觉得丢了面儿,劈手给了孩子一个巴掌,"你还敢讲废话?给不给?!"

孩子死死地护着他的新车,怎么也不肯撒手。

你来我往地抢夺了几个回合,小胡子发飙了,一阵拳打脚踢:"你个欠揍的小兔崽子,看老子怎么收拾你!"

口鼻出血的孩子被好心的群众送进了医院,治疗过程中数度昏迷。迷迷糊糊中,他一个劲地喊:"妈妈,我头好痛啊!妈妈!"

那时候,她真的没想到儿子的这句话会深深地植根于她余生的每一天。在脑震荡后遗症的影响下,即将升入初三的儿子办了休学手续在家调养。她以为,只要自己一步不离地护理,好好开导孩子,一切总会明朗起来的,儿子的未来依旧会步入正轨的。然而,现实与她的"以为"背道而驰了:儿子的头痛越来越频繁,越来越厉害,狂乱的时间多于清醒的时间,吃药只能缓解,压根不能根治。

看着浑浑糊糊的儿子捧着脑袋蜷缩在床上哀号,她心如刀绞。她多么希望眼前的一幕只是一个噩梦,明早醒来,老天爷就会还给她一个崭新健康的好孩子。她多希望儿子还可以像推着新车出门前那样灿烂、那样动人地对着她笑。哪怕只是一次,一次也好哇!

还未完完全全从丧子之殇中回过神来的丈夫接受不了小儿子精神失常的事实,他顾自退回了业已变形的空间,把塌陷了的世界彻底甩给了她,不愿醒来。

她哽咽着对我说:"三三,都是我的错。我不应该帮儿子买那辆山地车的,要不是那辆车,就不会发生这些事情了,我的儿子又怎么可能变成这个样子?"

愧疚是这个善良的母亲,无法自熄的折磨。

她的儿子四十多岁了,脑部受伤后的日常就是三件事:吃饭,吃药,睡觉。她也明白精神类的药物吃多了副作用大,可不吃怎么行呢?情绪不稳定时,儿子的药甚至还要加量。她也不是没被儿子打过。她揉着手上的乌青泪水涟涟地说:儿子不是故意动手的,他脑子做不了主才会这样的。她一点儿不怪他。她还说,儿子其实懂得体谅她的,预感到自己要发病,怕无意中伤了她,主动要求她多给他吃一颗镇定药。

　　她说话的同时眼泪滚滚而下。谁能想象得出她这些年来过的是什么样的日子。一个痴呆麻木只晓得吃吃睡睡的丈夫,一个精神失常随时可能爆发的儿子。一个正常的人和他们相伴一天会是什么感受?一个月,一整年,三十多年呢?又该是什么感受?他们俩不是箱子,能摞起来;不是篮子,能挂起来;不是淘汰物品,能收纳起来一咬牙扔掉。他们是易燃易碎品,得无时无刻不谨慎打理。

　　她唯一的帮手是婆婆。尽管婆婆的力量微薄,至少她还不至于陷入孤立无援的境地。两个苦命的女人共同协助了多年,一个照顾自己的儿子和孙子,一个照顾自己的儿子和丈夫。直到有一天,阿尔茨海默病凶猛地入侵了婆婆的大脑,婆婆痴呆了几年,又是中风。

　　她的人生挨到了这一步,剩下的,只是一个强撑着的自己和睡着的、坐着的、躺着的那三个。

我今年只见过她两次。匆匆地来了，匆匆地和我讲了两三句话，又匆匆地走了。新冠疫情最厉害的那一阶段，街上的行人寥寥无几。我站在菜市场外的巷子口，只要看到有人骑着邮电绿的三轮车，就会条件反射地想到她。想到她蓄满泪水的、美丽的大眼睛，想到她苦涩的笑容和单薄的背影，想到她粗糙至极的双手拎着的每一样小菜。每一次想到她，我都会陷入深深的遗憾之中。我不知道自己为什么要去惦念这样一个与我没有直接关联的女人，况且，我的这种悄悄的惦念于她的生活而言，毫无意义。我不知道在村庄封闭的特殊时期她是怎样度过的，我只记得她告诉过我：只有闭上眼睛虔诚地祈祷过，只有痛痛快快地流过泪后，她才不会觉得自己是个无路可走的人。

戆　头

前几年,庚宝还在放羊,每次见到我,都会赔着笑脸讲几句好话。

庚宝五十多岁了,瘦,但精神十足。长方脸,皱巴巴的脸颊如同用旧了的抹桌布,白多黑少的眼睛很容易就让我联想到两只一百瓦的白炽灯泡。他笑起来喜感十足:嘴角和太阳穴紧急"会师",满口异军突起的大黄牙噌地一下龇出唇外。其实,他临场发挥的所谓"好话"压根儿就是一通词不达意的废话,但他自我感觉倍儿棒,仿佛如此这般地表达过后,我就没办法看见他的羊群一边拖拖拉拉地从我家门前经过,一边哩哩啦啦拉屎的场景。

羊群里一只通体黑色的小山羊仗着有庚宝保驾护航,自然不会为自己的随地大小便而愧疚,另外还要从队伍里开小差,跳到我家的屋檐下啃几口我种在泡沫箱里的小白菜。我见状赶紧拎起笤帚,作势去拂它的嘴巴,不料它立马来劲了,晃动小脑袋,四只小蹄子像安了弹簧似的,在我面前蹦跶着花步,左一下,右一下……没完没了。

庚宝停下脚步,扭过头爱怜地望着走位得意的黑山羊。那眼神,像个慈父:"你个小东西嗳,这么烦人,来——快来呀!"

黑山羊听懂了主人的指令,拖着一长串娇滴滴的"咩咩"声回应主人的同时,翘起短尾巴对着我的脚尖麻溜地撒下一串黑得发亮的羊粪蛋蛋。

我拄着笤帚,无可奈何地冲着庚宝喊道:"庚宝,你的羊是故意气我的吧!这么长的村路,它们早不拉晚不拉,非要把屎憋到我家门口来拉!"

庚宝的大黄牙瞬间团结起来:"三三,羊喜欢在老地方拉屎嘛。"

这是什么破理由,我家门前啥时候成了蠢羊们惦记的老地方?!我恼火极了,尖酸地回他:"庚宝,赶紧去给你的羊洗洗澡,都脏得看不出颜色了,怕是连皮毛下面的肉都被污染了吧!"

"洗什么洗,过不了多久就要开始卖了。"庚宝的语气有掩不住的得意,"我的这些羊从来不吃饲料,只吃野草和糠皮,多脏都不碍事。肉煮熟了,保证香得要命!"

这的确是实情。每天中饭过后,手持羊鞭的庚宝就赶着一群邋里邋遢的羊从我家门前经过,去山脚下野草丰盛的地方待上半天。傍晚时分,再带着吃得肚大腰圆的羊群返回家中。一群羊十多只,头羊高大健壮,神态凛然,率先一步走在领头位置,几只鼓着肚子的母羊井然有序地尾随着自己的羊郎君,不争不吵。被阉过的公羊失去了应有的雄风,垂着脑袋浑浑噩噩地穿插在羊群里,时不时被精力充沛的小羊拱得不知所措。它们性情温顺,短暂的羊生中除了一心一意长肉,再无别事。阉羊的肉细腻滑嫩无膻气,清炖、红烧两相宜,行情很俏,但比阉羊更受欢迎的是胎里羊和双满月小羊。入秋后,热衷养生的人讲究进补,花大价钱买只即将临盆的母羊剖开肚子,那成了型但还未足月的小羊即为"胎里羊",连头夹尾的炖了,据说有保健作用。至于双满月小羊,吃肉喝汤的滋补效果,坊间传言,比人参的营养价值还要高。

这两种奇货听起来有些残忍,却是庚宝一年之中最轻松稳妥的一笔进账,大门不出二门不迈,就能把金主递进来的钱揣到腰包里,反倒是养足冬膘的一批阉羊,想要在年前变成钞票,还需费些手续。

进了腊月二十五以后,山上山下的人着手置办年货了,庚宝开始忙碌起来,天还没怎么亮就拉着宰杀好的阉羊去清水镇菜市场兜售。庚宝的羊肉多半摆在我的小摊旁边,地上垫一只厚实的蛇皮袋,一只褪得白白净净的大阉羊以脊椎骨为界劈成对称的两片,羊头、羊心、羊肝、羊肺之类的零部件血淋淋地扔在一旁。

同一条通道上,卖现杀羊肉的摊子除了庚宝,至少还有十来个。尽管有几户人家的羊并不像庚宝这样全程放养,而是吃配制饲料圈养着长大的,但为了招揽顾客,所有摊贩一律打的是"生态养殖"的招牌。所以,在这种形势下,庚宝的羊肉根本没有优势可言,如果要顺利地销售掉自己的羊肉,拼的就是个服务态度了。

年底的菜市场气氛热烈,人们花钱比平时大方多了。在外工作的子女们像鸟儿一样归了巢,做父母的争着要买些好东西给孩子们尝尝鲜。纯正的山羊肉是好东西,贵是贵,但怎么着也得买。春节里家家户户要请客吃饭,羊肉算一盘有分量的大菜,要么白切,要么做羊肉冻,不能少。有这两个指导思想,羊肉摊的生意指定是好的,销量大的摊户,从早到晚卖出五六只羊绝对不在话下。

一只羊出三四十斤肉,每市斤四十元。西北风在露天的摊子前呼呼地打着旋儿,卖肉的人手指冻得僵僵的,但晚上收摊前数数一天的进账,心里倍儿美。可惜这业绩是属于人家的,庚宝只有眼红的份儿。他巴巴地守着自己的摊子十来个小时,能卖掉一只羊就要谢天谢地了。

看庚宝卖羊肉,真心为他的情商着急。他喉咙响,讲话又急咋咋的,一开口就像是吵架的架势。这可是做生意的大忌,十个人能惊跑六七个。还有,他太呆板了,不懂得变通。比如人家想要买羊后腿,正犹豫着,一条腿子值三百块钱左右呢,买还是不买?买主暗暗地在肚皮里做着选择题,踮着脚东张西望,不远处的羊肉摊子在起劲地喊:好羊肉——便宜喽!快来呀!这要紧当口,倘是庚宝会察颜观色,在顾客犹豫不决之际适时地做出点零头上的让步,让买主觉得自己好歹占了些便宜,何愁眼前的生意做不圆满?

可庚宝就是庚宝,全身上下都闪耀着"我就是我"的光芒,秤花比镇上打金店的师傅称金子还要精确呢,毫厘不让。买主想要多出一星子羊肉,那简直比割了庚宝自个儿的肉还让他窝火。一窝火,讲出的话越发火药味十足。

眼下这世道,什么物资都不紧俏,羊肉而已,哪儿买不到?顾客是上帝,高高在上,谁还愿意花钱买气受呀!屁股一扭,把庚宝甩在原地,直接走人。

庚宝后知后觉,兀自对着人家的背影念叨:"走走走,我这么好的羊肉,百年不遇,不买是你的损失。"

过了好一会儿,余气还未平复,又巴巴地来向我求证:"三三,我放的羊你是晓得哦,真的是一顶一的好哦。"我嫌他马后炮,扔一个雪亮的白眼给他:"我晓得有个什么用?既当不得咸盐,又当不得香油。总得你自个儿的榆木脑袋开窍,羊肉才卖得掉啊!"

他的心思全散在摊了一地的羊肉上,没觉察出我的话难听,犹在自言自语:"唉!要是我老婆还在就好了,两个人做生意总比一个人强。"

郁闷的时候念起老婆来了,早干吗去了呢?

庚宝的老婆跑掉了——被庚宝打跑了。村里人都知道。庚宝有个广为人知的绰号,叫"宝戆头"。"戆头"是清水镇方言,释义微妙。年轻的姑娘和心爱的男子打情骂俏,可以俏眼微瞪,嗔怪一句:你个戆头嗳!母亲怪自家的孩子办事不力,留有纰漏,懊恼之下难免抱怨一声:你个戆头呀!这两处的"戆头"因对象不同,语气里自然而然地流露出不同的感情,但都大可当好话入耳。但当村人们在茶余饭后的闲谈中不小心扯到庚宝,定会有人鼻孔里出气,毫不避讳地说一句:庚宝哦——他不就是戆头吗?

显而易见,庚宝的"戆"不同于前两种。庚宝排行老二,哥哥庚富比他长了几岁,相貌周正,勤勉老实,四平八稳地娶了邻村的女子,成了家另起炉灶。都是一个爹妈生养的孩子,月老的红绳子绕到了庚宝这块儿,却缠得疙疙瘩瘩了。

庚宝这辈子有过三个老婆。第一任老婆是山里人家的女儿,在娘家时就病恹恹的,好像是肺里的毛病。她和庚宝成亲后,身体愈发不好了,勉勉强强过了两年,撒手西去。第二任老婆是庚宝娘费尽周折托中间人领来的外地女人。庚宝的条件和"名气"捂不住,本地女人哪能看得上他。"领"是掩人耳目的说法,其实就是变相的"买妻"。庚宝娘大大地花费了一笔。庚宝娘也是个劳碌命,庚宝的爹活脱脱是个落魄地主家的公子哥,一辈子非但没有养家糊口的担当,还懒得连一根灯芯的家务都不肯做,一个家的门面全靠瘦弱的庚宝娘做些小生意撑着。她舍不得吃舍不得穿,把辛辛苦苦攒下的钱捧出去,满以为能给庚宝换来一桩稳妥的婚姻,没想到,煮熟的鸭子还是飞了。又或者,那个外地女人本身就没打算好好过日子,你买任你买,我跑归我跑。这厢,新房窗户上贴的"囍"字还红彤彤呢;那厢,新娘卷着进门时置办的一套金银首饰不见了踪影。和她一道消失的,还有庚宝娘藏在褥子下的一卷钞票。

两段姻缘,前一段阴阳两隔,伤心伤人;后一段昙花一现,伤钱伤人。庚宝娘不提这茬倒还好,一说就满满的辛酸泪。

好在,世人脚下并没有永远走不通的路。庚宝四十多岁时,迎来了他的第三春。女人眼角的鱼尾纹深深的,估计比庚宝小不了几岁。肉乎乎的圆盘脸,一开口,叽里哇啦的方言云山雾罩,绕得听的人一头雾水。虽是个外乡人,但这个进了庚宝家门的外乡女人很快亮出了安心居家的架势。

先是庚宝家门前的一块不大不小的荒地,长了好多年的杂草,在她过门没多久就变成了韭菜地。她松土、浇水、施肥,侍弄得几垄韭菜碧绿肥嫩。任谁见到,都要忍不住啧啧几声。这个女人比庚宝勤恳,有决心。她和庚宝一起下地,庚宝刨坑,她点豆子。梅雨季节,一会儿晴,一会儿雨,庚宝怕被淋湿,瞧着天溜到山脚下的草棚里避雨,她却连个遮头的斗笠也没有,弓着腰,在雨中干完了庚宝丢下的活儿。她有力气,也愿意把力气用在地里,经她的手打理出的各色蔬菜瞧着都比别人家的要大、要好、要鲜美。

除去地里起早贪黑干的活计,她还要去抓山里的收入。村里的人常常看到她背着鼓鼓囊囊的蛇皮袋,头发上粘着枯树叶子,一身泥一身汗地从山路上下来,袋子里净是些集市上抢手的野货:山笋、蕨菜、黄花艾、马兰头、小蒜、荠菜……庚宝岂是娶到了一个老婆这么简单,根本就是得到了一头勤勤恳恳的老黄牛嘛!

庚宝的小日子越过越像那么回事了。她母亲分到他名下的三间旧房子上换了新的瓦片,地里的瓜果蔬菜一片欣欣向荣,家里买了两只母羊(这也是他妻子的主意),其中一只母羊已经怀了崽儿。当然,所有这些新气象,都不能和妻子鼓起的肚皮相提并论。

嗳,庚宝的老婆有了!孩子快落地前的一个月,庚宝带着大肚子的老婆东躲西藏。这节骨眼上,庚宝不得不道出隐情:这个老婆在千里之外还有个没离婚的家,如今她的前夫得了风声,正想办法找上门来呢。他的长脸拧成了丝瓜络,盼着别人给他出个主意,到底该怎么办呢?

原来是这么一回事呀!众人恍然大悟。

庚宝担心害怕了一场,明显地瘦了一圈。好在虚惊一场——传言中的情敌没有现身。而且,老婆顺利地给他生了个虎头虎脑的胖儿子。孩子都是见风长,庚宝的儿子一天一个模样,长得随娘,大大的双眼皮,圆圆的小脸盘红彤彤的。庚宝夫妻来街上卖菜,小孩子的摇摇车就放在三轮车的车斗里。大人忙自己的生计,小孩子顾自乖乖地看世景,小嘴咿咿呀呀。

这整整齐齐的一家子是庚宝娘多年的夙愿,也是庚宝时来运转。庚宝该知足,该感恩吧!可街边上的一批生意人还是看得出,庚宝对老婆不好。有多不好呢?局外人难以定论,反正有一点明摆着:庚宝不让老婆和钱挨边儿。忙了一上午,眼瞅着一地的菜卖得差不多了,庚宝的老婆想要去买个充饥的烧饼还得向庚宝伸手,就那区区一两块钱,庚宝掏起来都不那么利索。每次去市场里买些荤菜,也是庚宝亲力亲为。他嘴上说是怕老婆买东西不内行,实际上还是不愿给老婆放权。他的记性好,忘不了第二任老婆卷走的一笔钱,那是前车之鉴,时时提醒着他现任妻子"外地人"的身份。钱不过她的手,不归她管,他也就不用时刻分心去防范她。再则,庚宝和老婆说话的口气很冲,而且他的那种冲是没来由的、高高在上的。芝麻大点的事情,他也嚷得哇啦哇啦的,活像舌头底下套着个音质上佳的洋喇叭。

他老婆通常是不回嘴的,要么一脸木然地坐在小板凳上,要么扭过身去,把三轮车上的孩子抱下来放在膝盖上。

卖水果的菊凤大妈在这条街上年龄最大、资历最老,以前和庚宝娘合伙做过生意。她看不惯庚宝耀武扬威的做派,赶紧走出来打圆场:"庚宝,你这是作甚?对老婆的态度就不能缓和些吗?"

庚宝单手叉腰,灯泡眼瞪得贼大,利索地回了菊凤大妈一句:"我屋里的事,要你来管!"

菊凤大妈悔得直摇头。自己的好心换来了庚宝的驴肝肺,真是划不来。菊凤大妈不知道,被庚宝炝蹶子的,又何止她一个。有一回,庚宝夫妻在自家的院子里起了争执,争执的结果是庚宝直接开启了暴力镇压模式。虽说庚宝的老婆粗胳膊粗腿的,但真要和一个暴怒的男人对峙,被扁得嗷嗷叫也不过是分分钟的事情。

青天白日的,庚宝吼得那么凶,她叫得那么凄惨,一墙之隔的庚富夫妻听不下去了。他们俩急急忙忙地跑过来,一左一右拖住庚宝说道了他几句。大致和菊凤大妈的意思差不多,无非是女人勤劳温顺,千里迢迢地奔着你过日子来的,不嫌你穷,还给你生孩子,人家也不容易,你打人实在不对之类的。

换成谁来评理,都是这么一个理儿。可庚宝非但不理解哥哥嫂嫂的良苦用心,反而和哥哥嫂子"戆"上了:"你们的胳膊肘尽往外拐呀,怎么向着外人?"

"外人"的梗就这么流传开来了。后来,村里的人隔三岔五便能看到庚宝老婆蓬着头、有气无力地坐在村子东首山脚下的田坎边,眼睛红红的。她在清水镇举目无亲,被庚宝捶痛了连个诉苦的地儿都没有,她就那样默默地、默默地坐着,直坐到天黑透了,才耷拉着脑袋慢慢地往家里挪。村路两旁的路灯幽幽的,把她的影子拉成长长窄窄的一条……

庚宝的儿子进了镇小读书后,庚宝的老婆离家了。确切地讲,她起初还不算出逃,只是托人在邻镇寻得一份保姆的工作:照顾一位高龄的老太太。她做事本分,话又不多,雇主一家颇为器重她。她长期待在雇主家中,但还是记挂着儿子,偶尔带点牛奶饼干之类的零食匆匆忙忙地回一趟家,凳子都没坐热,就走了。

离开了庚宝的她判若两人。之前,她浑圆油腻,体形类似于一只水桶;如今,她苗条清爽,而且因为不再风吹日晒地下地劳作,她的皮肤明显白了、细腻了,头发在脑后梳成一束马尾,衣着大方得体。她斜挎着一只黑包来菜市场转悠了一圈,客客气气地和早前一起摆过摊的人打招呼。几乎每一个人在见到她的瞬间都会眼前一亮,情不自禁地夸她漂亮。那些夸奖是认真的、由衷的,同时也是间接地认可了她的这种脱胎换骨。

女人遇人不淑,会过得很苦,但也有可能,被逼得更好。

老婆不在家,庚宝的日子就不那么像日子了。首先卖菜的收入大打折扣。他虽说是个地道的农民,偏偏打理不出好品相的蔬菜,哪怕是最不讲究的韭菜,也给他弄得蔫头蔫脑的,摊在地上半天,乏人问津。再一个是儿子的问题:贪玩,淘气,不爱上学。庚宝的儿子个子不高,自上而下浑圆一体,像个打足了气的轮胎内带,紧绷绷的。与同龄的孩子相比,他至少胖了两个型号,身上脏兮兮的,校服的袖口、领口黑得发亮。礼拜天,儿子不上课,一大早就跟着庚宝来街上卖菜,爷儿俩并排坐在马路牙子上,一人一套烧饼油条当早饭。

庚宝说儿子是吃胖的——偷吃。他两只手虚空比画了一个圆给我看,说:"喏!这么大的高压锅,我煮了小半锅红烧肉,藏在碗橱最上层,他半天就给我偷吃光了,连肉汤都没剩一口。"

他的喉咙声响响的,完全不考虑大庭广众之下一个"偷"字会不会令自己的孩子难堪。而那个一直把手揣在兜里的小男孩似乎并不在意父亲的抱怨,嘴角泛着一丝奇异的笑容,若无其事地晃着架在马路牙子上的右腿。我问庚宝:"你怎么不去把老婆找回来?"

"去过了,她不理我。"

"你是怎么跟她讲的?"

"怎么讲?有什么好讲的?"庚宝振振有词,"我就问她,孩子生在这里她还管不管了?要是不想管,得按月给我出一笔抚养费;我一个人养不起这么一个会吃的孩子!"

我一时语塞,竟然没办法接上他的话。看来他被众口一词地定性为"戆头",绝对是有道理的。

抚养费事件直接断掉了庚宝的后路,老婆横下心来和他断了联系。手机打不通,人找不到,也不再回清水镇看儿子了。那一阵子,庚宝过得惶惶不安,比被降格为老光棍更叫他焦心的是:在"五水共治"净化环境的一纸红头文件前,他的羊群保不住了!

庚宝没有傍身的手艺,他娘做小生意时,他闷着脑袋打打下手,没学到实质性的本事。第三任老婆一进他家的门马上做了他的军师,他似乎也不曾费什么心,只管一天到晚太平平地挥着羊鞭。后来老婆跑了,羊群仍在,好歹是个正经行当,保证了他最基本的生活需要。村里按照市价等价交换,庚宝包不吃亏。可这是终结性的买卖,钞票一拿到手,就代表着他失业了。失了业的庚宝碰到我依旧会端着笑脸讲好话。原先,他的好话是为在我家门口乱拉屎的羊群打掩护,眼下,他的好话是指望我帮他拉拢顾客。他家的一个亲戚怕他坐吃山空,想办法给他拉来一大车库存的鞋子,不用本钱,卖了再结账,卖不完的,人家照单全收。

这是无本起利的美事,庚宝干得很积极,早上五点多就拉着满三轮车的鞋子来菜市场抢地方,他有时摆在我的旁边,有时摆在我的斜对面。他卖鞋子和卖羊肉没什么两样,只差在额头上挂出"唯我独尊"的条幅了。上午的五个小时,他的口水唾沫把衣襟都打湿了,也无济于事,开张与否,全凭运气。我不喜欢他的做派,又忍不住出手帮他。我在菜市场混了十多年,大部分的人和我比较熟,只要我有心推介,庚宝的生意基本就成了。在我帮他卖掉了几双鞋子后,庚宝对我的态度明显地谦恭了许多。

暑假里,他的儿子一起来菜市场,又胖了。下巴上的肉厚嘟嘟地堆成两层。他的屁股坐不住,一会儿跑到东,一会儿跑到西,蚂蚱一样地蹦跶着。庚宝对儿子那是风一阵雨一阵的。鞋子卖掉几双了,心情大好,就慈眉善目;坐半天,鞋子无人问津,儿子刚好闹腾了几下,那他一准儿雷霆突变。我好心地劝他:"庚宝,孩子大了,有什么事你回家了可以说道他,尽量别在公共场合打击他的自尊心。"

我的话庚宝听不进去,他翻脸比翻书还要快:"我就这样,怎么啦?要你来多事!"

他的儿子坐在水泥地上,小拳头捏得紧紧的,眼睛里似乎有什么东西一闪而过。私下里,我和庚宝的儿子聊过天。这个十二岁的孩子非常纠结,既想谅解爸爸的暴躁,又不甘于被爸爸暴躁地对待。孩子说,爸爸把妈妈打走了,妈妈不会回家了。爸爸骂他是家常便饭,打他,也好多次了。孩子还说,他希望自己快快长大,长大了就能为妈妈报仇。

虽说童言无忌,可"报仇"这两个字,不免叫人心里一惊。

过了几天,庚宝来菜市场了,走路的姿势别别扭扭。他托着自己的后腰,眉头皱得像只沙皮狗,说:"三三,我的腰动不了啦。"

我面无表情:"干活闪了腰?"

"是我儿子打的。"

"孩子为什么要打你呢?"

"我先打他的,我也没怎么用力呀,就是掴了他两巴掌。没想到,他捡起一根粗柴棒绕到我背后,趁我不注意,狠狠地敲在了我腰上。我都疼了一天一夜了,还不能转身。啊哟——你说,我怎么养了这么一个烂坯子!"

我说:"你别忙着骂孩子了,赶紧去医院检查一下,看有没有内伤吧!"

快中午了,他从医院返回,右手拿着装 X 光片的大袋子,左手拿着一包药,沿途广而告之,喉咙山响,如凯旋的将军般高调:"肋骨裂开三根,我儿子打的。"

嗐!这戆头,他是不怕别人知道呢,还是怕别人不知道呢?

卖笋的老人

老人只卖两样东西:毛竹和笋。毛竹长且直,稳稳地搁在他的右肩上,这使他看起来像极了一个随时准备撑杆起跳的运动员。当然,脚下的这地界儿是人来人往的菜市场,他没法跳,而且他是如此的老迈,实在看不出他身上有一丝运动健将的潜质。

他从来不沿街吆喝他的毛竹,只是扛着竹子慢悠悠地走在路上。奇怪的是,他肩膀上的毛竹每次都会在极短的时间里被人买走。

笋也是。春天是毛笋,夏秋两季是鞭笋,冬日里是团笋。

他每日来街边卖的笋是打哪儿挖来的呢?

他的名下没有山,他用脚登得上去的任意一座山都可以在那一刻变成他的私人地域。他花费了力气在那座山上挖出来的笋,便理所当然地成了他的劳动成果。

笋不多,十支左右,被他用篾边扎得整整齐齐,又在小溪里洗濯得干干净净。滴着水,低调地清新着,宛如待字闺中的二八少女。

他卖笋同样是不说话的,只是默默地把笋托得与肩齐平,皱着眉杵在街上任意一个地方,颇有些姜太公钓鱼的意味。

卖笋不用秤杆称。这种方式,这个镇上恐怕仅他一人。买的人和卖的人默契地选用了"毛扑"的方式。"毛扑"是本地俚语,是买卖双方最简洁的交易方式,一堆物件儿放在那儿,不论斤两,也不论单价,存心想要的买家看一眼,喊个大致的价钱,卖家听得入耳即成交。倘是价位不合卖家的意,摆摆手:慢走不送。

到了他这儿,"毛扑"的程序反过来了,笋的价钱由着他自个儿定。大多数买家是不还价的,笋接过来,微微一掂,看他用干瘪的手指作势比画几下后,笑笑,满意地点点头。付钱,走人。

也有还价的,不知道是不是故意扯皮。他的手指比画出来,还价的手指立马比画回去。他不高兴了,浑浊的眼球定定地看着某个未知的点,嘴角抽动,神情恍惚地啜嚅着。这会儿,旁边如果还有其他人,买家多半会说:"看吧,他痴得多好,就痴进,不肯痴出,价钱倒是咬得蛮牢。"

他当真是痴子吗?真的痴子怎么晓得日日来菜市场卖笋挣钱还毫厘不让?可若要说他不是痴子,这镇上的一百个人里有一百个人都绝对不同意这个结论的。

在年纪轻轻的人的记忆里,他是在他们小时候撒泼耍赖时妈妈搬出来的定海神针。谁家的孩子不乖了,一句"把你送到街上卖笋人那里去"就能轻易摆平。在年长的人那里,他的"痴"好像是好久好久以前的事情了。

痴了的他见不得穿红衣服的女人,一见到,就直愣愣地飞奔着去搂人家。有一年夏天,供销社里的一个小媳妇儿穿着红衣服在街上走时,被他冷不丁地抱了个满怀死不撒手,最后蒙三个壮汉来解救才得以脱险,吓得这个女人到现在都不敢穿红颜色的衣服出门。

痴了的他偶尔也打人,没有征兆,无须开场白,想打了,反手一扁担就抡出去了。靠他最近的那个人被打蒙了,白白地吃了一记痛,又没处申冤。和痴子有法子计较吗?何况还是个腰部别着寒气森森的柴刀的武痴子,难不成想再挨上一刀?

他为什么天天要挣钱?他自己又不花费,一直在捡别人扔掉的死鱼和屠夫舍弃的猪肉杂碎回家,一直穿着破旧的衣服鞋子。有人故意问他:"你卖笋的那么多钱呢?"他低着头,努力地想了好久,拍拍鼓鼓囊囊的口袋,颠来倒去地重复着一句话:"钱要给她去用的,她会来拿的。"

她是谁?

她在哪里?

她长得什么样子?

"她"只是痴了的他口中的一个密码,几十年来从未被局外人解码。

这个"她"会不会是那个"她"呢?

那个"她"是他的妻子,年轻的时候艳若桃花、妖媚可人,最喜欢穿红色的衣服。她嫁给了他,没有一日不嫌弃他家穷,不愿安安分分地做他的妻子,如丝的媚眼越过他的头顶抛给了别的男人。他爱她爱到尘埃里去了,辛辛苦苦挣钱给她买来她中意的一切,装聋作哑地忍着她,迁就着她,包容着她,最后,她还是头也不回地和别的男人私奔而去。找不到妻子的他,终于在一个漆黑的夜里,彻底地痴了。

他,如今九十岁出头了,还天天来菜市场卖笋,不过,他再也没有力气当街打人了。可镇上上了年岁的人都知道,六十多年前,他是这个镇上一家铁匠店的伙计,老实敦厚,是一个挺潇洒的小后生。

父与女

正月初四早上九点多,何正升到我摊子上来买了一把大号的长柄不锈钢漏勺。我问他:"这么大的漏勺你有什么用?准备学厨师去?"

他一边从上衣的内袋里往外掏钱,一边说:"再过些日子不就得煮干菜了吗?前几年老去邻居家借,不方便。今年还是自己买一个吧,反正年年要用的东西,也省不了。"

干菜是浙东小镇的土特产,也叫梅干菜。外地人不晓得梅干菜中的乾坤,见它通体黑乎乎的,以为只是普通的咸菜干。其实不然。正宗的干菜制作程序好几道,前后费时大约一月有余,十斤鲜菜顶破天晒得一斤干菜。

晒好的干菜分两种用途。一种是自用,自己家吃一点,去拜访亲戚朋友当伴手礼送一点。另一种是出售,扒去菜和笋的成本,赚一点工夫钱。以我对何正升的了解,他属于后者。

我笑笑,说:"老何同志,你可真能操心,这才刚过完年三四天,山里的毛笋恐怕还集体窝在泥巴里打瞌睡咪。到咱们这块来贩卖雪里蕻菜的菜贩子,怕都没你这么积极吧。"

何正升把漏勺夹在右边的胳肢窝下,咧咧嘴,站在我旁边不说话。我看他眉头微微地拧着,像是有什么心事,就随口取笑了他一句:"大过年的,你这张脸怎么还皱巴巴的?有啥不开心的事,赶紧说出来让我开心开心。"

他轻轻地叹一口气:"唉——"顿了顿又说:"我姑娘不理我了。"

"小孩子嘛,闹个脾气,不会当真的。"

"这回她当真了,已经一星期不和我说话了,我烧的饭她一口也不吃。"

"一星期不吃饭?绝食?那她怎么过的?"我有点不相信。

"那倒没有,"何正升的头摇得像只拨浪鼓,"她自己在房间里泡方便面吃。"

"现在的孩子鬼精得很。"我宽他的心,"反正饿不了她,等她吃腻了方便面,自己肯定会跑出来的。"

何正升又叹了一口气,幽幽地说:"方便面太没营养!姑娘老吃它怎么行?胃要造反的。"

"那是。"我顺着他的话回了他这两个字。想了想,问他:"你姑娘怎么就不理你了呢?你们爷儿俩平时不是挺好的嘛!"

何正升张了张嘴,正准备说点什么,我的小摊子来了个要买牙签、清洁球的顾客,我赶紧丢下他去招呼我的生意了。等我忙乎完,转头一看,何正升早跑到几十米开外了,脑袋耷拉着,像歪掉的鸡冠子。

我认识何正升有七八年了吧。这是个扔在人堆里不大容易找出来的人,五十多岁,中等身材,衣着、长相一般,话不多。右脚有微微的跛(小儿麻痹症的后遗症),但站立不动时脚跛得不明显,要是他多走、快走几步,就藏不住这个缺陷了。他的正业是在半山的一个花木场里做小工:锄草、施肥、打农药、剪枝,这些活儿的劳动强度不大,一般的中年妇女都能胜任。早上七点去,下午四点半收工,一个工能赚一百元钱,工资按季结算。何正升的跛脚不得劲儿,难以负重,当初托熟人帮忙才寻得这份比较适合的工作,他很珍惜。

花木场里也不是天天出工的,要是哪天没活儿,何正升就拾掇自己家的一点竹山(村里划分的)和几块零零散散的田畈。竹山打理好了,一年四季能卖竹笋:春天的毛笋、夏秋两季的鞭笋、冬季的团笋,也是一笔稳稳当当的收入。至于田畈里,花样还是比较多的,根据季节的变化,青菜、萝卜、茄子、西瓜、花生、番薯、芋艿之类的蔬果陆续登场。量不多,但都长得周周正正、清清爽爽的,想是何正升在它们身上费了不少心思。

我摆摊的这个菜市场,西北边划分了一个自产自销区,一些以种蔬菜为业的当地村民可以花六百元在那儿买个长约两米的固定位置,时限一年。天晴落雨的,头顶上有块厚实的油布棚子遮着,晒不着,也淋不了,更不必凌晨两三点来抢占位置。

何正升从来没在指定区域买过摊位。他一年三百六十五天只有一小半的时间来菜场卖菜,即使是年底的那几十天,来得稍微频繁些,他还是觉得六百元的"摊位费"不值当,宁愿在菜市场边缘打游击。

他来菜市场来得很早,天蒙蒙亮就来了。蔬菜都放在脚踏三轮车上,三轮车停在镇中路与市场小区交界的马路牙子边,远远望见菜市场管理员来了,他马上推着车子就撤。他采取的是"敌"进我退、"敌"退我进的灵活"作战方针"。镇上的城管八点上班,何正升的蔬菜是他打着手电筒摸黑到地里弄上来的,新鲜水灵,卖相好,往往不用等到八点钟,他就卖光了。偶尔剩一小把虫子疤多的青菜或几根歪歪扭扭不登样的茄子,他会很热情地拿过来送给我:"三三,你中午炒一盘子吃吃。"

通常情况下,我是他的义务"侦察兵",在管理人员即将抵达之前给他提个醒,免得他因为来不及躲开被抓个正着。在菜市场非划分区域外卖菜是不被允许的,管理人员有权收缴他的秤,一台电子秤将近两百元,够他卖好几天菜了。有我给他"望风",他的胆子壮多了,即便是逃跑,也是从从容容的。

他的家里只有两个人：他和女儿。老婆前几年和他散了伙，早跑到别处去了。离婚这个事儿不是他亲口讲的，是我无意间从几个凑在一起闲聊的老太太那儿听到的。

这个镇子很小，闲人也多，家长里短的事情很少能瞒得牢，更何况何正升的家就在马路对面的一条小巷子里。小巷深深，墙壁挨着墙壁，门对着门，哪怕一户人家不小心摔破了一只碗，巷子另一头的耳朵都会像天线一样在第一时间收到信号。老太太们还言之凿凿地说：何正升的老婆做人不地道，好吃懒做，外面搭了个"相好的"。他们两口子离婚不是何正升本人提出来的，是他姑娘一定要爸爸离婚的。

何正升在我旁边断断续续地卖了几年菜，从来没有抱怨过一句前妻的不是。如果说他的婚姻生活真如老太太们说的那样绿云罩顶一塌糊涂，那他心里不可能不郁闷。可委屈巴巴的男人，忍得住不吐槽，不背后爆料，不狠戳前妻的脊梁骨，个人的性情是一方面，主要还是念旧情。大道理谁都懂，小情绪才考验一个人的修为。单是这一点，也值得我对他刮目相看。

何正升的姑娘我见过两次面，个子不高，偏瘦。鼻梁上架着一副黑框的近视眼睛，面相不凶，怎么看都不像一个能把妈妈赶出家门的狠角色。她第一次来是给何正升送早饭。何正升赶早下地取菜,不在家吃早饭,街上卖的包子油条之类的点心,也很少看到他吃。说是不卫生、吃不惯,实际上还是因为节约。他给我算了笔小账:一只菜包子一块钱,他起码要吃三只才饱。菜市场里切好的年糕片两块两毛钱一斤,一斤四两的年糕片他能吃好几顿汤年糕了。菜不用花钱,自己家地里有的是!

他姑娘给他送的早饭是老街上五元钱十只的小笼包子和一袋豆浆。何正升不接,一个劲儿地往姑娘手里推:"我不饿,真的不饿。你买这些干啥,多浪费,自己吃吧!"

爷儿俩你来我往地推了三四个回合,街上来来往往的人个个好奇地往这边瞄。姑娘被爸爸推得有点烦了,她一生气,迅速把包子往何正升的车把手上一挂,噔噔噔地走了。何正升脸上的笑意打不开,又收不回,只得尴尬地目送姑娘的背影消失在弄堂口。

他把沾满泥巴的手在膝盖上用力擦了擦,打开装包子的袋子,一口一只,吃得喷香。

后来那姑娘就再没来给何正升送过早饭。要是换成我,何正升这么不识趣,我也不愿意来。

姑娘第二次来是帮何正升卖花生。这个镇上的人买花生图新鲜,提前摘下来过了一夜的花生发黄变色,不讨人喜,价钱也卖不上去。所以何正升的花生全是带秆子从地里拉过来的。潮乎乎的泥巴还糊在花生根脚上,一边摘,一边卖。他的花生地不大,突击两天就能卖完。何正升的姑娘在镇上的职业学校读幼师专业,星期天本来要到市里去学舞蹈,想是怕何正升一个人忙不过来,早早地来帮他摘花生。那一天,何正升收了一张五十元的假钞。新的小面额假钞纸张挺括,配色也接近真钞,不注意看,真不容易辨识。十二元的花生送出了,何正升还倒赔出去三十八元。幸亏那个人没跑远,何正升一颠一颠地追了好几十米,在马路边上和那个用假钞的人理论上了。

不知道是何正升嘴拙,还是那个人蛮横,两个人面对面在那儿比比画画,似乎难以沟通。何正升的姑娘起先埋着头摘花生,过了几分钟,见爸爸还没能把五十元钱换回来,就把花生秆子往地上一放,不慌不忙地走过去了。

五十元钱最终是姑娘要到手的。一没见她发脾气,二没听她飙高音,轻轻松松解决了问题。何正升的老脸涨得红红的,回到花生摊子上还是气得前言不搭后语。我替他松了口气:"今天这五十元钱,要不是你姑娘在,绝对白送了。"

"就是白送,人家也当咱们是大傻瓜呢。"何正升的姑娘细声细气地补了一句。

我问她:"那个人牛气冲天的,你怎么把他摆平的?"

小姑娘翘着兰花指推了推滑到鼻尖上的眼镜,笑笑,就说了一句话:"嗐,他欺负我爸老实人呗。"

花生卖光了,何正升细细地点了一下钱,总共二百三十五元,爷儿俩都高高兴兴的。何正升去菜市场里买了牛肉和两只大螃蟹。螃蟹是活的,在塑料袋里刺啦刺啦地折腾。我故意问何正升:"你今天怎么这么破费?买牛肉和螃蟹的钱都够你吃一个月的汤年糕了。"

何正升把买的菜递给女儿,说太阳毒,让她先回家。他去旁边的副食店借了一把笤帚过来,三下五除二地把掉在街面上的泥块儿、花生叶子扫成一堆,用袋子装起来准备带走。这些垃圾,就是他不弄干净也没关系,负责这一片的环卫工人总会来清洁,但他这个人很自觉,做事有头有尾,基本上能做到不给人添乱。

去年腊月二十三后,他天天到街上来:卖笋、卖鸡、卖山羊肉。鸡和羊都是他自己养的,鸡七八只,羊两只。羊隔天卖一只,请人杀好了,一块块切开,摊在地上卖。鸡是活的,关在三轮车上的一只大竹笼子里。我提醒他:"鸡笼还是搬下来放在街边上好,买主看得清楚。三轮车高,街上的人又走得快,哪个注意得到笼子里关着的鸡呀?"

他原地转了几个圈,指了指一侧的药店大门,摇摇头:"算了,鸡要不停地拉屎,待会儿把药店门口弄脏了,不大好。拉在三轮车上不打紧,我回头去小溪洗洗干净就成。"

他的两只羊卖得还算快,都是当天卖完的。鸡因为困在三轮车里,曝光率不高,一直卖到腊月二十八中午才结束。东西脱了手,他明显松了口气,但并没有置办什么年货。我说:"何正升,你看人家都在大包小包地囤年货呢,你怎么不去买点儿?"

他掸了掸两肩和衣襟上的灰尘,说:"一家人整整齐齐的,才叫过年。我和我姑娘两个人,凑合凑合算了。"

凑合凑合算了——这是什么话?可他们爷儿俩又是怎么凑合的?家里总共才两个人,还各自为界,一个吃饭,一个吃方便面。

正月初八,何正升再次来到街上,依然眉头不展。我把初四早上被打断的问题继续提出来:"你姑娘为什么不理你呢?"

"我卖了狗。"何正升瓮声瓮气地说。

"你姑娘养的宠物狗?"

"不是,就是我家里养的那条黄狗。"

他这么一说,我想起来了:何正升家确实有条大黄狗,毛色光亮,精精神神的,跟着主人来街上卖菜,乖巧地趴在三轮车肚子底下,也不到处乱跑。天气转凉后,它出来过两次,我朝它招招手,它迟迟疑疑地贴近我的裤腿闻了又闻,像是在验证什么讯息。我知道它听不懂人话,还是和它开玩笑:"你看你这一身黄皮,这么漂亮,可不要叫人吃了去。"

我不是吓唬它。这个镇上一到冬天就丢狗,尤其是块头大的土狗。要么是偷偷放麻醉剂,要么是投一嗅即倒的毒药,反正平常人办不到的缺德事,那些偷狗的二混子手到擒来。就我居住的小万家村,短短两三个月里头,就失踪了四条狗。

何正升的黄狗养了四五年了。按理说,也养出感情来了,怎么莫名其妙地卖了呢?

"姑娘明年就要去市里的一家幼儿园实习了,她一直想买台笔记本电脑,工作上少不了。我问了一下电脑店里的熟人,有品牌的要八九千块。过年的鸡和羊卖了一点,花木场里结了点工资,我算了算还差点。正好有个以前来我家买过鸡的老板来向我打听哪家有狗卖,我……我就把黄狗卖给他了。"

"卖了多少钱?"

"一千块。"

"那你事先和你姑娘商量了吗?"

"没有,狗是腊月二十九上午卖掉的,我姑娘傍晚才到家,学校放假后她在快餐店打工。"

"所以,你姑娘为这个事不理你了?"我说,"既然你姑娘不同意你卖狗,你怎么不去把狗追回来呢?"

"追了,我追了,"何正升不自觉地提高了嗓门,"我打听了好几个人,可还没等我摸到那个买狗的老板家里去,黄狗自己回来了。"

"那挺好呀。你把钱再退给人家,这事也就结了呀!"

"怎么退?狗脖子上两个大窟窿,一身泥,一身血。人家杀了两刀没杀得死它,它还有一口气,跌跌撞撞地逃回家来了。孩子看了它那可怜样子,哭得不行。"

我白了他一眼:"孩子能不哭吗?养了四五年的狗,跟半个亲人似的,现在叫人家宰得鲜血淋漓的,死在自己跟前。你这个爸爸还是个大帮凶,姑娘一时半会儿怎么能接受得了。"

何正升的脸垮了大半边,可怜巴巴地念叨着:"我就是想给她凑一台电脑的钱来着,她上班用得上……"

作为在社会上滚过油锅的中年人,我能体会何正升的苦心和爱女之情。一个靠在土里扒食的父亲,节约得连吃早饭的开销都要精打细算,一心一意为姑娘着想,努力踮起脚尖去托起孩子的愿望。你能不管不顾地批评他贪图人家的一千块钱吗?

可我的体谅又有什么用呢?他家姑娘——那个懂事的姑娘能想通这件事,原谅爸爸,跟爸爸和好如初吗?

我想,她一定会的。

说不定明天,说不定后天,说不定过几天。那一天,总会到来的。

昌铜匠

昌铜匠已经去世好几年了,可还是有人不断地拎着旧锅坏茶壶来我摆摊的岔路口打听他的去向:"三三,原来那个换锅底的人到哪里去了?"

我努努嘴,说:"他早就不在了。"

手上拎着旧锅的人含含糊糊"哦"一声,仍不死心地朝着几十米外的信用社门廊边望了又望,似乎那个在他们记忆中占了一席之地的老先生只是溜达去了别处——多等一会儿,说不定他很快就回来了。

信用社门廊右边的那一块三四平方米大的地方,曾经是昌铜匠的地盘。他放了一张长方形的木桌,桌面以及桌子四周堆满了杂七杂八的工具和零件。

我不知道这里的人为什么要叫他铜匠,事实上,我并没有看到他的摊子上有大件的铜制品,他平常干得最多的事情只有三样:修高压锅,配钥匙(有点像铜料),换铝制的锅底茶壶底。他的生意很好,几乎没有闲着的时候,但凡我推着小摊子打他那儿经过,总看到他在埋头细作——要么是戴着一副老花眼镜在仔细地打磨钥匙,要么是举着一只小锤子叮叮当当地敲着白铁皮。

我从没有光顾过昌铜匠的生意,我对他的最初印象不算很好。生意人讲究笑脸盈人、和气生财,昌铜匠貌似并不在乎这个。他习惯性地绷着脸,说话声音又高,还不定时地轰走几个他不待见的顾客。有些顾客还了他定下的价钱,或者是否定了他引以为豪的手艺,他当场就翻脸,干干脆脆连他们的生意都不愿意接了,很有范儿地叫人家走人。他仗着手艺精湛,不怕得罪人——反正他的生意忙得很,多做几个,少做几个,无所谓。

街道两边铺里的人都说昌铜匠挣钱不少。可是即便挣钱多,我也没见他吃得多好穿得多好。早饭,他坐在摊子后面啃两只芝麻烧饼。香气扑鼻的点心店就开在信用社隔壁,炒面、炒年糕、鲜肉馄饨,热乎乎的,样样有,可除了五毛钱一碗的豆浆,那些一律与他无关。

是不爱吃,没时间吃,还是舍不得吃?难说。

他的衣着打扮还停留在几十年前。春秋两季是深灰色的中山装,面前有四只方方正正的口袋;夏天,一件白色的圆领老头汗衫,一条黑色西装短裤;冬天,就更没什么好讲的了,从早到晚,都是蓝大褂子一件,头上戴着一顶褪了色的夹呢子鸭舌帽。

我忘记我是哪一年和昌铜匠成为朋友的——好像,也没有达到"朋友"的地步,只是每天都碰面,碰了面一定会相互招呼一下彼此的熟人。

清晨五点多,街上的行人还是稀稀疏疏的,我站在马路边上响亮热情地喊他一声"阿伯",就像喊这个镇上的任何一位老年人一样。起初的几次,他仅仅是抬头望望我,勉为其难地点个头。再后来,我喊他的次数多了,他那张严肃的大圆脸像水波纹一样慢慢地、慢慢地舒展开来了,常常不等我先开声,他已在几米开外扬声叫我的名字:"三三,侬来得嘎早!"

昌铜匠比我出摊更早,都是天还未亮透就来街上了。七十岁左右的人了,一年到头,天天如此。我问他:"阿伯,你的生意又不用急着赶市头,干吗来这么早?"

他取下唇上的香烟,掸掸烟灰:"人老了,夜里睡不安稳,早早醒了。"昌铜匠抽烟的方式别具一格。别的人,多半是用食指和中指夹着烟送到嘴边抽,他无须用手,他的香烟是粘在下唇上的,随它燃着,居然也不掉。他超然地干着活,想起来就抿起双唇抽一口,从鼻孔里往外缓缓地放出两道烟。那架势,无端地使我这个想象力丰富的人心生怀疑,怀疑他是借着铜匠的身份隐藏在市井多年的绝世高手,指不定某一天的某一个时刻,他老人家厌恶了这喧嚣的市景,就会放下手上干了一半的活计,施展"旱地拔葱"的轻功跃上马路对面的屋脊,两三个起落,不见踪影了!

当然,这样动感脱俗的画面只是存在于我的想象之中。昌铜匠确实有一段时间突然地消失在了众人的视线中,但并不是像武侠电影里的大侠那样云游四海去了,只是住了院。

他再次出现在菜市场,已经是几个月之后。坐在一张老式轮椅上,明显地瘦了一圈。上眼皮子肿着,在众目睽睽之下哭得一脸口水鼻涕,神情崩溃得像个被全世界遗弃了的孩子。他一边呜呜地哭,一边不停地念叨:"三三,我的脚没有了。三三,我以后再也不能走路了。"

我被他那悲伤无比的哭声惊到了:他原本是那样强硬的一位老人。言语强硬,说起话来,不拐弯,不迎合;干活强硬,每天起劲地敲打着白铁皮,精力充沛,无坚不摧。我完全有理由相信,他会一直敲打到天荒地老。可是,这些都是包裹在生活之外的表象,病灾的大手轻轻一挥,他顿时袒露出了老年人的脆弱和无助。

他哭了很久,哭得我的眼圈都红了,心揪成了一团。趁着他情绪平复些,我劝他:"阿伯,你不要难过,尽量往好处想想。有些人住院后半身不遂,长年累月地躺在床上。你的情况还不算顶糟糕,有这张轮椅托着,你来街上转转是完全可以的。

多活动勤锻炼,一定会恢复的。"

"你说——我以后还能恢复?"他抬起头,满怀希望地看着我,被泪水冲刷、浸泡过的两颊呈现出一种异常的光亮。

我用力地点点头:"你肯定会好的!"

他坐上轮椅之前,住在马路对面的一条弄堂里,收了摊,走不了几脚便能到家。行走不便之后,社区安排他搬进了敬老院。到了这份上,我才听到和他住在同一条弄堂里的老人们七嘴八舌地谈论他:昌铜匠也罪过(可怜)的,单身汉一个,无儿无女。病成了这个样子,日子要咋过呢?

咋过呢?还不是照常地过。

敬老院到菜市场,有很长一段路。昌铜匠摇着他的轮椅,很早就来了,只不过,他从站着干活变成了坐着干活。他在大腿上垫了一块黑色的皮围裙,锅横躺在皮围裙上,他叮当叮当地敲着。不知道是不是我太敏感,我总觉得,他敲出来的那些声音,再不如以往那样轻快动听。

他不买我的打火机了。他告诉我:三三,医生讲过了,不能抽烟。

我说:老早让你不要抽烟,你听不进。

他以往三天两头地买我的打火机,大早上的,抽一口烟,咔咔地咳嗽几声。我劝过他好多次,叫他戒烟,他总是不以为意。病了一场,觉悟一下子提高了。

与之一同改变的,是他对顾客的态度。他的摊子上,生意还是那么源源不断。真是想不通,这个巴掌大的小镇,哪来那么多的旧锅坏壶呢?忙归忙,他的言语软和了许多,对人开笑脸的时刻居多,动辄粗声大气的脾气也在不知不觉中收拢了。总而言之,在昌铜匠人生的最后一段时光里,我看到的是一个温和的、安静的、和既往判若两人的老头儿。

这世上的人,有多少人足够幸运能逃过命运的促狭呢?昌铜匠令我敬佩的是:不管这个独身的老人是迫于无奈,还是顺应了现状,在短暂的颓废之后,他迅速地调整了情绪回归到惯常的轨道上来了。

还记得一个初冬的中午,收完摊摇着轮椅准备向敬老院出发的他和我在菜市场门口遇上了。我叮嘱他:"阿伯,路上小心点。"

他微微地点点头,答非所问:"三三,好哉啦。我过一天,算一天,做人终究一笔乱账。"

我没吱声,也不晓得能和他说些什么,默默地侧过身给他让道,目送着他缓缓远去。人来车往,不大工夫,他就像落进大海里的一滴水那样,融进了熙熙攘攘的人流。

昌铜匠离世前的几个月,又重新抽起了香烟——依然那么险冷冷地粘在下唇上,像一个酷酷的大侠。

陶　姨

南方的深秋其实也没多冷，像我这样日日早起赶着练摊的小贩不过是在夹层外套下加了一件稍微厚实点的毛衣而已。但陶姨的装备就有点大张旗鼓的意味了：带着翻毛领子的棉袄，内层加绒的秋裤，方头的中帮棉靴子。不光这些，最为夸张的是她居然还在脸上捂了个硕大的口罩。

口罩是那种沉闷凝重的黄褐色，像一片飘零的枫树叶似的尽心尽职地覆盖住了陶姨四分之三的脸。我嘬着牙花子暗想：要是站在马路牙子上卖包子的陶姨可以闭着眼睛数钞票，那只蔫巴巴的大口罩说不定就被一股脑地扣上了她的额头。因为即使裹着一身过大冬天的行头，陶姨还在不停地咋咋呼呼："冷啊！冷啊！这鬼天气咋就这么冷？"

从她包子摊前面经过的路人无不侧目，统统用一种奇怪的眼神看着这个瘦瘦小小的中年女人。陶姨并不介意，依然搓手、拍腿、原地顿足，仿佛这样的三部曲是她最完美的驱寒方式。

我在做生意的空档和陶姨有一搭没一搭地聊天。她佝偻着身子,尽量把脖子往衣服里缩,句与句之间夹着牙齿的磕碰声,宛如中了玄冥神掌而寒毒发作的张无忌。我问她:"有那么冷吗?"

"咋不冷呢?"她啪嗒啪嗒地拍着自个儿的大腿,"这都冷到骨头里去了,穿多少也不顶用啊!"

我还是不相信:"你不是黑龙江人吗?北方才真冷吧。动不动就来个零下几十摄氏度的,据说半夜里撒尿的人给冻尿粘在雪地上了。我们这儿的这一点点冷你咋就扛不住呢?"

陶姨在她的大口罩后面咿咿呀呀:"北方冷是冷,屋子里有暖气呀。再说了,北方的冷是干冷,衣服裹紧了人就暖暖和和的,脸给风雪冻麻了,反而没啥感觉。可你们南方这块儿是湿冷,寒气扎心扎肺地往我身上招呼,逃也逃不了哇。"

我老家是江苏的,大概也算不上陶姨口中的"你们南方"。浙江算不算正宗的南方呢?如果算,那至少这个"南方"的冬天在我眼里并不难熬。山上覆盖着那么多高大的常绿植物,虽然只是阴柔低回地绿着,却是冬天里难得的生机。从我居住的地方望过去总有一种错觉,仿佛春天已经在这个不属于它的季节里密谋着造反了。这样的冬天有必要逃吗?

"要么你赶紧地逃回黑龙江去吧。"我和陶姨开玩笑。

"唉!"陶姨拖着长长的鼻息,"我现在还不能逃,要是我真逃了,我老闺女还不哭死?我不放心哪。"

陶姨的老闺女,那时我并没有见过,据陶姨说是个医生,就职于市四院的骨伤科,结婚半年了,就嫁在我生活的这个镇上。陶姨的女婿我倒是见过一两回,长手长脚,白白净净的,头发梳得一丝不苟。星期天来街上买菜,从陶姨的包子摊前走过,客客气气地叫一声"妈妈",不带停顿的、立马施施然地飘走了。

陶姨目送女婿消失在熙熙攘攘的人群里,扭过头和我说话:"我这女婿吧,人老实,我看着还顺眼,他那个妈,那个妈妈呀……"

话讲到这里,成了半截子,我就不去接她的话茬了。在菜市场这块地方,长着耳朵听听别人的闲话是无所谓的,衍生口舌上的是非则是不明智的。陶姨的亲家母我是认识的,一个早早丧夫的寡妇,原先在这条街的拐角处拎着一杆小秤卖过小菜,个子矮矮,嗓门大大,隔三岔五地要和人口角一番。那般要强的脾性,岂是好相处的主儿?

陶姨是女儿结婚时从黑龙江赶过来的,来的时候并没有想在这块地方落脚,等女儿的婚事办好了,女儿一把鼻涕一把眼泪地扯着她,哭得撕心裂肺,不让她回去,陶姨心一软就留下了。和陶姨一起留下的还有她的丈夫,一个眼神直愣愣的矮胖的老头儿。老头儿每天一大早踏着三轮车把陶姨做包子的锅、炉子、板子之类的用具拉出来,一一在马路边上摆好,干完这活儿他的任务就算完成了。陶姨揉面他使不上劲儿,卖包子他又笨手笨脚的不招买主喜欢,他瞪着一对大眼珠在包子摊旁发一会儿呆,陶姨冲他挥挥手:"得得得,你回吧!把家里的那几棵白菜去剁了拿来。"

陶姨的包子是东北风味的白菜猪肉馅,味道还不错,买的人不少,陶姨忙活一早上也能挣个百儿八十块钱。九点钟以后,生意稀了,陶姨从围裙里捞出一把一把的毛票儿和钢镚,细细地数一遍,归拢好,然后坐等她家的老先生来收摊。

陶姨算是个挺能干的人,年过半百,居然能以最快的速度在这个人生地不熟的小镇立住脚。除了卖包子,她还在山脚下租了人家的一块地用来种菜。她种菜不愿意打农药,她让她家的老先生一天往田里浇好几遍水,有虫子露头了,老两口下午就蹲在地里捉虫。我觉得挺不可思议:"你们这是做的鸟儿的工作呀!"

"可不是!"她一脸的无可奈何,"大老远地奔这旮旯做俩鸟人了。"

她一说"鸟人"这个词,站在她身后的老头儿鼓着腮帮子乐出了声。陶姨拿眼睛剡一下胖老头子:"你个老东西!乐不死你!"

骂归骂，陶姨还是把老头子照顾得妥妥帖帖的：头上的绒线帽子，身上的羽绒服，骑车用的棉手套和腿上绑的护膝一样不少。老头儿本来就虎背熊腰的，在秋天穿戴齐全了冬天的衣物，怎么看都是一副滑稽相。

陶姨的放心菜最终没有种成功。"这旮旯的虫子太多了，一茬一茬往外冒。"她向我诉苦，"搁我们那旮旯，谁家还往菜地里打农药哇。"

"可不是。"老头儿龇着牙附和，"这旮旯的虫子太多了。我叫你别种菜你非不信，现在虫子把你的菜都吃完了。你揪心了吧！"

老头儿不插话还好，他一说，陶姨顿时上火了，她扭过头去骂老头："要你烦，你个老东西不开口能憋死你不？"

陶姨在老头儿面前一直是占上风的，这个老头儿是她的第二任丈夫，比她大八岁。陶姨说她三十多岁离的婚，第一个丈夫好赌，不着家，动辄打女儿出气，日子实在过不下去了。离婚后经人介绍和现在的这个丈夫成了家，又生了个儿子，儿子在老家读高中。

对第二任丈夫，陶姨只有一个评语"老实"。老实人碰到陶姨这个女人是福气，陶姨不欺负他。我问陶姨，你把上学的儿子一个人放在老家，你们两口子在这块儿守着个出了嫁的女儿是不是不太合适？

陶姨牙疼似的拧着眉头,好一会儿后才发了声:"我也不想搁这块儿过这种没根没脚的日子,我就撂不下我的老闺女,她小时候遭多大罪,挨了她亲老子不少巴掌,我护都护不住。现在又嫁到这么远的地方来,我怕她过吃亏的日子。"

我不以为然:"你女儿多大人了,你要管她管到什么时候放手?"

她想了想:"年底吧。到过年时我们就回黑龙江了。我不放心哪!"

过年时陶姨还是没有回黑龙江,可她不再来街上卖包子了。不是她不想卖,是镇上新成立了城管大队,不让人随随便便在马路边上摆摊了。我的摊子是可以移动的小车,再加上我在这个镇上混了十二年菜市场,城管大队的人还是对我睁一只眼闭一只眼的,很少来管我。而陶姨是生面孔,她的包子摊零零碎碎的东西太多,不可能做到迅速地望风而逃。陶姨被一大群穿着绿色制服的人围拢了几次后,不得不放弃了她的小本经营。

包子摊摆不了了,生活还是要继续下去的。陶姨两口子过完春节去半山的一家矿泉水厂上班,是她亲家的某个亲戚介绍的,三班倒。有几回,陶姨坐在老头子的电瓶车后面到菜市场来。他们上班后鸟枪换炮了,原来的脚踏三轮车换成了电动三轮车。但凡遇到我,一定要停下车来唠上一会儿,唠厂子里活儿累人。哪能不累人？五十多岁的人了，不间歇地扛几十斤的水桶八个小时，想想也是累的。唠女儿的工作，女儿在考医师资格证，只要她考上了，她的临时工待遇就不一样了。最后要唠一唠不怎么友善的亲家母。他们老两口住在这个镇上，亲家母好像总不待见，他们两口子从不拿女儿女婿家的一针一线，她有什么好不高兴的呢？

我不声不响地听她细细地唠。她是个聪明人，从不把女婿拉出来唠。我劝她别的什么都不用管，只要女婿是好的就行了。女婿好，女儿受不了多大委屈。她点点头，表决心似的憋出两声："我瞅着女婿总体上还行，还行！"

什么叫还行？小两口偶尔结伴来一回菜市场，大大小小七八只口袋一股脑地吊在陶姨闺女的手臂上，女婿一只手夹着一支烟，一只手插在裤袋里，一个劲儿地催妻子走快些。陶姨的女儿长得跟陶姨一点也不像，鼻子上架着一副啤酒瓶底儿厚的近视眼镜，人不白，还胖，个子矮矮的，两条粗腿壮得像柱子。我是个势利小人加俗人，只瞟了一眼她缩着肩站在她丈夫背后的样子，就悲哀地联想到陶姨不断重复的一句话：我不放心啊！

女儿的婚事是她自己定的，陶姨说这事的时候脸是灰的：我能咋弄呢？她自个儿喜欢的，非要嫁给这个人，她知道自己长得不好，还减不了肥，她不自信，不敢挑好的人家，怕自己配不上。傻姑娘啊!

唉!我也叹一口长气:傻姑娘啊!

开春了,我们早卸掉了一部分寒衣,她和老头子还包裹得严严实实的,好像是被南方的冬天吓怕了似的。她和我讲不了几句话就不自觉地揉揉两颊上紫色的冻疮痕:"哎哟,冷啊!"

天气暖了之后,他们两个人就不怎么出现了,也不知道在忙些什么。

初夏的某一日上午,她的亲家来街上买菜,我随口问她:"你的黑龙江亲家还在镇上的水厂上班吗?"她的亲家鼻子里哼了一声,傲慢地答:"他们在不在水厂上班和我有什么关系?这种外地人,没什么规矩,我才懒得管他们。"

我识趣地住了嘴,等她走远后,在我旁边卖笤帚的一位老伯开口了:"这个不讲理的婆婆这下碰到对手了。你不知道啊,她上次拉着媳妇儿胡搅蛮缠,她媳妇儿忠厚,她儿子又不敢帮媳妇儿,最后被她的东北亲家母叉着腰好好地收拾了一顿。"

怪不得提到亲家母有饱饱一肚子气呢,原来是吃了人家的瘪了。

到底为什么事要搞得两家人大动干戈呢?几个月后陶姨才一五一十地讲出原委:原来是亲家母总是嫌弃媳妇儿是个外地人,明里暗里插在小夫妻之间添堵,唯恐天下不乱。

"外地人怎么啦!"陶姨愤愤不平,"我老闺女好歹是个骨科医生,哪里配不上她家的儿子了?小样儿,她瞧不起咱是东北人,我还瞧不起她没眼光呢?我怕她哈!她下次再敢欺负我老闺女,我还跟她急!"

我宽她的心:"只要你女婿对你女儿一心一意的,你费神管一个老太太作甚?"

陶姨脖子一梗:"我待这旮旯一天,我就不能叫我的老闺女受委屈。不然我这心里过不去!"

我说你们打算在这儿常驻了?陶姨摇摇头,那是不行的,儿子一个人在家呢,咋好不回去。现在不是老闺女怀孕了嘛,怎么着也得保驾护航到她生下孩子,她顺顺利利地生了我们就回了。

话是这样说的,但陶姨的外孙女都一岁多了,陶姨依然留在这个镇上。陶姨和老头子隔三岔五地把那个粉嘟嘟的小女孩放在三轮车的车斗里来菜市场溜达,见到我,老头儿悠悠地减点速,陶姨笑眯眯地朝我挥挥手。在这块儿地方过了两年,陶姨大概是对南方即将到来的冬天也没那么抗拒了,我看到坐在老头儿旁边的她没穿厚棉袄,没蹬厚靴子,裤子是黑色的,判断不出厚薄,不过瞧她的细腿,估计也不会厚到哪里去。

这两个上了年纪的老人,为了女儿从自己过惯了的东北挪到陌生的南方来,用自己并不硬朗的肩膀协助着女儿磕磕绊绊的日子,这得需要多大的勇气。

陶姨

最后一次见到陶姨是在菜市场北大门边上,她穿着一件中长的军绿色夹克,头发烫得漂漂亮亮的。尽管是暖冬,但十一月的街头还是刮着冷清清的寒风,天空像洇足了灰色颜料的吸水纸,陶姨和我就站在人来人往的街头话别。

我说:"阿姨,你这回真的要走了?"

"真走了,"陶姨说,"儿子要高考了,不能不回去陪着他。"

我又说:"你想通了,放心你的老闺女啦?"

陶姨拂了拂挂在眉梢上的几丝乱发:"闺女的医师资格证考出了,工资比原来高了不少。女婿没她挣钱多,她的日子应该不会多难。外孙女我帮她带到会走路了,以后就靠他们自己了。"

我拿她和亲家对阵说事:"你不担心你女儿吃婆婆的亏了?"

她叹口气,眼圈红了:"哪儿担心得了那么多呢。一家一家的事儿,我在这旮旯一天就帮扶她一天,我走了,她自个儿总会过好的。老头子老实,跟我在这旮旯吃了两年多的苦,咱不能总叫人家不去疼自己的亲儿子,一直管着别人家的闺女吧。"

我有点儿伤感,话别的时刻总是令人伤感。尽管我和她相处的时间不长,但我还是挺喜欢她的。

她拉着我的手不放:"闺女,这天儿冷飕飕的,你可别把自己冻坏了。"

我的手是冰凉的,她的手也是冰凉的,可是两只冰凉的手拉了一会儿后便暖乎乎的了。然后我们各自扬起自己那只带着彼此体温的手,认真地摇出再见的姿势。

有那么一刻,我脑子里闪出一句不登对的话:风萧萧兮易水寒,壮士一去兮不复还。陶姨不是壮士,她只是这个天底下平凡得不能再平凡的母亲,揣着一颗勇敢的心,踮着脚尖想要全力护卫儿女的周全。只不过,人在现实的世界里,总有许多的身不由己。

图书在版编目（CIP）数据

世间的小儿女 / 陈慧著 . —宁波：宁波出版社，2021.4
（2025.4 重印）
ISBN 978-7-5526-4166-0

Ⅰ.①世… Ⅱ.①陈… Ⅲ.①散文集－中国－当代
Ⅳ.① I267

中国版本图书馆 CIP 数据核字（2020）第 255606 号

世间的小儿女
陈慧 著

责任编辑	苗梁婕
责任校对	晏　洋
出版发行	宁波出版社
	（宁波市甬江大道 1 号宁波书城 8 号楼 6 楼　315040）
印　　刷	宁波白云印刷有限公司
开　　本	710mm×1000mm　1/32
印　　张	9.25
字　　数	170 千
版　　次	2021 年 4 月第 1 版
印　　次	2025 年 4 月第 7 次印刷
标准书号	ISBN 978-7-5526-4166-0
定　　价	56.00 元

如有印装质量问题，影响阅读，请与印刷厂联系调换电话：0574-83875156